平家物語は何を語るか

平家物語の全体像 PART II

武久 堅

和泉選書

恵子に贈る

平家物語は何を語るか　目次

第Ⅰ章　平家物語は何を語るか

一　木曽義仲を通して延慶本平家物語を読む

はじめに

この講演は、前半で延慶本平家物語の木曽義仲とその郎従についてご当地の信濃国での動静に焦点を絞って考察を加え、後半では義仲の描かれ方を巡って延慶本という作品全体の読み解きに及ぶという、焦点の二つある楕円形の、結果的に二時間近くの長大なものになりました。本稿では紙幅の都合で前半は既発表の論文がある部分はそちらに任せて簡略化し、後半を中心にまとめました。義仲というと「木曽の最期」ということになりがちですが、今回はそういうところに触れることはございません(1)。

一　信濃国の義仲

義仲の登場は次のように始まります。

信濃国安曇郡、木曽ト云所ニ、故六条判官為義ガ孫、帯刀先生義賢次男、木曽冠者義仲ト云者有、リ、（原典「九日」トアリ、「南都本」ニテ校訂）。国中ノ兵従付ク事、千余人ニ及ベリ。
（延慶本第三本七「木曽義仲成長スル事」冒頭文）

『延喜式』の信濃十郡（伊那・諏方・筑摩・安曇・更級・水内・高井・埴科・小県・佐久）には未だ「木曽郡」はございません。『倭名類聚抄』も同様で、『信府統記・五』（享保年間）には、「或ハ、美濃ノ内ト云ヒ、亦ハ安曇郡トモ伊奈郡トモ、其説一決セズ。其後、元禄年中、国絵図改メラレシ時、筑摩郡《ツカマノコホリ》ニ定マレリ」と説いて「筑摩郡木曽」を立項しています。長門本は「信濃国あつみ郡木曽といふ所あり」（内閣文庫蔵、享保の頃書写本、巻十二）と語り、源平盛衰記も「信濃国安曇郡に、木曽といふ山里あり」（蓬左文庫蔵本、巻廿六）と叙述しています。四部合戦状本は「信濃国安東郡《アヅマノコホリ》木曽」と郡名を誤記、語り本では屋代本から「信濃国木曽ト云フ所ニ」として「安曇郡」が無くなり、覚一本も同じであります。木曽を「安曇郡」と語ることに所轄に関して疑義が発生してきていたための削除かと考えます。物語は続いて、

彼義賢、去ヌル仁平三年夏ノ比ヨリ、上野国多胡郡ニ居住シタリケルガ、秩父次郎大夫重隆ガ養君ニナリテ、武蔵国比企郡へ通ヒケルホドニ、当国ニモ限ラズ、隣国マデモ随ヒケリ。カクテ年月ヲフルホドニ、久寿二年八月十六日、故左馬頭義朝ガ一男、悪源太義平ガ為ニ、大蔵ノ館ニテ、義賢重隆共ニ討タレニケリ。其ノ時義仲二歳ナリケルヲ、母泣ク泣ク相具シテ、信乃国ニコヘテ、木曽仲三兼遠ト云フ者ニ合ヒテ、「是養ヒテ置キ給へ。世ノ中ハ様アル物ゾカシ」ナムド、打チ

タノミ云ヒケレバ、兼遠是ヲ得テ「穴糸惜シ」ト云ヒテ、木曽ノ山下ト云フ所デソダテケリ。二オヨリ兼遠ガ懐ノ中ニテ人トナル。万ヅ愚カナラズゾ有リケル。（同前）

と展開します。この襲撃事件はよく知られていますから特に触れません。初めて①木曽仲三兼遠（活動地域＝信濃国安曇郡木曽）（義仲拠点＝信濃国木曽の山下。山下は不明）がここに登場します（数字は延慶本での登場順序を示します）。兼遠はこの章段のみで姿を消しますが、三人の息子、㉔今井四郎兼平が「木曽最期」で義仲と生死を共にし、「樋口被斬」で㉜樋口次郎兼光が処刑され、㉘落合五郎兼行は「倶利加羅谷合戦」まで登場します（一〇頁の義仲郎従一覧と一一頁の地図参照）。

義仲母子の信濃国への逃避経路は「古代交通図」が参考になります。「碓氷峠」を越えて「清水」「亘理《わたり》」「浦野」「錦織」「覚志」を経て、和銅六年開通という「吉蘇路」を奈良井川に沿って遡行し、県坂《あがたざか》（鳥居峠）を越えて木曽にたどり着いたであろうと考えます。「律令以前の古東山道」のこの当時の実態は不明で、かなり迂回になります。いずれにしましても乳児を抱いた女一人でたどれる道程ではありません。幇助者を源平盛衰記は「畠山重忠・斎藤別当実盛」として既に物語化しています。『吾妻鏡』（治承四年九月七日条）は、「乳母夫中三権守兼遠之を抱き、信濃国木曽に遁れ、之を養育せしむ」とあり、兼遠がこの襲撃時に大蔵館に居合わせたことになっていますが不自然です。頼長の『台記』の記事（久寿二年五月十五日条以降、十月まで）から、「義賢と頼賢、父子の約を成せり」という実弟「左衛門尉頼賢」の手助けがあったものと推察します。

到着時の母親の言葉は「是養ヒテ置キ給へ。世ノ中ハ様アル物ゾカシ」とあり、「様アル物」は含意のある表現で「訳有り、子細あり」と解されます。屋代本は「是ヲソダテ、人トナシテ見（セ）給へ」と「人トナシテ」を加えて「武家の母親像化」し、覚一本で「是、いかにもしてそだてて、人になして見せ給へ」と「いかにもして」が加わって確固たる母親像は確立します。源平盛衰記はこの台詞を大幅に手直しして母親像に後退を来たします。義仲の母親はこの場面にだけ登場し、この一言を残して表舞台を去ります。義仲の生涯は母親のいわば「最後の一句」に導かれるように展開したと申して過言ではありません。母親の願った「人と成る」とは必ずしも合致したとは言えませんが、ここで出会うことになる乳兄弟兼平との関係を通して、遥かに濃密な「人と成る」最期を生きることになります。

其後ハ世ノ聞ヘヲ怖テ、当国ノ大名、根井小矢太滋野幸親ト云フ者ニ義仲ヲ授ク。幸親是ヲ請取リテ、モテナシカシヅキケルホドニ、国中ニ奉リテ、木曽御曹司トゾ云ヒケル。父多胡先生義賢ガ奴デ、上野国勇士、足利ガ一族以下、皆木曽ニ従ヒ付キニケリ。（同前）

と展じ、②根井小矢太滋野幸親（拠点＝東信佐久地方の根井）の登場となり、これより義仲と行動を共にした、主として根井配下の兵ども（地図）の考察が必要になります。「根井小矢太滋野幸親」は長い表記ですが一人物で、地域名「根井」には今日まで館址と菩提寺の正法寺が伝わります。「滋野氏」は古代信濃国有数の氏姓で「海野・根津・望月」の三名字に分かれ、「根井小矢太」は「望月」

の系統から出ますが居住地域は「望月」より東部に広がります。屋代本は「祢井太郎小野太滋野行近」と「太郎」を加えていますがやはり一人物を指します。[2] 覚一本は「根井小矢太・海野行親」と、「滋野」を「海野」に変えます。「海野」も「滋野」の一係累ですが、「海野行親」とすると「海野」に同名の別人がいますので混乱が発生します。よって後続の語り本は「滋野」に戻しています。覚一本の場合は中黒で分割する現行の校訂は妥当です。後述⑥「海野矢平四郎行広」の父親はこの「海野行親」であります。

二　義仲と行動を共にした、主として根井配下の兵たち

「城四郎、木曽ト合戦ノ事」（第三本廿六）は、語り本では「横田河原合戦」という章題は残りましたが、合戦の叙述は十四行の簡単な叙述で終わります。延慶本では八頁百十四行を費やしてあり、義仲伝承に最重要の長編章段です。義仲配下も三分の二が出揃います。この観点からも義仲論に欠かせません。登場する信濃国の郎従は次のような人物です。

③楯六郎親忠 ④根津次郎 ⑤根津三郎 ⑥海野矢平四郎行広 ⑦小室太郎光兼 ⑧望月次郎 ⑨望月三郎 ⑩志賀七郎 ⑪志賀八郎 ⑫桜井太郎 ⑬桜井次郎 ⑭野沢太郎 ⑮臼田太郎 ⑯平沢次郎 ⑰千野太郎光弘 ⑱諏訪二郎 ⑲手塚別当 ⑳手塚太郎金刺光盛 ㉑高山の人々三百余騎（飛騨高山か） ㉒井上九郎光盛 ㉓星品（保科）党三百余騎。

拠点とする地域は地図に番号で示しました。姓名ともに記載されている人物は延慶本で進退が最後まで語られる場合が多く、姓のみの人物とでは伝承に濃淡があります。

最初に名前の出る③楯六郎親忠は根井小矢太の息子です。「親忠」の位置づけを巡っては、読み本系と語り本系に差異があります。「義仲等ノ頸渡ス事」（第五本十二）に、㉜「樋口兼光」を「義仲ガ四天王ノ其一」とするランクづけがあり、直前に「獄門ノ楝ノ木」に懸けられた首四つを義仲と、郎等は「㉝高梨六郎忠直・②根井滋野幸親・㉔今井四郎中原兼平」と三人を明記してあり、「木曽京都ニテ頑ナル振舞スル事」（第四・十八）でも「木曽ガ方ニ、今井、樋口、高梨、根井ト云フ四人ノキリ者有リケリ」と四人を特定しています。よって延慶本は当の「楯六郎」を「四天王」に数えません。覚一本は同じ場面で「木曽が四天王」を「今井・樋口・楯・祢井」とし、「宇治川先陣争い」でも梶原源太景季に「木曽殿の御内に四天王ときこゆる今井・樋口・楯・祢井」と言わせていて、「高梨」が外れて「楯」がこれに取って替わります。北信濃の「㉝高梨」が郎従として登場するのは義仲入京後で、最も遅れて名前の出る人物ですから顕著な活躍伝承がなくて語り本は差し替えたのではないかと推察します。この「根井・楯」の父子を延慶本は、「木曽最期」（第五本九）直前の「河原合戦」（第五本七）で、義仲といよいよこれが最後という対面をさせ、覚悟の言葉を交し合い、その後に父子の果敢な討死へと場面を語り進めています。覚一本における「四天王」への格上げは父子に嬉しい取り立てですが、最期の奮戦伝承を語らないのは残念です。楯六郎は今日まで佐久市の南部にその館址を伝えます。六郎には兄とおぼしい㉙八嶋四郎行綱もあり北国の合戦から登場します。「根井」は兼遠から託された義仲をもり立てて、子息郎等を引き連れてその最後まで行動を共にしました。

先に触れた⑥海野矢平四郎行広は「幸広」とも表記され、義仲入京後の山陽路での「水嶋津合戦事」（第四・十九）に大将軍（覚一本は侍大将に格下げ）として派遣され、乗り込んでいた端船が沈没して八人諸共に水死を遂げます。父親は覚一本が差し替えた方の「海野幸親」で、実子「幸氏（行氏）」は、人質「清水冠者義基」の鎌倉下向の介添えに指名され、延慶本では「㉖海野小太郎重氏㉗ウブコヤ（産小屋）太郎行氏」の二人となる「海野小太郎行氏」と同定されます。少年「行氏」は鎌倉滞在中に父の瀬戸内での訃報に接したはずで、年明けて一月には義仲粟津の最期を聞き、いち早く義基の鎌倉館脱出を幇助しますが、甲斐なくもその斬死という悲報を噛み締めることになります。異郷にあって緊張の連続であった少年の心に二重、三重の傷痕を刻んだものと想像されます(3)。

覚一本の差し替えた「海野幸親」、水嶋合戦で水死する「行広」、人質に同行した「行氏」の親子孫三代には、義仲伝に欠かせぬ主要人物「大夫房覚明」との不可解な関連伝承が発生してきます。平家物語のいずれのテキストもその片鱗を伺わせませんが、覚一本の差し替えはこの伝承発生と無縁でないかも知れません。梶原正昭氏も(4)「覚明伝」考証に取り上げられた『大谷本願寺通紀』（大日本仏教全書本）「諸弟略伝」の項では、覚明、即ち西乗房信救は、義仲没後、鎌倉滞在中に素性がばれて、しかしいつの間にか鎌倉を抜け出し、「西仏」と改名して、慈円、法然を経て親鸞門弟となったという伝記が詳述されます。「俗名蔵人通広」とあって、父の名を「海野幸親」と記します。この伝承は「蕗原拾葉」（井出道貞著・天保五年刊）所収『信濃奇区一覧・巻五』（原題『信濃奇勝録』）など、江戸時代文献に盛り込まれ、『奇区一覧』は「西仏」を「海野幸広」の兄とします。こうして覚明の出自と後日譚は、一族の拠点海野庄白鳥地区と結び付いて、この「白鳥」は義仲が横田河原出陣の旗揚げをした白鳥河原に面する白鳥神社の地域ですが、『康楽寺縁起』の始発点の伝承を形作ります。「報恩院白鳥山康楽寺」は後に更級郡塩崎村に移転します（現在は長野市篠ノ井塩崎に寺域を構える）。生没年、その他から史実性の疑われる伝承で、早くに中澤見明氏が「西仏」が「覚明伝」に結び付く、史実離れ発生の経緯について踏み込んだ考察を加えています。[5] なお延慶本の立場に絞ってこの問題に言及しますと、大夫房覚明の俗称を、他本は「通広（弘）」と作るのに対して「進士蔵人通康」として名前が異なります。「康楽寺」との関連も推察される俗名ですが、誤写も含め理由はわかりません。

義仲郎従一覧

①木曽仲三兼遠
②根井小矢太
（滋野幸親）
③楯六郎親忠
④根津次郎
⑤根津三郎
⑥海野矢平四郎行広
⑦小室太郎光兼
⑧望月次郎
⑨望月三郎
⑩志賀七郎
⑪志賀八郎
⑫桜井太郎
⑬桜井次郎
⑭野沢太郎
⑮臼田太郎
⑯平沢次郎
⑰千野太郎光弘
⑱諏訪二郎
⑲手塚別当
⑳手塚太郎金刺光盛
㉑高山ノ人々
㉒井上九郎光盛
㉓星品（保科）党
㉔今井四郎兼平
㉕清水冠者義基
㉖海野小太郎重氏
㉗産小屋太郎行氏
㉘落合五郎兼行
㉙八嶋四郎行綱
㉚仁科次郎盛家
㉛村山
㉜樋口次郎兼光
㉝高梨六郎高（忠）直

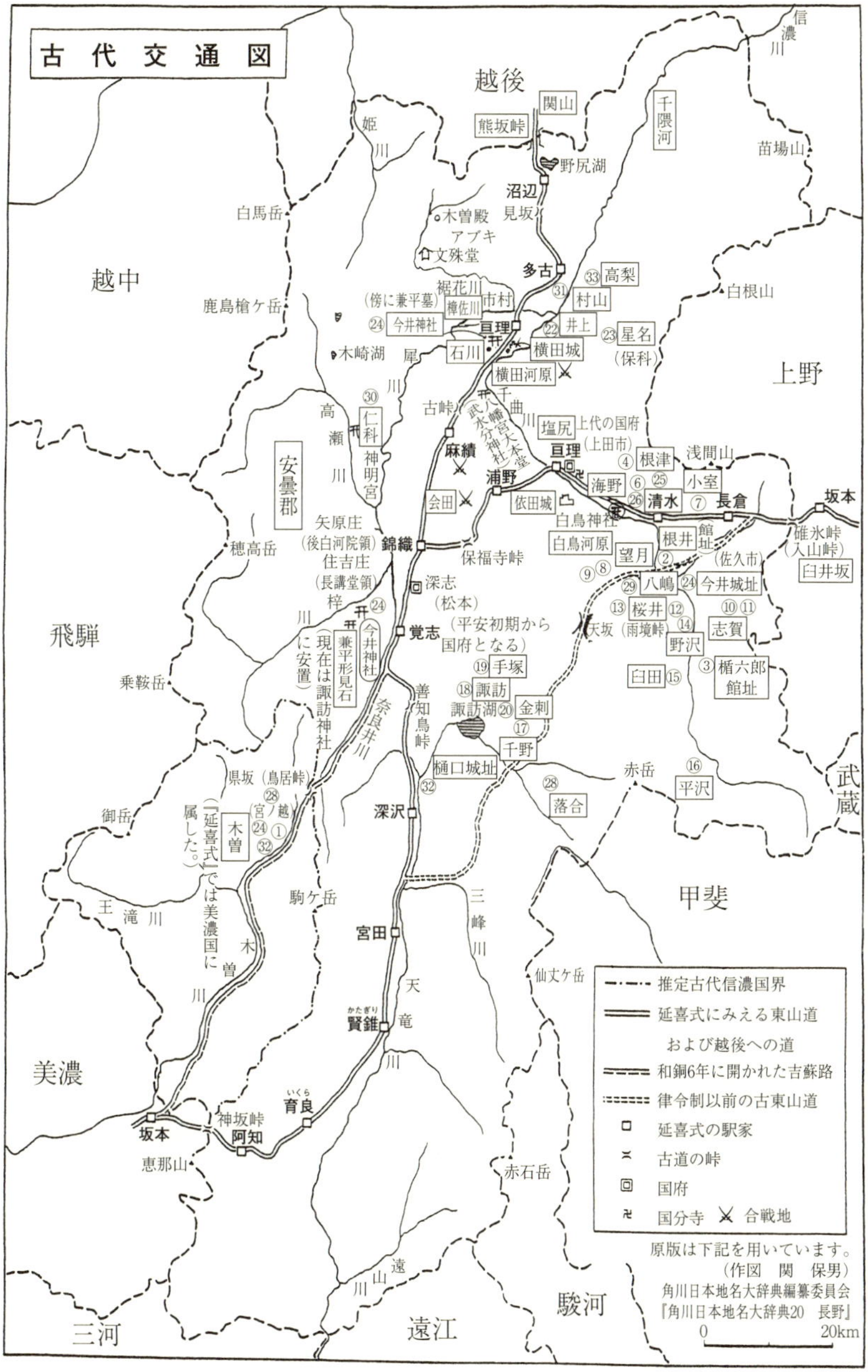

〔延慶本平家物語に登場する義仲郎従の所在地図〕

もう一つ延慶本で注目しておきたいのは、治承元年のいわゆる「鵜川事件」（第一本廿四）で、「宇河山寺ノ出湯」に馬を引き入れた師高への報復のために、目代秘蔵の馬の尾を切断して騒動を拡大した張本人を「白山中宮、八院三社の惣長吏智積、覚明」とする点であります。この「覚明」を「信救」とは別人の「覚明」とするなら、「信救」ほどの博学博識の人物が、「白山事件」より僅かに三年後に「南都牒状事件」で自ら改名してわざわざ「覚明」と名乗るというのも不可解であります。関係する記録として、信救の著作とされる『仏法伝来次第』（続群書類従本）の跋文に、信救の伝記が付加されてあり、「近衛天皇在位の頃、黒谷で出家し、北陸に修行し、南都で以仁王の挙兵に遭遇した」と書かれてあります。「抑」で書き起こされるこの筆者伝記も本人の記載とは読めませんが、先述の宗門系の伝承群よりは比較的に信用してよい伝記として扱われています。「信救」が自ら改名した「覚明」という別名は、南都牒状事件以前からも使用されていたものか、あるいは後の覚明の大胆な所業に引き付けて、馬の尾切断の張本人を北陸修行の経歴を踏まえて覚明の所業に付会したのか、延慶本の不可解な部分です。白山事件に関与したという「覚明」の考証は刊行中の延慶本の『全注釈』にも触れられていませんので、見当はずれかも知れませんが話題提供までに取り上げておきました。

三　今井四郎兼平の伝承地

義仲の「乳母子」としてよく知られる㉔今井四郎兼平の登場は必ずしも早くはなく、「兵衛佐、木

曽ト不和ニ成ル事」（第三末七）での、「㉕清水冠者義基」派遣に異を立てる場面からです。義仲は、
今井ハ乳母子也。根井、小室ハ今参リ也。乳母子ガ云ワム事ニ付テ、是等ガ云事ヲ用ズハ、定テ恨ミムズ。又カレラニ捨ラレナバ、悪シカリナム。
と、「今参り」の「根井、小室」とは区別し、かつ彼らには気遣いしつつ今井には腹を割って接しています。今井が「乳母子」であることは遍く知られていますが、仲原氏の四郎兼平がなぜ「今井」であるのかは必ずしも自明ではありません。『木曽路名所図絵』（文化二年刊）巻三には、宮ノ越に兼遠宅址があり、また兼光宅址には「駅の南にあり、その地大樹多し」、兼平には「駅の東にあり、木曽殿の隣地也」と実景らしく描き込んでいます。『名所図絵』の史実性は不明です。江戸後期の地域伝承の反映はあるかと解されます。

今日信州に「今井地区」は四箇所あり、その内の三箇所まで兼平の伝承を伝えています。北佐久郡の南端で、南佐久との境に今日「今井城址」と呼ぶ、南側を千曲川の高い岸壁に守られた自然の要塞とも言える一帯があります。北に根井、西に望月と八嶋、南に桜井、野沢、志賀、楯、臼田といずれも根井配下の豪族に囲まれて、この城址を『南佐久郡誌』は、今井兼平に繋がる伝承地として解説しています（因に、編集方針の異なる『北佐久郡誌』はこの伝承を収採していません）。義仲の佐久移動に伴い兼平も当然この地に相応の拠点を得たと考えられます。「兼平」が根井隣接地を分与されて城を構え、「今井城」となったとも想像されますが、兼平がなぜ「今井」なのかの説明にはなりません。

本命として、木曽から奈良井川の流れに沿って北に進みますと、かつての深志（今の松本）の西南部（今日の松本空港の西一帯）に下今井、上今井と呼ばれる地域があります。下今井の諏訪神社には「兼平形見石」を祀っています。近辺の田地（「五行田」と呼ぶ）から発掘され、元は八幡神社に安置されていましたが、八幡神社の整理で諏訪神社に移籍されたと古老の方から聞きました。不思議な梵字を配した高さ一米程の板碑で古そうです。近くに宝輪寺があり、これは「兼平中興開基の寺」と寺伝は記しています。上今井には今井神社があり、この神社は併せて筑摩《つかま》神社の門額を掲げています。信州の神社ですから「筑摩」の方が古称であろうと想像します。兼平が参詣した神社として伝わり、地元人は「兼平さん」の愛称で親しんでいます。一帯は梓川の支流鎖川から用水路を引き今井堰を設け、ために地域名が「今井」と呼ばれるようになったそうで、「今井姓」はなく、「仲原姓」は二軒現存します。兼平は山間の木曽から肥沃な北方に進出してきて、ここを拠点に勢力を拡張し、やがて義仲の佐久移動に伴い「今井の四郎」と呼ばれるようになったのかも知れません。義仲が根井に移って「木曽御曹司」と呼ばれたのと同態であります。

三箇所目は今日では周囲を削り取られて貧弱になってしまった横田城址の、その周辺に今井神社が現存し、その傍らに兼平墓が築かれてあります。後世の今井一族はこの墳墓を丁重に祀っています（墓石は風邪に効くとかで少しずつ削り取られています）。この地は兼平が横田河原合戦の拠点とした一帯として伝えられて今井神社はかなりの境内地を保持し、関連する切勝寺も近辺です。また近くに、これは直接の関わりはありませんが加毛羽神社という神社があり、その傍らに木曽義仲の立派な墓碑を中心に据える古い一区画もあって、今日では久保田家によって守られ、路傍に古風な芭蕉の句碑もあります。

「清水冠者義基」の「清水」の謂れは、同い年の少年「海野行氏」を介添えに鎌倉に連行される成り行きから、「海野」の近くの「清水駅」と関連があるかと推察しています。「産小屋太郎」の名称も乳母子を想定させます。今日も清水の滾々と湧く「弁天清水」が健在で、古代の東山道の信濃国十五駅の一つ、かつては『延喜式』「諸国駅伝馬」にも清水は「駅馬十疋」と定められていました。街道に沿ってもう涸れてしまった湧水跡にも史跡碑は点在しています。

その他の義仲の郎従に詳しく触れるゆとりはありません。一二補っておきますと、⑰千野太郎光弘は㉜樋口次郎兼光の甥で、行動を共にして「樋口被斬」で討死にします。⑱諏訪⑲手塚と共に中信濃諏訪地方を拠点にします。兼光の登場は三兄弟で最も遅れ、「志雄合戦」(第三末十二)からです。「樋口」の名称由来は、天竜川の源流辺、辰野町に「樋口城址」があり「香蓮寺」跡に古いものではありませんが墓所が営まれています。町の歴史資料室でも「樋口地区」と「樋口兼光」の関係を根拠づける文献資料はまだ確保していません。弟㉘落合五郎兼行の実地踏査は不十分ですが、樋口とは比較的近辺で、この三点を結ぶ踏査を課題としておきます。㉒井上九郎光盛は北信濃で「井上黒」の馬の産地としても語られます。生き延びて北条配下となり十郎蔵人行家を討ちに河内国に下向しています

（第六末廿二）。㉚仁科次郎盛家の登場場面は「志雄合戦」と「法住寺合戦」で、仁科氏は仁科神明宮を守る一大豪族で、長野県の数少ない国宝の一つとして今日も大糸線沿線の山懐に鎮座して地域の氏子たちの尊崇を集め、五竜岳の裾野あたりに管理の行き届いた立派な御用林を擁して二十年一度の遷宮を墨守しています。

学会資料集には、上野、越後、加賀、能登、越中の住人として登場して義仲勢に加わる郎等の名前を分かる限り記しましたが、出自来歴の考証はまだ報告していません。また地図には、延慶本に出てくる地名として塩尻、依田城、八幡宮大本堂など、あるいは延慶本には語られない義仲伝承地も、例えば奥裾花川沿いの木曽殿アブキ、文殊堂などを記載いたしました。興味深い伝承を抱えますがこれも割愛いたします。

四　延慶本に設定された「頼朝にとっての義仲」

前節までは、延慶本の採取した義仲伝承を信濃国の郎従を中心に取り上げました。しかし延慶本はこれらの義仲伝承の外枠に、二段構えで義仲批判を展開します。先ず「頼朝側から見る義仲」という観点から頼朝の言葉伝承を二つ取り上げます。

一つは入京後の義仲を、あたかも義仲を頼朝の配下に組み込むかの如くに位置づける叙述でありま す。頼朝への征夷大将軍の勅使は、出来事そのものが史実を十年遡らせていますので、後白河院に頼

朝の言動を報告するようなことはすべて物語の作り事にならざるを得ません。勅使は後白河院に頼朝からの奏上として、

「行家、義仲ハ頼朝ガ使ニテ都へ向フ。平家ハ頼朝ガ威ニ怖レテ、京都ニ跡ヲ留メズ、西国へ落チ失セ候ヒヌレバ」（第四・十六）

と言わせています。同様の見解は『六代勝事記』にも場面は異なりますが「時に、佐、木曽義仲・行家以下余勢を起こして」とあり、義仲上洛を頼朝の派遣とする両者の見方は共通しています。

もう一つは法住寺合戦の直後、義仲が都を追われるように西国の平家討伐に向かった段階で、頼朝は、

「義仲ヲ差上セシ事ハ、仏神ヲモ崇メ奉リ、王法ヲモ全クシ、天下ヲモ鎮メ（以下略）」（第五本二）

と、再び自らの義仲派遣を強調します。しかし義仲伝承の叙述にはどこにも頼朝の命を受けた入京という意志開陳は盛り込まれていません。延慶本の作者は万事を頼朝の功績として描こうとする流れに沿う言葉伝承を随所に設定しています。延慶本の全体が描こうとする義仲には、義仲の意中とは無関係に頼朝の支配下という外枠が嵌められているからであります。次の段階に入ると義仲批評はいよいよ顕著になります。

五　延慶本著述部の義仲総評

作者が直接顔を出すという二段階目の義仲批判の外枠は、「義仲等ノ頸渡ス事」（第五本十二）に盛り込まれます。

> 伝ヘ聞ク、虎狼ノ国衰ヘテ、諸将蜂ノ如ク競ヒ起コリシニ、沛公先ヅ咸陽宮ニ入ルト云ヘドモ、項羽ガ後ニキタラム事ヲ恐レテ、金銀珠玉ヲモ掠メズ、屐《はきもの》、馬、美人ヲモ犯ス事ナカリキ。只徒ニ函谷ノ関ヲ守リテ、項羽ガ命ニ随ヒキ。而シテ後、謀ヲ翠帳ノ中ニ廻シテ、勝ツ事ヲ千里ノ外ニ決ス。漸々ニ敵軍ヲ滅ボシテ、終ニ天下ヲ保ツ事ヲ得タリ。義仲モ先ヅ都ヘ入ルト云ヘドモ、其ヲ慎シミテ、頼朝ガ下知ヲ待タマシカバ、沛公ガ謀ニハ劣ラザラマシ物ヲト哀レ也。義仲悪事ヲ好ミテ天命ニ従ワズ、剰ヘ法皇ヲ褊シ奉リテ叛逆ニ及ブ。積悪ノ余殃身ニ積モリテ、首ヲ京都ニ伝フ。前業ノツタナキ事ヲハカラレテ無慚也。

ここは延慶本著述部の露骨に顕在化する義仲総評であります。この文章のそのままの依拠資料は見つかっていませんので、作者の著述であろうと見ています。前半の例示はあまりぴたっと嵌まっていません。後半「義仲モ先ヅ都ヘ入ルト云ヘドモ、其ヲ慎シミテ、頼朝ガ下知ヲ待タマシカバ」と、作者はあたかも義仲に説諭するかの如くにその欠点を指摘します。「慎シミ」を義仲に求めるのは成親の場合と同じ主張であります。しかもこの批判は、頼朝の言葉と全くと言っていいほどに似ています。

「頼朝ガ下知ヲ待タマシカバ」と作者は頼朝の立場に成り代わって義仲を裁き頼朝を持ち上げます。前述の頼朝の言葉伝承も、ここに手厳しく論評する作者の文言も、共通するのは義仲を頼朝の配下に丸め込んで扱う、延慶本作者の徹底した義仲処遇でありますす。義仲側から眺めますとこれは延慶本作者の強引な制裁です。義仲は親の代からの因果を背負って史実の上でも頼朝と対敵しなければなりませんでしたが、時代を隔てた延慶本の作者ともここにもう一度あたかも敵対者の如く扱われ、向き合わされねばなりませんでした。しかも後者に対しては抗う術はありません。二段構えの敵視という圧迫に耐えながらも、義仲に纏わる信濃の伝承は、前半に取り上げたように、義仲を担いだ信濃の郎従たちとのめくるめく日々を復元します。その再現力を作品成立過程の最後まで失わなかったことを見落としたくありません。

次にもう一箇所、義仲の行動を手厳しく非難する文章を取り上げねばなりません。これも段階は、著述部作者の仕業ですから二段階目の枠組みに入る義仲批判であります。典拠がありますので項を改めて取り上げます。

六 『六代勝事記』に依拠する四人物批評
「義仲・後鳥羽院・後白河院・頼朝」

延慶本には『六代勝事記』を典拠とする四人の人物評があり、その最初が義仲で「法住寺合戦」の導入部に置かれた次の文です。

昔、周武王、殷紂王ヲ誅ムトシケルニ、冬天ニ霜塞ヘテ、雪降ル事高サ廿丈余リ也。五馬二車ニ乗レル人、門外ニ来リテ、「王ヲ助テ紂ヲ誅ツ可シ」ト云テ去ル。又深雪ニ車馬之跡ナシ。是則チ海神ノ天ノ使トシテ来レルナルベシ。然ル後、紂ヲ誅ツ事ヲ得タリ。漢高祖ハ、韓信ガ軍ガ囲レテ危カリケルニ、天俄ニ霧降テ、闇ヲナシテ、高祖遁ルル事ヲ得タリキ。（ここまで『六代勝事記』依拠。この後、「天の陰徳をあらはす、古今是同じきものか」と続く。延慶本は、以下の如く続ける）。木曽人倫ノ為ニ讎有リ、仏神ニ憚リヲ成サズ。何ニ依リテカ天助ニモ預カリ、人ノ愍モ有ルベキナレバ、法皇ノ御欝リモ弥深ク、知康モ日ニ随ヒテ、「イソギ追討セラルベシ」トノミ申シ行ヒケリ。

（第四・廿五「木曽、法住寺殿ヘ押シ寄スル事」）

この文章は本来、信太三郎先生義広の反乱を制圧する頼朝を加護した「天の陰徳」を、中国の故実に類比させて讃える記事で、義仲の法住寺合戦への批判はその転用です。本来は義仲と無関係の本文でありますす。義仲に無関係の本文を義仲に当てはめてでも、頼朝の「陰徳」と対比させて義仲への「天助」否定を強調したい、という作者の強引な手法による両者の対照であります。この強引な引用の陰に作者のしぶといまでの歴史批評の主体性が顔を覗かせます。

二人目は後鳥羽院批判で、

此君、芸能二ヲ並ルニ、文章ニ疎ニシテ、弓馬ニ長ジ給ヘリ。国ノ老父ヒソカニ、文ヲ左ニシ武ヲ右ニスル。帝徳ノ闕タルヲ憂ル事ハ、彼ノ呉王剣客ヲ好シカバ、天下キズヲ蒙ル者多シ。楚王細腰ヲ好シカバ、宮中ニ飢テ死スル人多リキ。疵ト飢トハ世ノ厭フ所ナレドモ、上ノ好ニ下ノ随フ故ニ、国々ノアヤフカラム事ヲ悲ムナリケリ。（第六末卅六から「隠岐院ノ事」の部分）

第三は後白河院で、

建久三年三月十三日、法皇遂ニ崩御、御年六十六、後年高運ノ君也。御賀、御逆修、高野詣、御登山、勝地名所ノ叡覧ヲキハメ、験仏霊社ノ臨幸ヲ尽シ、四明ニハ大乗戒ヲ受ケ、三井ニハ密教ヲ習ヒ、東大寺ニハ聖武創草ノ跡ヲトメテ、金銅ノ霊像御手ヲ下シテ開眼シ給。叡心ニ背キシ青葉ハ風ノ前ニチリハテ、朝章ヲ乱リシ白波ハウタカタト消シカド、分段ノ秋ノ霧、玉躰ヲヲカシテ、無常ノ春ノ風、花ノ姿ヲサソヒキ。（以下全文が『勝事記』依拠）（第六末卅八「法皇崩御之事」）

この二人については今回は特に取り上げることはいたしません。(6)「後白河院崩御」を頼朝の直前に据えるのは、この作品のもう一つのモチーフである法皇主義の表明です。そして第四が頼朝です。

抑征夷将軍前右大将、惣テ目出カリケル人也。西海ノ白波ヲ平ゲ、奥州ノ緑林ヲナビカシテ後、錦ノ袴ヲキテ入洛シ、羽林、大将軍ニ任ジ、拝賀ノ儀式、希代ノ壮観也キ。仏法ヲ興シ、王法ヲ継ギ、一族ノ奢レルヲシヅメ、万民ノ愁ヲ宥メ、不忠ノ者ヲ退ケ、奉公ノ者ヲ賞シ、敢テ親疎ヲワカズ、全ク遠近ヲヘダテズ（ここまで『勝事記』依拠、以下独自加筆）、ユユシカリシ事共也。此ノ大将十二ニテ母ニヲクレ、十三ニテ父ニハナレテ、伊豆国蛭ガ嶋ヘ流サレ給ヒシ時ハ、カクイミジク果報目出カルベキ人トハ誰カハ思ヒシ。我身ニモ思知給ベカラズ。人ノ報ハ兼テ善悪ヲ定ムベキ事有マジキ事ニヤ。何事ノオハセムゾト思給ヒテコソ、清盛公モユルシ置奉リ、池尼御前モイカニ糸惜ク思奉給トモ、我子孫ニハヨモ思カヘ給ハジ。「人ヲバ思侮ルマジキ物也」トゾ、時人申シ沙汰シケル。

（第六末卅九「右大将頼朝果報目出タキ事」、延慶本の大尾、『勝事記』では冒頭の「前右大将」は「二位家」とある）

この三人は『六代勝事記』そのままであります。その意味で延慶本は人物批評の骨格について、その歴史観を全面的に『勝事記』に依存しています。全面依拠の選択というかたちで表明された延慶本の歴史批評の主体性といえます。その意味で『勝事記』は延慶本平家物語の文学史の精神的父親であります。

ここで頼朝評の引用に際して作者は一つの仕掛けをいたしました。『勝事記』が「二位家」と表記した冒頭の呼称を自らの作品のモチーフに合わせて「前右大将」と改めたことであります。この「二位家」を少し改変してどこに用いたかは後に述べます。章段名がどの段階の作成かは不明ですが「右大将頼朝」としています。

延慶本はここで物語を閉じる訳ですが、そもそも延慶本の結構する、仮称[7]『右大将頼朝果報物語』とも言える物語の終わり方、即ち終局部はどこから始まっていたのでしょうか。つまり延慶本の最大の特色である「右大将頼朝、果報賛嘆型終結部」の構造をここで解明しなければなりません。この「右大将」への差し替えを当面の手掛かりとします。そこで延慶本第六末の章段構成を次に掲げます。章題を段下がりに組みましたところは頼朝の関与しない章で、△印は平家物語諸本の内、他の二つの終局部です。

(廿三)「六代御前高野、熊野へ詣給事」

△(廿四)「建礼門院事」、(廿五)「法皇小原へ御幸成ル事」

(廿六)「建礼門院法性寺ニテ終給事」～ここが『女院往生・灌頂巻型』の終結部にあたります～

○(廿七)「頼朝右大将ニ成リ給フ事」(「建久元年、源二位上洛」「右大将拝任」)～ここから『右大将頼朝果報型』の終結部が始まります～

源二位ハ、建久元年十一月七日上洛セラレテ、同九日、正二位大納言ニ任ゼラル。同十二月四日、大納言・右大将ニ拝任、即両職ヲ辞シテ、同十六日、関東へ下向セラレヌ。同三年三月十三日、法皇隠サセ給ヌ。(以上がこの章の全文です)

(廿八)「薩摩平六家長誅セラル事」(「建久六年、二位殿、東大寺大仏開眼供養上洛」)

(廿九)「越中次郎兵衛盛次誅セラル事」(「建久八年、二位殿、盛次を斬る」)

(卅)「上総悪七兵衛景清干死ノ事」(頼朝の登場なし)

（卅一）「伊賀大夫知忠誅セラル事」（「建久七年、二位殿の妹婿・一条の二位入道」）
（卅二）「小松侍従忠房誅セラレ給フ事」（「二位殿、湯浅攻略、降人忠房に対面す」）
（卅三）「土佐守宗実死給フ事」（「二位殿、小松末子宗実を一旦は赦免す」）
（卅四）「阿波守宗親発道心事」（頼朝の登場なし）
（卅五）「肥後守貞能、観音利生ニ預カル事」（「鎌倉の大将、貞能の感化を受け観音信仰」）（「二位殿は六代の処遇について、内心で、文学の生存中まではと決心します」）
（卅六）「文学流罪セラルル事、付ケタリ文学死去ノ事、隠岐院ノ事」（「鎌倉の大将」）（「源二位昇進」「右大将」「正治元年正月十三日、右大将頼朝隠る」「頼朝の世」）
△（卅七）「六代御前誅ラレ給フ事」（頼朝の登場なし）～ここが『断絶平家型』の終結部にあたります～
（卅八）「法皇崩御之事」（頼朝の登場なし）
◎（卅九）「右大将頼朝果報目出タキ事」（「征夷大将軍・前右大将」「此の大将」）～ここが『右大将頼朝果報型』の終結部です～

○印の章段が「右大将」の始まりで、延慶本中最短の章です。先ず冒頭の「源二位」は本来は最終章に用いた『六代勝事記』の冒頭文にあった「二位家」と類似しています。この文は頼朝の建久元年の上洛と「正二位大納言」任官を叙述する内容で、その文の主格が既に「源二位」とあるのは、極官表記による主格の設定とはいえ続く文章内容からみて不適格であることは免れません。作者はここに「源二位」を投入し、しばらく「二位殿」を頼朝の呼称とします。「二位殿」という呼称を知らなかったわけではありません。卌六で「正治元年正月十三日右大将頼朝隠レ給ヒテ後」と、あたかも光源氏の「雲隠れ」を想起させるかの表現でその死を語るとき、頼朝は「右大将」として死去します。巻末で冒頭に「右大将」を置き、いま一つ延慶本の独自加筆の「此ノ大将十二ニテ母ニヲクレ」を再び「此ノ大将」で開始します。このテキストの作者が、建久元年頼朝の「右大将拝任」から「右大将頼朝果報物語」の始発を構え、◎印最終章の「二位家」を「右大将」に差し替えて「右大将」重視で物語を閉じようとしていることは否定する余地はありません。延慶本という作品の解読に、この『六代勝事記』に依拠する最終章を、あたかも取ってつけた章段のように見なして、全体の構造に結び付けて意味付けをしようとしない延慶本論がないわけではありません。本講演のタイトルの後半に掲げる「延慶本平家物語を読む」は、目的として「延慶本平家物語を解読する」と同義のつもりですが、この終局部の入り口と最終章は緊密に構成された「右大将物語」であるとする解読につながります。解読などと大袈裟に言ってますが、実はここまではまだ延慶本というテキストの素朴な本文実態の報告の域を出ていません。

七　『頼朝右大将の果報物語』という終局は、物語のどの段階から用意されていたか――延慶本平家物語の全体構造――

どの段階とは、通例は作品の成立過程論としての課題ですが、ここでは、物語展開のどの段階から、そのようなモチーフを響かせて構成されているかという問であります。物語をどう読み解き、解釈することが成り立つか、という作品論としての課題を意味します。一つの作品として「近衛大将任官」のモチーフがどの場面から意図され、設定され、物語に持ち込まれていたかという単純な問いかけにつながります。

そこで先ず想起されますのは、平家物語というテキストが、開巻最初の故実詮索に「近衛大将設置の経緯」を置くという趣向です。なぜこんなところで、最初の故実調査として「近衛大将設置」の、遠く遡った史実を詳細に語っておく必要があったのか。全ての平家物語にある記事で、特に語り本に慣れ親しんだ場合など疑問となる記事でありました。延慶本では第一本五「清盛ノ子息達官途成ル事」は次のようになっています。

奈良御門御時、神亀五年戊辰、中衛大将ヲ始メテ置カレタリシガ、大同四年、中衛ヲ改メテ、近衛大将ヲ定メ置カレテヨリ以降、左右ニ兄弟相並ブ事僅カニ三ケ度也。

内容は「近衛大将設置」の経緯を押さえ、出来事の主旨である「兄弟左右」の故実に及んでいます。

周知のようにこのあと「上代ハカウコソ、近衛大将ヲバ惜シミヲハシマシテ、一ノ人ノ君達バカリナリシカ」と続きます。しかし「一ノ人ノ君達」ならぬ頼朝の「右大将拝任」に、作者はいささかの批判的言辞も差し挟むことはいたしません。「源二位」の不動の権威確立後の終局部の成立を意味しているものと読めるとともに、主格を「源二位」とする内容からみて的確ではない提示語の重みが読めてまいります。

続いて物語が「兄弟左右」を受け止める事件が、「成親の大将争い」であります。「右大将」になり損ねて身を滅ぼした大納言成親の「大将争い事件」、「鹿谷事件」と呼ぶ出来事であります。成親の八幡祈願に下る怪異に対して神祇官の御占は「天子、大臣ノ御慎ミニ非ズ。臣下ノ御慎」でありました。

ここでどうしても触れて置かねばならないのは、延慶本が序章に盛り込んであった独自の一句＝「王麗ナル猶如此。況、人臣、位者、争カ慎マザルベキ」の解釈についてであります。解釈を巡って諸説がありますが、ここではその検証は省きます。この序章の一句「人臣、位者、争カ慎マザルベキ」が指し示す慎みを欠いた物語最初の人物は成親で、その出来事は、成親の「大将争い」でありました。神祇官の御占「臣下ノ御慎」は序章の種明かしの占言で、この後、「大将争い事件」の原因となった宗盛の「右大将」任官と辞官が煩わしいまでに詳述されて物語の事件人物として呼び込まれ、やがて「高倉宮ヲ取リ逃ガシ」た「先右大将宗盛」の失態が後々まで尾を引き、彼の後悔となり、一門の命運を壇ノ浦へと引きずり込むことになります。延慶本の「右大将物語」は、十三歳にして父を殺され、流人から身を興した右大将頼朝の果報物語へと連携します。この意味で、延慶本の頼朝は「源二位右大将の物語」であって、「源氏将軍頼朝の物語」ではありません。

唐突なようですが、平安朝の物語では「三位の中将」が物語の主人公として愛でられる、という伝統がございました。この伝統を受け継いで平家物語も惟盛と重衡という「三位の中将」の物語が人々の憧れとして語られ、その憧れが両者の悲劇性を際立たせることになります。では人々の憧れとなる「右大将」が物語の主人公として脚光を浴びるのはどのあたりからかと申しますと、それは今更申すまでもなく「薫大将」と「狭衣大将」であります。延慶本もこの主人公設定と機を一にする推移を内蔵しています。延慶本作者もこれらの物語の主人公としての「大将」には十分に関心を寄せており、第六末の女院の「六道語り」にわざわざ「薫大将」「狭衣大将」と、二人の「大将」を語りの中に呼び出しています。つまり平家物語もまた「大将」に憧憬を抱く人々の文学でありました。あの成親という人物の描かれ方もまた、「薫大将」や「狭衣大将」という物語の主人公に憧れるという姿が垣間見られる人物として造形されているといえます。成親物語の全体の構造を視野に入れますと十分に成り立つ把え方かと思います。延慶本平家物語は、とかく中世軍記というジャンルに縛られた領域の文学作品の系譜に隔絶して解読されがちですが、そういう軍記史という狭い文学史の範囲で解読可能な体質の物語ではないことが分かってまいります。賛嘆されるべき理想の主人公という意味での平安朝の物語主人公の系譜を濃密に抱え込んだ、古代から中世に連なる物語文学の体質を内蔵する文学作品と見ることが必要であると考えられます。室町時代になり将軍がどこから出るかという話題が発生して、この話を遡及させまして、延慶本という平家物語の読み方を征夷大将軍頼朝の問題として頼朝を解釈する見方もあって、こういう解釈も時代の先取りとして悪くはありませんが、延慶本の体質を十全に反映させた物語の解読とは言い難いのではないかと見ています。ここで申し上げました読み解き方は、平安朝の物語をどれだけ豊かに踏まえて平家の物語が組み立てられようとしているか、主人公の設定に至るまで、どういう傾向性をもっているか、という体質把握の問題であります。文学の流れを踏まえたこういう読み解き方を見失ってはいけないのではないかという点であります。つまり古代から中世に連なる物語文学の体質を内蔵する文学作品、これが私の捉える延慶本平家物語であります。

木曽義仲から始まりまして思わぬ方向へと展開いたしました。義仲を論ずるだけでも一つの大きなテーマではありますがそれだけではやはり人物論に終わってしまいます。文学作品を作品として全体をどう読むか、この課題に答えることが文学研究に不可欠の命題であると常々考えています。その観点から論題を大きく展開させ、延慶本という平家物語の解読を、『成親大将争い物語』に始まり、「前右大将宗盛の数々の失態物語」を中間に、『頼朝右大将の果報物語』に終わる、「右大将の系譜」を縦糸とする歴史文学と見るという試解を提示させていただきました。

最後は少し急ぎましたが、本日は機会をお与えいただきました中世文学会と特に秋の大会の主催者に心から感謝を申し上げます。長時間のご清聴ありがとうございました。

註

（1）関連する論文「平家物語・木曽義仲と乳兄弟の物語を紡ぐ原点―母親の「託孤」と兼遠一族の「野望」―」（『軍記物語の窓』第二集所収、二〇〇二年十二月）「平家物語・「横田河原合戦」の木曽義仲造型―「武水分神社・八幡宮大本堂」からの発進―」（「日本文藝研究」五四巻四号、二〇〇三年三月）「木曽義仲受難の選択―人質・清水冠者の派遣」（「日本文藝研究」五五巻四号、二〇〇四年三月）

（2）『訓読四部合戦状本平家物語』は「根井小矢太・滋野幸親」と分割するが二人の人名ではない。

（3）紙幅の都合で、別稿「幸氏―少年期の悲劇を乗り超えた鎌倉射手の生涯」（『軍記物語の窓』第三集所収、二〇〇七年十二月）に譲る。

（4）梶原正昭氏「軍僧といくさ物語―太夫房覚明の生涯」（日本文学鑑賞講座『平家物語』一九八二年。『軍記文学の位相』再録、一九九八年三月）

（5）中澤見明氏「伝説の大夫房覚明」（「歴史地理」四二巻一号、一九二三年七月、日本歴史地理学会）
喜田貞吉氏「実在の太夫房覚明」（同前、四二巻二号、同年八月）
太田次男氏「釋信救とその著作について―附・新楽府略意二種の翻印」（「斯道文庫論集」第五輯、一九六七年七月）

（6）関連する論文「平家物語の後鳥羽院」「帰らぬ旅人――隠岐院」（本書第Ⅱ章二・三）

（7）拙稿「シンポジウム平家物語の終わり方」（「軍記と語り物」三五号、一九九九年三月）、特に鈴木彰氏の「延慶本の終局部はどこから始まっているのか」という問いかけへの応答として。

二「流人頼朝謀叛への共鳴」と、その物語的構築

はじめに

「平家物語は何を語るか」と問われたら、少し古典文学に関心のある人なら、いや文学にあまり興味を抱いてこなかった人でも日本の歴史にある程度の知識があれば、おおむね、「全盛の平家があっけなく滅亡に至る物語」と答えるでしょう。言葉を替えてもう少し厳密に応ずるなら、後白河院時代に出来した、二つの滅亡、「平家滅亡」と「仏法衰微」の「物語的構築」と言い直せます。それは、「平家滅亡への経緯」と、これを相乗する「予兆としての仏法衰微」が、あたかもその内容が紛れ無く史実であったかのごとくに、壮大なスケールで組み立てられ、「平家滅亡強調」のための、言わばたねも仕掛けもある歴史物語として、物語的に構築された文学作品であると言えます。その実態については、先に「平家物語の全体像」というタイトルで、その解読を提示いたしました。二十数年前のことであります。[1] その理念的認識は、「諸行無常」「盛者必衰」、「因果応報」、「愛別離苦」「怨憎会苦」等々として、これも常識的と言えるレベルで把握することができます。それは作者が意図的に染

め上げた、後白河院院政期の時代色調であります。以上の認識を、「平家物語は何を語るか」の〈PART・Ⅰ〉と致します。

しかし「平家一門」は、勝手に、自然消滅的に「滅亡」していったわけではありません。上記の認識を前提としつつ、この講演では、「平家物語の全体像」の〈PART・Ⅱ〉として、ここに、この物語の底流を支配する「流人頼朝謀叛への共鳴」と、その「物語的構築」の解明を目指します。それは、作者の仕組んだ、後白河院治世下の、「もう一つの物語」の解読の試みであります。そこに浮かび上がるのは、「流人謀叛」の「肯定的受容」、現代風に言い直しますと「非合法活動」の「密かな是認」という、体制的には危険極まりない、大胆不敵な構えと仕掛けの連発であります。これを読み解いて次第に見えてくるのは、その作品的構築のための「強引な作為」と、「矛盾」を承知の驚くべき「史実の組み替え」であります。しかもこの、一種の「背理」とも呼ばれるべき仕組みの合法化のために、物語は上述の「諸行無常」「盛者必衰」等々の向こうを張って、新たな理念的補強を試みます。「天道の加護」「果報の不可知性」、「慎みの重視」「侮りの戒め」、これらは、琵琶法師の語る「平曲」で人口に膾炙する「因果応報」「愛別離苦」「怨憎会苦」ほどにはメジャーではありません。一方また、研究史は数々の「頼朝論」を送り出していますが、「平家物語の全体像」の根幹を構築する「流人頼朝謀叛への共鳴」をあぶり出し、その「容認」、その「支援」のスタンスを強調するという意味での「平家物語の頼朝設定」はまだ十分に解明されているとはいえません。

一　史実における、「頼朝流刑」と「流人頼朝の本位回復」

頼朝が「流人」となったのは、『愚管抄』や『公卿補任』に明記されていますが、平治の乱の翌春、永暦元年（一一六〇）三月十一日の「伊豆流刑」に始まります。官位の剝奪についての明確な記録はありませんが、捕囚の日から「前兵衛佐」も始まっていたことになります。現代風にいいますと「刑罰執行」の開始であります。物語のレベルでは『平治物語』の象る源氏哀史の主要な一齣に当たります。

一方、史実における「流人頼朝の本位回復」、つまり刑罰の終了と釈放は、『玉葉』によりますと、寿永二年（一一八三）十月九日、「今日、小除目有リ云々。（中略）又、頼朝本位ニ復スルノ由仰セ下サルト云々」とあり、同じ出来事は『百練抄』にも同じ日付けで、「前兵衛佐頼朝ヲ本位ニ復ス」という記事を採録しています。『公卿補任』も「寿永二年十月九日、本位ニ復ス」としています（幼帝後鳥羽、摂政基通の時代）。記録類はすべて出来事を唐突に記して、これに至る経緯は不明です。現代風に言いますと、刑期の終了、釈放ということになり、頼朝は公式には、二十三年と七箇月服役、捕縛から数えるとプラス三箇月ということになり、正確な類比は無理なことは承知ですが、彼の受けていた罪状は、現代の無期懲役に似ていたと言えることになります。『愚管抄』は流刑のことは語りましたが、服役終了には言及しません。

二　平家物語における、「頼朝本位回復」の時点

ここから物語の内部に入り込みます。本日使用する平家物語の本文は、「応永書写本平家物語」で、「応永廿六年（一四一九）三月から応永廿七年六月」にかけて、「紀州根来寺」において書写された、「応永書写本」であります（本書では、第Ⅰ章の一から、この「応永書写本」の「本奥書《もとおくがき》」に記された年号に基づくこのテキストの通称「延慶本」を、一貫してその呼称としています）。琵琶法師の「語り本」とは異なり、読むための書物で「語り本」に対して「読み本」と類別しています。

頼朝が本位を回復されたという出来事は、平家物語の中でどのように記事として扱われているかというと、流罪中の頼朝にとって最も肝要な朝廷の決定事項であったはずのこの出来事が、物語のどこを探しても見つからない、つまり書き込まれていないのであります。このことは、上述の『愚管抄』と共通しています。

寿永二年十月九日の時点は、延慶本の第四・廿「兼康、木曽ト合戦スル事」という場面に当たります。第四とは「語り本」では巻八に当たり、章段は「妹尾最期」「室山合戦」に相当します。年月日の明記されている部分を引用しますと、

義仲、寿永二年十月四日朝、都ヲ出テ、播磨路ニ懸リテ、今宿ト云フ所ニ着ス。

の直後になります。義仲が平家追討のために山陽路に向かっている最中で、この次の章、第四・廿一

「室山合戦ノ事、付ケタリ諸寺諸山へ宣旨ヲ成サルル事、付ケタリ平家追討ノ宣旨ノ事」にまた月日が記されますが、

十郎蔵人ハ是ヲ聞キ、木曽ニ違ワムトテ、十一月二日、三千余騎ニテ京ヲ出デ、丹波国へカカリテ、播磨路へゾ下リケル。木曽ハ摂津へ懸リテ、入京ス。

となり、寿永二年の十月と十一月は、義仲の話題でもちきりで、平家物語はどのテキストも頼朝の名誉回復には全く言及しようとしないのであります。これはどう考えてもおかしい。なぜなら、次節で取り上げますように、この物語は一貫して頼朝をその登場の最初から「流人」呼ばわりして物語を組立ててきているからであります。その頼朝が、罪状許され、「本位」を回復したという、頼朝にとっては、本来なら目出度いはずの出来事を全く語らないのであります。なぜこういう事態が発生してしまったのでしょう。なぜこういう展開の仕方に、物語作者が違和感あるいは自己矛盾のようなものを抱えずに、頼朝を語ることが出来たのでしょう。

三　延慶本平家物語の「流人頼朝謀叛」という認識

延慶本には、「伊豆国流人、前兵衛佐頼朝」とする呼称は十数回数えられ、他に「流人頼朝」「流人ノ身」「源氏ノ流人」など合わせると二十回を越えます。このテキストの作者が、頼朝以外に「流人」と呼ぶ人物は、「薩摩国硫黄島ノ流人、丹波少将成経並ビニ平判官入道康頼法師」「法勝寺執行僧

都御房〔俊寛〕」「土佐国流人福田冠者希義」「聖〔文学〕ガ流人ノ身トシテ」の四箇所で、「鬼界ヶ島の三人」と、「土佐に流された源氏の希義」、「伊豆に流された僧文学」の五人と頼朝の六人ということになり、頼朝が同列に扱われた人物の流罪の史実性から推して、扱いに特にはみ出しはなく、その同列性は一目瞭然なのであります。

延慶本で頼朝を流人と表記する最初の記事は、開巻早々の第一本十一「土佐房昌春之事」の「流人兵衛佐殿コソ末タノモシケレ」で、この他、第二本廿八「師長、尾張国へ流サレ給フ事、付ケタリ師長熱田ニ参リ給フ事」、第二中廿二「南都大衆、摂政殿ノ御使追ヒ帰ス事」にも「流人頼朝」とありますが、もっとも肝心な出来事は治承四年九月二日の頼朝謀叛記事〔第二中卅五「右兵衛佐謀叛ヲ発ス事」〕であります。作者は東国からの情報伝達者に、「伊豆国流人、前兵衛佐源頼朝」と呼ばせています。この伝達者は平家方の「早馬」ですから、作者がこの「早馬」の主に、頼朝を「流人」と呼ばせるのは当然であります。

ではこのテキストは、頼朝個人の自意識をどのように設定しているでしょうか。頼朝に「征夷大将軍」の院宣の下される場面で、これは史実を十年早めた出来事として物語に持ち込まれますが、よって頼朝は未だ「流人」の身分のままの「征夷大将軍」という、現実的にはまことに滑稽な設定になりますが、その伝達式の場面を、院の庁に報告する中に引かれる頼朝の言葉を次のように復元しています。

「兵衛佐申サレ候ヒシハ、『頼朝ハ勅勘ヲ蒙ルト雖モ、翻リテ御使ヲウケタマハリテ、朝敵ヲ退ケ、武勇ノ名誉長ジタルニヨテナリ。忝ナクモ居乍ラ、征夷将軍ノ宣旨ヲ蒙ル。勅勘ノ身ニテ、直ニ宣旨ヲ請取リ奉ル事、其ノ恐アリ。若宮ニテ請取リ奉ルベシ』ト候ヒシカバ（以下略）」

（第四・十六「康定関東ヨリ帰洛シテ、関東ノ事語リ申ス事」）

聞く後白河院は、史実で頼朝に「征夷大将軍」の下された日には既にこの世の人ではありませんので、場面も言葉も物語作者の創作と言わねばなりません。それだけに、頼朝の「勅勘ノ身」は、作者の意図を十二分に反映する頼朝の「流人認識」ということになります。先の「早馬」記事に接続する、長文の唐国説話「燕丹」の最後の締めくくりに、

昔ノ恩ヲ忘レテ、朝威ヲ軽ンズル者ノ、忽ニ天ノ責ヲ蒙リヌ。サレバ頼朝旧恩ヲ忘レテ、宿望ヲ達セム事、神明ユルシ給ハジト、旧例ヲ考ヘテ、敢テ驚ク事無カリケリ。

（第二中卅六「燕丹之亡ビシ事」）

とあり、「昔ノ恩」とは、平治の乱後の頼朝助命・流刑を指し、「朝威ヲ軽ンズル」は言うまでもなく「朝廷軽視」で、その具体例が和泉判官襲撃事件となります。「天ノ責」は「天罰」であり、「神明ユルシ給ハジ」は「神仏の制裁」間違いなしという予告であります。この頼朝批判の論調は、朝廷方の全権掌握者である清盛の頼朝批判と同内容であります。

四　清盛による、「流人謀叛」批判の論理

本来、そんなことが起こってはならない「流人謀叛」という出来事を、時の政府を代表して言葉を尽くして批判し、攻撃し、感情的反発を展開する役目を、物語作者は清盛一人に負わせます。その論調はほとんど悲劇的ですらあります。

清盛の批判の論理は次の三点に絞られます。その一は「忘恩者罵倒と後悔」であります。その二は「仏神の裁き予言」、その三は「朝威軽視の批判」でありました。清盛の言葉に即して具体的に検討を加えます。最初の場面は、高倉宮と源三位頼政謀叛を聞く清盛の反応です。

入道相国、此ノ人々（平家の家人従類等）ニ向ヒテ宣ヒケルハ、「哀レ、新宮ノ十郎女（源義盛＝行家）ヲ平治ニ失フベカリシヲ、入道ガ青道心ヲシテ捨テ置キタレバ、今カカル事ヲ聞クヨ。頼朝ガ事ハ、池尼御前イカニ申シ給フトモ、入道宥サズハ、争カ命ヲ生クベキ。安カラヌ事哉」トテ、怒リ給ヒケリ。後悔先ニ立タズトハ、加様ノ事ヲ云フニヤ。

（第二中十「平家ノ使、宮ノ御所ニ押シ寄スル事」）

「哀レ、新宮ノ十郎女ヲ平治ニ失フベカリシヲ、入道ガ青道心ヲシテ捨テ置キタレバ」とありますが、『平治物語』の伝えるところによりますと、義朝の兄弟・三郎先生（河内の源義憲）と十郎蔵人（熊野の義盛）とは、敗北の兄義朝に東国落ちを勧めて、洛北大原の山中で一行とは離別した後、その動静

は語られていません。よって彼らは清盛に捕縛されたのではなく、「入道ガ青道心ヲシテ捨テ置キタレバ」というのは、徹底的に行方を探索して捕縛するに至らなかった、その自らの無策を、「青道心」と美化して語ったまでであります。平治の段階で清盛はまだ俗人でありましたから、「青道心」も「慈悲心」と同義であります。「今カカル事ヲ聞クヨ」は、高倉宮以仁の「令旨」を伝達したのが、行家でしたから、清盛が平治に彼を深追いせずに放置して、その結果の現状への後悔です。

後半は、「池尼御前」による頼朝助命嘆願経緯の反芻であり、これらは清盛による頼朝批判の第一「忘恩罵倒」と、煮えたぎる「後悔」の吐露と言えます。高倉宮謀叛の後悔に頼朝助命を持ち込むのは、必ずしも適切とは言えませんが、清盛が平治を反芻する言葉伝承の型であります。「後悔先ニ立タズトハ、加様ノ事ヲ云フニヤ」には、行家・頼朝に煮え湯を浴びせられた清盛を突き放して語る、作者の立ち位置がはっきりと示されています。次なる場面は、いよいよ頼朝謀叛に立ち向かう清盛であります。

太政入道宣ヒケルハ、「昔、義朝ハ信頼ニ語ラハレテ朝敵ト成リシカバ、其ノ子共一人モ生ケラルマジカリシヲ、頼朝ガ事ハ、故池尼御前ノ去リ難ク嘆カレ申シシニ付キテ、死罪ヲ申シ宥メテ、遠流ニ成シニキ。重恩ヲ忘レテ国家ヲ乱リ、我ガ子孫ニ向カヒテ弓ヲ引カンズルハ、仏神モ御ユルサレ有ルベキ。只今天ノ責ヲ蒙ランズル頼朝ナリ。アヤシノ鳥獣モ、恩ヲ報ジ徳ヲ酬フトコソ聞ケ。昔ノ楊宝ハ雀ヲ飼ヒテ環ヲ得、毛宝ハ亀ヲ放チテ命ヲ助カルト云ヘリ。我ガ子孫ニ向カヒテ、頼朝争カ七代マデ弓ヲ引クベキ」トゾ宣ヒケル。（第二中卅五「右兵衛佐謀叛ヲ発ス事」）

清盛自らが下した「遠流」という寛大な乱後処理を、「死罪」を回避した温情として評価し、その上で、この事実を踏まえて、頼朝批判を展開します。その論点は、「忘恩」という人でなし、「国家ヲ乱」る犯罪の責め、「仏罰・神罰」の予告の三つの観点を盛り込む、いわば清盛の全生涯を傾けた渾身の批判となっています。「天ノ責」への期待は、倫理的でありますが、既に平家の無力の告知の証明でもありましょう。「アヤシノ鳥獣」以下の引用は、外国の故実に論拠を求めるという、重盛ならいざ知らず、清盛の論法としては空疎に響きます。

五　安徳朝廷の「頼朝追討宣旨」と、後白河の「頼朝追討院宣」

清盛が安徳朝・高倉院政体制の実質的支柱として、頼朝謀叛に上記三点の論理を組み立てて、上皇の「追討院宣発布」を奏上するのは、清盛の立場として至極当然の任務でありました。実を伴った院政体制下ではなかったものの、逃げを打つ高倉の方が、安徳天皇の父上皇として無責任といわねばなりません。高倉院に逃げられた清盛は、安徳朝廷を動かして、延慶本では矢継ぎ早に五回「頼朝追討宣旨」を発行し、清盛没後にも朝廷は一回、後白河院の庁は二回の「追討院宣」を出し、物語は合計八回の文書を収録しています。時系列に従ってその年月日と、章題を示しておきます。

（一）　治承四年九月十六日（第二末廿一「頼朝追討スベキノ由、官符ヲ下サルル事」）

（二）　治承四年十一月八日（第二末卅六「山門衆徒都帰ノ為ニ奏状ヲ奉ル事、付ケタリ都帰ノ有ル事」）
（三）　治承四年十二月二十五日（第三本十九「秀衡資長等ニ源氏追討スベキノ由ノ事」）
（四）　治承五年正月十六日（第三本十二「沼賀入道、河野ト合戦ノ事」）
（五）　治承五年正月十七日（同前）

ここまでが清盛在世中であります。この方針は宗盛体制に継承され、以下のように院の庁そして朝廷から公布されています。

（六）　治承五年二月八日（第三本十八「東海東山へ院宣ヲ下サルル事」）
（七）　治承五年四月二十日（第三本廿五「頼朝、隆義ト合戦ノ事」）
（八）　養和元年十月十三日（第三本廿八「兵革ノ祈ニ秘法共行ハルル事」）

治承四年から五年にかけて、短期間に、追討宣旨が乱発されたと言ってよい状態です。この事態は二つのことを語っています。一つには、遠方での「流人謀叛」に、責任ある政治体制として、常識的にも行政的にも至極当然の対応と評価できるという認識であります。二つには、にもかかわらず、これらの対応がすべて無力であり、殆ど無効に等しかったという歴史の現状についてであります。そもそもこんなに「追討宣旨」を矢継ぎ早に発布しなければならないという事態が既に末期的異常でありま す。

問題は、前節でみた清盛最晩年の、絞り出すような頼朝批判の攻撃と呻吟が、一方でこの物語の根底にそのスタンスとして流れる「流人謀叛の肯定」という、まことに不合理な反体制的思潮の前に押し潰されて、全くの徒労と化し、逆に清盛の救いなき悲劇性を告知する結果を招来しているという物語の構築のされ方にあります。ここにきて読者は、清盛の言葉伝承が、平家滅亡物語の時空間に、空虚ながらんどうの響きとなって鳴りどよもす、という仕組みになっているという物語の構築のされ方に、否応無く直面させられることになります。

六　「流人頼朝謀叛に共鳴する」物語的構築
——そのための「作為」「虚構」、生ずる「矛盾」

「共鳴」はここでは物理学の原義から派生して一般化している、「他者の思想や行動に同調し、同感する意を内に胚胎させ、場合によってはこれに応じて、前向きに賛同の意を表明したり、また暗黙の内に賛意を伝え合う行為」の意で使用します。積極的には「流人謀叛」の「是認」「肯定」「賛同」「支援」、消極的には「黙認」「容認」というスタンスの、物語内認識を指します。そのために作者の弄した手の込んだ仕組みは、「神仏の支援」「院の庁とその周辺からの支援」を後押しとして、次に「頼朝本人の謀叛の契機」を明示するという三段階が用意されています。

（1）「神仏の支援」

延慶本は物語の展開の中で、第一号から第三号までが「神仏の積極的支援」で、第四号から第六号は「神仏の反平家」つまり神仏の平家見放ちという逆説的頼朝支援であります。この構図は、清盛が頼朝を批判して「仏神モ御許サレ有ルベキ」と漏らし、また作者の声とおぼしい地の文での「燕丹説話」のまとめの批評句「神明許シ給ハジ」をも露骨に裏切ります。地の文に対しては明らかに作者の内的矛盾でありますが、清盛に対しては作者からの残酷な仕打ちであります。

第一号は「三島霊験所からの平重盛への神託」（第二本廿二「小松殿熊野参詣ノ由来ノ事」）として現れます。続いて、妹尾兼康も同じ夢を見た、との報告が重盛になされて、「平家ノ世ハ早末ニ臨メルニコソ」と察して、重盛は精進を開始し、「法師ノ生カウべ」の「霊異」体験を経て、熊野参詣に進発し、やがて帰洛後病没します。覚一本では、頼朝の「千日祈願」はなく、場所も「春日大明神」に変えられています。延慶本の姿は「三島霊験所」に「頼朝の参籠」が設定されていますから、関東の伝承の取り込みと観察されます。「語り本」は「春日大明神」に設定を改め京方の物語に移し変えました。関東伝承のままの方が、清盛には穏やかで、京の物語に作り替える琵琶法師の結構は、頼朝の登場を消しつつ清盛には厳しい神託になります。「神明許シ給ハジ」どころか、「神明」は無惨にも清盛の首を切断し、頼朝の祈願を聞き届けるという、公然と頼朝サポートに回っていたというのであります。

「神仏の支援」第二号は、「園城寺の祈禱師律浄房への八幡神の示現」（第二中廿二「南都大衆、摂政殿ノ御使追ヒ帰ス事」）であります。覚一本はこの「園城寺律浄房」の話を収録していません。場面は頼政謀叛に際しての、朝廷の謀叛鎮圧対策の一環となる、諸寺諸山の朝敵折伏祈願であります。その最中に、園城寺の八幡神は、託宣として、頼朝支援を宣告したのであります。園城寺は高倉宮と頼政に加担して平家と対立し、やがて物語は三井寺炎上の惨劇へと展開いたします。しかし、八幡神はいち早くこの段階で、頼政を飛び越え、頼朝支持の旗印を鮮明に打ち出していたと語るのであります。幕府成立後に事後予言的に随所に発生した頼朝奉賛譚の一つで、この話の出所はやはり園城寺周辺と推察するのが常道でしょう。

神仏の支援の第三号は、「源雅頼卿侍への夢告」（第二中卅四「雅頼卿ノ侍、夢見ル事」）で、平家物語の諸本すべてこの話を収録しています。よく知られた有名な話ですから本文は省略します。状況的には福原新都での「清盛髑髏怪異」の直後ですから、ここは当然「流人頼朝」に、とあってしかるべき段階ですが、「鎌倉ノ右兵衛佐」とあり、「鎌倉」もこの段階としては「早とちり」で、「伊豆」とあるべきです。事後予言に属する、厳密には発生年代不祥の伝承説話の採録ですからそういうことは喧しくとがめません。「八幡大菩薩」には「鎌倉ノ右兵衛佐源頼朝ニ」と言わせる他の表現はあり得ないのであります。

次の三話は、正面から頼朝を支援する記事ではなく、神仏の反平家、平家見放ち記事であります。

一応通し番号で第四号とします。「日吉社による謀叛の輩調伏祈願の無効」（第三本廿八「兵革ノ祈ニ秘法共行ハルル事」）の出来事です。諸本に収録されています。場面は清盛没後の混迷期で、義仲は越後の城四郎を倒し、宗盛の平家は、もっぱら寺社の追討祈願の効力にすがり始めます。先に園城寺には八幡神が下り、源氏支援を鮮明にしました。ここで平家が頼みとしたのは、延暦寺根本中堂に続いて日吉社でしたが、大阿闍梨の「寝死ニ」という凶事の発生で、「神明三宝御納受ナシ」と作者は明言します。

第五号は「小栗栖寺の実厳阿闍梨朝敵平家追討祈願」（第三本廿八「兵革ノ祈ニ秘法共行ハルル事」）であります。この記事も諸本に、前話とともに収録されています。実厳が「大元法」を修し、後年頼朝から勧賞を被った史実は岡田三津子氏によって早くに考証が加えられています。[2]「安祥寺」は今日では京都市東山区山科に位置し、この地はかつては山城国宇治郡山科村に属し、『和名類聚抄』に「小栗（乎久留須）」とあり、古くは「おぐるす」「栗栖野」と呼ばれていたと『山城名勝志』や『山州名跡志』に出ています。京都北山の鷲ヶ峰の東にもう一箇所「栗野《くるすの》」が有りましたから、「小」をつけて区別したのかもしれません。よって延慶本の言う「小栗栖寺」は「安祥寺」の所在地域に基づく呼称と思われ、この呼称を用いる延慶本の伝承の方が源泉に近いかも分かりません。法皇に一枚加わらせるところに延慶本の特徴があります。

「神仏の支援」の第六号は、「伊勢大神宮の怪異」（第三本廿九「大神宮へ鉄ノ甲冑ヲ送ラルル事」）です。この記事も諸本にあり、この話題も神仏の平家離反型であります。こう見ますと、前半の積極的支援は諸本に収録上の斑がありましたが、消極的支援、つまり平家離反型は琵琶法師が好んで語った頼朝支援譚であったことが分かります。定隆の頓死は『玉葉』や『大中臣氏系図』によって確かめられます。しかし蛇の怪異は説話的な展開の結果と目され、史実はこうして史実を超えて物語の一角に定位されます。平家の伊勢大神宮への「鉄の甲冑奉納祈願」は、禁忌の発生により中絶を余儀なくされ、不吉は暗い予兆となって一門の前途を覆います。

(2)「院の庁とその周辺からの支援」

延慶本の第一号として「源頼政教唆に始まる「高倉宮令旨」の宛て先」(第二中八「頼政入道、宮ニ謀叛申シ勧ムル事、付ケタリ令旨ノ事」)の問題があります。覚一本は、出来事は語りますが、文書そのものは収録していません。安徳の即位記事に続けて、頼政は後白河の二の宮・高倉宮を訪問し、謀叛を教唆します。各国の源氏頭領五十余人の名前を「京都・熊野・摂津国・大和国・近江国・美濃尾張国・甲斐国・信濃国・伊豆国・常陸国・陸奥国」の順に掲げ、「伊豆国ニハ、兵衛佐頼朝」とありますが、頼朝が特記されている訳ではなく、他国の義仲その他と同列であります。高倉宮は逡巡しますが、相人・少納言伊長の人相判断に牽かれ、「令旨ヲ諸国へ思シ食シ立チ」ます。挙兵教唆は源三位頼政によってなされ、実際の合戦展開は宇治橋合戦へと、頼政一族に担われて進行しますが、高倉宮の「令旨」の伝達先は頼朝であり、よって諸国源氏の蜂起を施行状によって動かしたのも頼朝であります。平治の乱以来「勅勘ノ身」の新宮十郎義盛を、高倉宮が「蔵人」に任じて「行家」と改名させても、「勅勘」が解ける訳ではなく、高倉宮による「蔵人」補任も効力は疑われます。改名に格別の制限はありませんから、この際有効なのは「行家」だけでしょう。新宮十郎の「勅勘」を問題にするなら、受け取る宛先の頼朝も同様に「勅勘」の身ですが、そして先に指摘したように「後白河院の院宣拝任」の段階で、「勅勘」の身を問題にする場面が頼朝本人の口から設定されていましたが、「高倉宮令旨」の段階では不問に付されてことは進行します。「流人」への挙兵奨揚は、高倉宮と彼を取り巻く頼政、行家等の環境の中で、公然と共有される「無条件共鳴」の設定と判じて差し支えありません。

院周辺からの支援第二号は、「僧文学の暗躍による後白河院の院宣」（第二末七「文学兵衛佐ニ相ヒ奉ル事」）（第二末八「文学京上リシテ、院宣申シ賜ハル事」）の交付であります。高倉宮の場合は、どちらかと言えば「あぶれ二宮」の「令旨」ですから、「流人」と結託して事を起こすという事態を容認する程度の「軽さ」と受け止めるとしても、これから設定される後白河院の「院宣」は、清盛に幽閉の身であったとしても、歴《れっき》とした法皇であり一院であります。物語は隠密の使いにその「院宣」が手渡されるという結構になります。諸本すべてこの話を収録していますが、覚一本は院宣本文は収録していません。物語はいくつかの史実の組み替えを持ち込みますが、文学の福原往還による牢の御所の後白河院宣の入手は、頼朝の挙兵に大義名分を与えるための最大の虚構で、本稿の意図する流人挙兵への共鳴はここに極まります。

朝廷側からの支援の第三号は、出来事としてはささやかです。「外記による、臨時の官幣宣命の意図的改作」と呼んでおきます。この記事は覚一本にはありません。

此ノ外、臨時ノ官幣ヲ立テ、源氏追討ノ御祈アリケリ。宣命ニ、「雷電神、猶卅六里ヲヒビカス。況ンヤ源頼朝、日本国ヲ響カスベキカハ」ト書クベカリケルヲ、「源ノ頼」ト書カレタリ。宣命ノ外記奉リテ、書ク例ナルニ、態トハ書キアヤマタジ。是シカルベキ失錯ナリ。「頼」ノ字ヲバ、「タスク」ト云フ読アリ。「源ヲタスク」トヨマレタリ。僧モ俗モ、平家ノ方人スル者滅ビケルコソ怖シケレ。サレバ神明モ三宝モ御納受ナシト云フ事掲焉也。（第三本廿九「同前」）

やや作り事めいたお話しと受け止めておきます。

朝廷側からの支援の第四号は史実の組み替えによる遡及的公認記事であります。よく知られた「後白河院による征夷大将軍の院宣」（第四・十五「兵衛佐征夷将軍ノ宣旨ヲ蒙ル事」）（第四・十六「康定関東ヨリ帰洛シテ、関東ノ事語リ申ス事」）であります。史実は、建久三年（一一九二）七月十二日。この年三月、後白河院死去で、朝廷側の名目上の責任者は後鳥羽天皇であります。十年遡らせて、流人中の頼朝に「征夷大将軍の院宣」が下されるのであります。実に奇妙な出来事であります。しかも作者はその事態を重々認識しています。「院宣」を受ける頼朝の言葉は既に引用いたしました。史実では後白河院死後の出来事でありましたから、院に鎌倉での院宣伝達の模様が報告されるというような事態はあり得ません。また、史実の建久三年の出来事であったとすれば、頼朝は、九年前に「本位回復」しており、流人でも勅勘の身でもありません。この頼朝の言葉は、本位回復前の頼朝への「征夷大将軍宣旨」を前提に作り出されたもので、二重の虚構の仕組まれた作り話であります。頼朝への「征夷大将軍院宣」が十年繰り上げられ、後白河在世中の出来事に設定された意図の解釈は、これまで十全に解読されてきたとは言えない研究状況にありますが、私の今回の「流人頼朝謀叛への共鳴」という観点から解くことによって、物語全体の執筆姿勢に穏やかに収まるものと解されます。この記事が、いずれの平家物語にも収録されているという実態は、この初期の執筆姿勢が、時代が下っても琵琶法師たちにも遍く理解されていたものと言えます。琵琶法師の平家物語では概して頼朝の影は希薄でありますが、それだけにこの記事は生命線であった訳であります。頼朝謀叛の下地は整えられたことになります。

(3)「頼朝本人の謀叛の契機」

こうして物語は頼朝本人が謀叛を発意するに至る条件を、過不足なく整備しました。第一段階は高倉宮令旨の到来であり、これを契機に「頼朝、諸国源氏へ施行文書発行」を難無く遂げ得たのでありますます。覚一本はこの施行文書を収録しません。これは語り本における頼朝の影の薄さと関係があります。第二段階は後白河院の福原院宣であります。「頼朝挙兵」は繁簡の差は大きいですが諸本すべて収録しています（第二末九「佐々木ノ者共、佐殿ノ許へ参ル事」）。第三段階はこれも既に引いた後白河による「征夷大将軍宣旨」であります。

延慶本の物語としての大団円が前節「義仲論」で引用の「頼朝の果報賛嘆」で締められるのは、至って自然な成り行きであります。この終局を特異な平家物語の終わり方と解するのは、この物語の誕生当初から、この物語を支配していた「流人頼朝謀叛への共鳴」に、十分に着目し、これに留意しながら物語の進行に付き合ってこなかった作品解釈の結果からでてきた、一種の誤読と言えます。その原因は何と言っても、「断絶平家」「灌頂巻—女院往生」という有名すぎる二つの終局の導いた固定観念のなせる業であります。流布的なるものの功罪でありましょう。本文の骨子は「頼朝復権の賛嘆」と「侮りの戒め」「作者からの頼朝果報礼讃」（第六末卅九「右大将頼朝果報目出タキ事」）からできています。文献的に実証不能ですが、作者は当初からこの本文をもって作品の大団円とするべく物語を結構したと想定することの許される定位を占める文章であります。延慶本に独自であり、現存応永書写本『平家物語』の大尾であります。「右大将物語」としての結構は、「流人謀叛」から少し文脈が逸れますので、後に再度触れることにいたします。

七「流人頼朝謀叛」を建前とする記事

ここまで読み解いてまいりましたような視点で、この物語を眺め直してみますと、もうあちらこちらに頼朝が当たり前のように天下を取って最終的には大きな顔をすることに、何の不思議も異論もないというスタンスのお話が頻出することに気が付きます。源平の物語はどうなって終わるのだろうという、素朴な物語的関心から見ますと、これは作出上の手法として勇み足の書き方、作り方ということになります。ここに並べますデータは論旨補強の付録のようなものということになります。一言で括りますと、「流人謀叛共鳴」の観点からする「末頼モシキ人」論であります。延慶本は巻頭からこの予告的評価を連発しながら頼朝を登場させるのであります（第一本十一「土佐房昌春之事」）（第二本廿八「師長、尾張国へ流サレ給フ事、付ケタリ師長熱田ニ参リ給フ事」）（第二末七「文学兵衛佐ニ相ヒ奉ル事」）。

八「征夷大将軍待望」型と「右大将称賛」型と

平家物語は何を語るか—その纏めに入ります。「流人」というハンディキャップを背負いつつ、己が目に見えぬ「果報」をテコにして見事に反転を遂げて、鎌倉幕府の目から見れば「征夷大将軍待望」の願望を実現し、平安時代以来の律令制度の秩序に照らせば「右大将憧憬」の理想の枠組みに取り込まれる、「天道の加護」の体現者としての頼朝の物語を、源泉本に位置する「延慶本」と呼ばれる平家物語は、ここに後白河院時代の歴史物語として実現したのであります。この「流人謀叛」への密かな「共鳴」の内的心情は、二つの、傾向を異にする「待望」と「憧憬」として、作品の背後に見え隠れしながら、しかし骨太に貫流しています。「新しい時代風潮」と「過ぎ逝く時代心情」とも評することができます。平家物語はこの現実的願望と心情的理想の二傾向を内蔵しながら、鎌倉時代文学としての均衡を見事に保持していると言えます。なお誤解を避けるために言葉を添えますと、これらの「願望」も「憧憬」もその動作主体が頼朝に置かれるものでないことは、ここで扱われている事柄が、描かれ、構成された作品レベルの問題以外の何ごとでもないことによって自明であるはずであります。史実の頼朝の問題ではありません。

イ　「征夷大将軍待望」型

初めに新しい時代風潮としての「現実的願望」から取り上げます。

（頼朝伊豆山脱出の場）道スガラモ、「南無帰命頂礼八幡大菩薩、義家朝臣ガ由緒ヲ捨テラレズハ、征夷ノ将軍ニ至リテ、朝家ヲ護リ神祇ヲ崇メ奉ルベシ。其ノ運至ラズハ、坂東八ケ国ノ押領使ト成ルベシ。其レ猶叶フベカラズハ、伊豆一国ガ主トシテ、助親法師ヲ召シ取リテ、其ノ怨ヲ報ヒ侍ラム。何モ宿運拙クシテ、神恩ニ預カルベカラズハ、本地弥陀ニマシマス、速ヤカニ命ヲメシテ、後世ヲ助ケ給へ」トゾ祈リ申サレケル。（第二中卅八「兵衛佐、伊豆山ニ籠モル事」）

鎌倉を中心に関東に生成流布した「頼朝の伝承物語」であります。伝承の根底を支配するものは、「征夷の将軍願望」に他なりません。実現した征夷大将軍頼朝を言祝ぐ事後予言的性格の濃厚な伝承であります。伝承生成における藤九郎盛長の役割については、本主題とは別の観点からの考察も必要であります。

頼朝への願望は、都に運ばれて「共鳴」現象を発生し、作者は、既に取り上げてきたように「後白河院による征夷大将軍の院宣」としてこれを作品の核に据え、「大団円」の「頼朝復権の賛嘆」へと雪崩込みます。「抑」に始まる『六代勝事記』依拠の前半は、この観点からしますと、作品構想の最初から作者の頭の中にあった「文章」であったと、あるいはまた「想念」であったとも言えるでしょう。

ロ「右大将称賛」型

平家物語という作品が、その巻頭第一の話題を「大将争い事件」から開始することは誰にも周知のことであります。「鹿谷事件」と言い習わすために、その争点が見えにくくなっていますが、作者は最初から「大将設置」の歴史的経緯を考証して物語を書き始めました。よって大納言成親の悲劇はこの律令に割り込まれた「右大将」の魅力に取り憑かれた者の破滅物語でありました。さらに物語は中間部で、成親を狂わせた右大将ポストを何の苦もなく入手した平家の次男坊・宗盛の無策を次々に展開し、その果てに平家は壇ノ浦に一門を葬る結果を招来いたしました。いよいよ物語は巻末でこの古典的な主題とも言うべき「右大将」を頼朝に実現するに至ります。

源二位ハ、建久元年十一月七日上洛セラレテ、同ジキ九日、正二位大納言ニ任ゼラル。同ジキ十二月四日、大納言右大将ニ拝任。即チ両職ヲ辞シテ、同ジキ十六日、関東へ下向セラレヌ。（第六末廿七「頼朝右大将ニ成リ給フ事」）

ここから「右大将頼朝叙述」が開始します。「鎌倉の将軍叙述」ではありません。実を伴わないこの「右大将」を、しかし物語作者は墨守して繰り返し、頼朝を「鎌倉ノ大将」の呼称で登場（第六末卅五「肥後守貞能、観音ノ利生ニ預カル事」）させ、続いて下記のごとく締括ります。

源二位昇進カカハラズ、大納言右大将マデ成リ給ヒニケリ。右大将オハセシ程ハ、（文学は、後鳥羽天皇を取り替えて二宮・後高倉帝の即位を）計ヒ行ハセマヒラセムト思ヒケレドモ、叶ハザリケル。正治元年正月十三日、右大将頼朝、隠レ給ヒテ後、此ノ事ヲ尚ハカリケルガ、世ニ聞コヘテ、文学忽チニ院勘ヲ蒙リテ、二月六日、二条猪熊ノ宿所ニ検非違使余タツキテ、召シ取リテ佐渡国ヘゾ流サレケル。（第六末卅六「文学流罪セラルル事、付ケタリ文学死去ノ事、隠岐院ノ事」）

頼朝は拝任直後に辞任しましたが、物語は「右大将頼朝」のままに語り続けます。古い平安朝の秩序への郷愁にも似た「右大将憧憬」は作者の根底に巣くう価値観であります。次は『六代勝事記』依拠の本文ですが、「前右大将」の部分は原拠は「源二位」でありました。

抑、征夷将軍前右大将、惣ジテ日出タカリケル人也。(最終章)

ここはさすがに「前」を付しましたが、かなりの拘泥ぶりであります。場面は「頼朝、右大将拝賀の儀式称賛」から「流人から身を興した「此ノ大将」の果報称賛」へと書き下ろしと目される文章が続いて物語は閉幕します。

以上、平家物語作成の構想は、流人でありかつ孤児同然の頼朝が、律令制朝廷での部門最高位としての「右大将拝任」に至る名声を獲得し、見事に復活を遂げた、その存在への共鳴が全編を支配する意図的な、即ち作為に満ちた歴史文学の構築にありました。その実現のために用意した作為の第一は、実態以上と言ってもよい悪清盛物語の品揃え、その第二は、鎌倉の論理の前での後白河院の頼朝屈服の構図であったと言えるかと考えます。

註

(1) 武久堅「滅亡物語の構築―平家物語の全体像―」(「文学」五六巻三号、一九八八年三月。『平家物語の全体像』所収、一九九六年八月)

(2) 岡田三津子氏「『平家物語』の虚構―安祥寺実厳平氏調伏をめぐって―」(『文学史研究』二五号、一九八四年十二月)

三　延慶本平家物語の、「孤子《みなしご》」への関心とその意味するもの

はじめに

平家物語は「孤子」にこころを寄せる。なぜその類いの物語をこれほどに沢山持ち込んだのだろう。そのことは何を意味しているのであろうか。平家物語における「みなし児」の問題を考えてみようとするのが、本稿の目的である。

平家物語は、戦の場面をかなり幅広く題材とするが、大枠においては時代の変遷を叙す歴史文学である。時代の流動をダイナミックに捉える歴史文学の制作に関わった作者が、しかし歴史を捉える物語の中に、分厚く塗り込めた歴史という壁の奥深くに、己れに固有の人生体験に裏打ちされたいわば私の関心を、密かに塗り込めなかったという保証はない。軍記物語は一般に作者の顔は見え易いとは言えない。この物語が、他の軍記物語に類をみないほどに豊富な孤児への関心を、多重的に発信するのは、それにしても何故であろう。この物語の制作に関わった作者の文学的モチーフのようなものが、そこに滲みでているのであろうか。孤児の物語の点在は、物語の後背から差し込む寂しい光源に譬え

ることもできる。そのよって来る由縁の解明は、そうした一条の光源の探索作業に似ている。その探索は、ほとんど、平家物語が文学としてその内奥に湛える慈悲を探り当てる、潤いある作業に連なると考える。

一　父親早逝の物語「孤子栄達」型

平家物語は開巻早々に「孤子《みなしご》」の栄達の物語を語っている。忠盛昇殿説話に添える、五節の余興における揶揄の前例として組み込まれ、そうした前後の文脈から、この物語はこれまでは「孤児栄達の物語」という観点に焦点を絞った解釈はなされていない。延慶本により本文を引く。

花山院入道大政大臣忠雅、十歳ト申シケル時、父中納言ニ後レ給ヒテ、孤子ニシテオハシケルヲ、中御門中納言家成卿、播磨守タリシ時、聟ニ取リテ花ヤカニモテナサレケルニ、是モ五節ニ「播磨米ハ木賊カ、椋ノ葉カ。人ノキラヲミガキ付ルハ」トハヤシタリケリ。代上リテハ、カカル事ニモサセル事モ出来タラザリケリ。末代ハイカガアラムズラム。人ノ心オボツカナシ。

（第一本三「忠盛昇殿ノ事、付ケタリ闇打チノ事、忠盛死去ノ事」）

語り本では屋代本はこの説話は採択せず、覚一本から取り込む。話は忠宗―忠雅―兼雅の三代が関わる。父の忠宗は長承二年九月一日に四十七歳で没し、時に忠雅は十歳、院政期に辣腕で鳴らした中御門中納言家成卿の女と結婚して二十二歳で嫡男兼雅をもうける。この兼雅が成人して、清盛の長女を正室としていよいよ栄達を極め「花山院中納言・花山院大納言・花山院内府」として物語に再三登場することになる。「我身の栄華」の最初に紹介される人物である。その場面においても、解消された縁談相手の信西の息男桜町中納言に関心が傾いて、この兼雅が注目を集めることはこれまであまりなかった。「木賊」（珪酸を含み、堅いので物を磨くのに用いる）などの道具立てに惑わされるが、この話は忠雅の「十歳ト申シケル時」「父中納言ニ後レ」「孤子ニシテオハシケル」に「孤児」説話としての表現類型が踏襲されている。後半は播磨守家成卿の権勢をやっかむ戯れ歌である。場面の焦点はもちろん後半に傾くが、作者は前半の表現を平家物語の中に多用している。作者は父親早逝にもかかわらず栄達を遂げた人物の物語としてこの一族を最初の事例として物語に持ち込んだのである。

　次は多親方の説話である。少し長いが本文紹介から入る。場面は壇ノ浦後に移る。

今夜、内侍所（壇ノ浦の海上で回収された三種の神器の一つ、八咫《やた》の鏡のこと）太政官庁ヨリ温明殿ヘ入セ給フ。行幸ナリテ三ケ夜ノ臨時ノ御神楽アリ。長久元年九月、永暦元年四月ノ例トゾ聞ヘシ。右近将監、多好方、別勅ヲ奉《ウケタマハ》リテ、家ニ伝ハリタル「弓立《ユダチ》客（宮）人《ミヤウド》」ト云フ神楽ノ秘曲ヲ仕リテ、勧賞ヲ蒙ルコソヤサシケレ。

此ノ歌ハ好方ガ祖父、八条判官資方（正しくは助忠）ト申シケル舞人ノ外ハ、未ダ我ガ朝ニ知レル者ナシ。彼資方（助忠）ハ堀川院ニ授ケ奉リテ、子息ノ親方（＝近方）ニ伝ヘズシテ失セニケリ。内侍所ノ御神楽行ハレケルニ、主上御簾ノ内ニテ拍子ヲ取ラセ給ヒツ、子ノ親方（近方）

ニハ教ヘサセ給ヒニケリ。希代ノ面目、昔ヨリ未ダ承リ及バズ。父ニ習ヒタラムハ尋常ノ事也。賤シキ孤子ニテカカル面目ヲ施シケルコソ目出タケレ。「道ヲ断タジト思シ召サレケル御恵、忝ナキ御事哉」ト、世ノ人感涙ヲゾ流シケル。今ノ好方ハ親方ガ子ニテ伝ヘタリケル也。

（第六本廿四「内侍所温明殿ニ入セ給フ事」）

この話は「内侍所都入り」に付随する話題としてすべてのテキストに有り、語り本の屋代本には延慶本と同様に「賤シキミナシ子ニテカカル面目ヲ施シケルコソ目出ケレ」とあるが、覚一本からはこの一文が消える。

八条判官資方（助忠）―堀河院―親方（＝近方）―好方の三代にわたる秘曲伝授と、これに関わった堀河院の音楽説話である。[1]「父ニ習ヒタラムハ尋常ノ事也。賤シキ孤子ニテカカル面目ヲ施シケルコソ目出タケレ」にこの説話の力点はかかる。それだけに、語り本が「賤シキ孤子」を削除したのは、恐らく語りの場という配慮に基づくと思われるが、作者はここに焦点を絞っていたはずである。「孤児」がそれにめげずに身を興す話に、この物語の作者は特に関心を寄せるところがあるらしい。

「彼資方（助忠）」が「堀川院ニ授ケ」て、「子息ノ親方（＝近方）ニ伝ヘズシテ失セニケリ」にも、作者の関心は強く働いている。幼少ゆえに子息はいまだ伝授の機に恵まれなかったのである。その不運を補った堀河院の行為は、この不運の後押しを得て光るのである。作者はこの不運とこれを補完する堀河院を賛嘆する。

もう一つ、父親早逝の栄達を考察して落としてはならない物語がある。落としてはならないではなく、おそらく平家物語も、そして本稿でも、この物語を取り上げるためにこそこの項の意義はあると言えるであろう。吉田大納言経房卿の簡潔にして要を得た生涯の物語である。長いがやはり全文を引いておかねばならない。

吉田大納言経房卿ト申ス人オハシキ。其比ハ勧解由小路ノ藤中納言トゾ申シケル。ウルハシキ人ト聞キ給ヒテ、源二位奏聞セラレケルハ、自今以後ハ藤中納言ヲ以テ天下ノ大小事ヲ申シ入ルベキノ由申サレタリケルトカヤ。平家ノ時モ大事ヲバ此人ニ申シ合ハセラレキ。法皇ヲ鳥羽殿ニ押シ籠メ進セテ後、院別当ヲ置カルルノ時ハ、八条中納言長方卿ト此経房卿ト二人ヲゾ別当ニハ成サレタリケル。今源氏ノ世ニ成リテモ、カクタノマレ給ヒニケルコソ有リ難タケレ。三台以下、参議、前官、当職四十三人ノ中ニ撰バレ給ヒケルコソユユシケレ。平家ニムスボオレタリシ人々モ、源氏ノツヨリシ後ハ、或ハ御文ヲ遣ハシ、或ハ御使ヲ下シテ、サマザマニコソ昵ビ給ヒシカドモ、此卿ハサヤウニ諛ヒ給ヘル事オワセラレザリケルトゾ聞コヘシ。是ノミナラズ、後白川院、建久二年ノ冬ノ比ヨリ、御不予ノ御事有リト聞コヘシ程ニ、同ジキ三年正月ノ末、二月ニ成リシカバ、今ハ憑ミ少キ御事ニ思シ召シテ、サマザマノ事共仰セ置カレシ中ニ、御後ノ奉行スベキヨシハ、彼大納言奉《ウケタマハ》ラレキ。執事ニテ花山院内府オワシキ。近臣ニテ左大弁宰相定長候ワル。「此人々ノ申シ沙汰セラレムニ、ナジカハオロカナルベキ。思シ召シ入リテ仰セ置カルル事ノ忝ナサ」トテ、涙ヲ流シ給ヒケルトゾ聞コヘシ。時ニ取リテハユユシキ面目ニテゾオワシケル。

十二歳ト申シケル時、父権右中弁光房朝臣ニ後レ給ヒテ、孤子ニテ憐ム人モナクテオワシケレドモ、若キヨリ賢者ノ聞コヘオワシケレバ、次第ノ昇進滞ラズ、三事ノ顕要ヲ兼帯シ、夕郎貫首ヲ経テ、参議、左大弁、中納言、大宰帥、遂ニ正二位大納言ニ至リ給ヘリ。人ヲ越ユレドモ人ニハ越エラレ給ワズ。目近キ世マデ君モ重ク思シ召シ、人モ恐レ憚リ奉リキ。人ノ善悪ハ錐ヲ袋ニ入レタルガ如シトイヘリ。実ニ隠レ無キ者ヲヤ。（第六末十五「吉田大納言経房卿ノ事」）

これも何故かすべてのテキストに有り、「孤子ニテ憐ム人モナクテオワシケレドモ」の部分が、語り本では屋代本以下すべて「ミナシ子ニテ御坐セシカ共」とだけ表現されて、「憐ム人モナクテ」が省略される。しかしこの「憐ム人モナクテオワシケレドモ」は重要で、前二話の二人はしっかりした後見に恵まれて順当に世に出ることができたが、この経房の場合は、他人の「憐み」に縋ったのではなくひたすらに本人の努力の成果であった。作者はその努力を讃える。先ず「ウルハシキ人ト聞キ給ヒテ、源二位奏聞セラレケルハ」とあって、頼朝の耳に「ウルハシキ人」としての情報がもたらされている。物語の時の設定は少し時が下って頼朝時代に入っているということになる。遡って「平家ノ時モ」と平家からも「大事」を任されたと評価している。加えてもう一つの権力の焦点であった後白河院からも、これも時の少し下る建久三年の臨終に際し「御後ノ奉行」を任じられたという。同時に任に当たった「左大弁宰相定長」は経房の実弟で、「花山院内府」は最初に取り上げた孤児説話の忠雅の嫡男「花山院左大臣兼雅」である。『玉葉』建久三年三月十三日、後白河院死去の記録に、本所奉行人として右大臣兼雅と経房卿の名が確かに記されている。

この話の家系勧修寺は、早逝した光房と正二位大納言に上った経房父子が取り上げられる外、経房の子定経を経て孫の資経が『醍醐雑抄』に「十二巻平家」の作者として名を表すことはよく知られている。(2) そういう関心でこの場面の表現を解剖すると、「彼大納言奉ラレキ」「執事ニテ花山院内府オワシキ」と過去の助動詞は「キ」で語っている。前の『古事談』系の説話が全て「けり」であるのと対照的である。「父」に「後レ給ヒテ」「孤子ニテ憐ム人モナクテオワシケレドモ」「若キヨリ賢者ノ聞コヘオワシケレバ」という評価も平家物語では類の少ない敬愛の情が込められていると読むこともできる。「三事ノ顕要」は「五位の蔵人・衛門佐・弁官」の三要職の兼任で、経房が五位に叙されたのは保元二年十月、十六歳で、永万二年三月に昇殿を許され八月に蔵人に補されている（二十五歳）。翌仁安二年に右衛門佐に任じられ嘉元二年正月、二十九歳にして左少弁を被り世に言う「三事」となっている。夕郎貫首は「蔵人の頭」を指すが、蔵人頭には治承三年十月に、高倉天皇治世下で三十八歳で補され、安徳天皇の代に引き続き蔵人の頭、また新院高倉の別当を兼ねている。この辺りの叙述は『公卿補任』によって跡をたどることができるが詳細を極め、参議に上るのはこの翌々年の養和元年十二月においてである。時に四十歳である。決して早い昇任とは言えない。「人ヲ越ユレドモ人ニハ越エラレ給ワズ」とか「目近キ世マデ君モ重ク思シ召シ」「人モ恐レ憚リ奉リキ」「人ノ善悪ハ錐ヲ袋ニ入レタルガ如シトイヘリ」「実ニ隠レ無キ者ヲヤ」というほどの評価を物語作者はなぜこの人物に与えねばならなかったかは、必ずしも十分に解明されていない。祖父経房の閲歴の記載であると考えると、その叙述の意図も詳細さもよく理解できる。

以上三例の他に語り本にまだ数例の「みなし子」記事はあるがここでは参考に止める。(3)

二　父親早逝「母子家庭・仏門修行」型

同じ父親早逝の伝記類の内で、前項の場合は後見に恵まれるか、本人の努力による政界進出、芸能継承であるが、本項では今日の母子家庭という環境強調がなされ、後見に恵まれぬままに仏門修行に入って栄達を遂げる場合である。先ず、「役行者説話」から紹介する。

抑、役行者ト申スハ、小角仙人ノ事也。俗姓ハ賀茂氏ノ人也。大和国葛上郡茅原ノ村ノ所生也。三歳ノ時ヨリ父ニ後レテ、七歳マデハ母ノ恵ニテ成人ス。七歳ヨリハ母ニ孝養ス。至孝ノ志浅カラズ、仏道修行ノ思ヒネムゴロ也。五色ノ兎ニ随ヒテ、葛木山ノ禅頂ニ上ル。藤ノ衣ニ身ヲヤツシ、松ノ碧ニ命ヲツギテ、孔雀明王ノ法ヲ修行スルコト卅余年也。只一頭設ケタリシ烏帽子、皆破レ失セニケレバ、大童ニナリテ、一生不犯ノ男聖也。大峯、葛木ヲ通ヒテ行ヒ給ヒケルニ、道遠シトテ、葛木ノ一言主ト云フ神ニ、「二上ノ嶽ヨリ神仙へ磐橋ヲ渡セ」ト宣ヒケルヲ、顔ノミニクケレバトテ、昼ハ指シモイデデ、夜ナ夜ナ渡シ給フヲ、行者遅シトテ、葛ニテ七カヘリ縛リ給ヒテケリ。一言主恨ミヲナシテ、御門ニ偽リ奏シケルハ、「役優婆塞ト云フ者、位ヲ傾ケムトス」。御門驚キ思シ食シテ、行者ヲ捕ラヘムトシ給フニ、行者孔雀明王ノ法ヲ修スルニヨッテ、空ヲ飛ブ事鳥ノ如ク也。則チ母ヲ警メラレケレバ、帰リ参リ給ヒケルヲ、伊豆ノ大嶋ニ流シ遣シツ。昼ハ大嶋ニ居テ、夜ハ鉢ニ乗リテ、駿川ノ富士ノ山ニ上リテ行ヒ給フ。一言主重ネテ奏シ給フ。「行者ヲ殺シ給フベシ」。御門勅使ヲ遣シテ殺サムトスルニ、行者、「願ハクハ抜キ給ヘル刀ヲシバシ給ハラム」トテ、刀ヲ取リテ、舌ニテ三度ネブリテ帰シツ。此ヲミルニ、富士ノ明神ノ表文アリ。「天王慎ムベシ。コレ凡夫にアラズ。大賢聖也。スミヤカニ供養ズベシ」。御門驚キテ都ニ召シ返スニ、母モロトモニ茅ノ葉ニ乗リテ、唐土ニ渡リシ人也。男ナレドモ仏法ヲ修行セシカバ僧ニモマサリタリ。有験ノ聖人トゾ聞コヘシ。又ハ法喜菩薩トモ申シキ。

（第三末二「大伯昴星ノ事、付ケタリ楊貴妃失ハルル事、并ビニ役行者ノ事」）

収録は読み本のみで、語り本では最後までこの物語を平曲の調べに乗せる試みは成されなかった。本稿での考察のポイントは一点に絞られる。すなわち「孤児説話」の表現類型として指摘しなければならない、母子二人の生活環境「三歳ノ時ヨリ父ニ後レテ、七歳マデハ母ノ恵ニテ成人ス」と、「母ノ恵」である。この「母ノ恵」に応えて、早くもこの少年は「七歳ヨリハ母ニ孝養ス」という「孝養」の志しの強調があり、「孝養」という用語を選んだとき、既に「至孝ノ志浅カラズ、仏道修行ノ思ヒネムゴロ也」という仏門傾斜は予告されていることになる。以降はいわゆる「役行者・小角仙人」、正確には「役優婆塞伝承」の展開である。『日本霊異記』『三宝絵詞』『今昔物語集』『古事談』『扶桑略記』『私聚百因縁集』『元亨釈書』等々に行者伝承は多彩に採録されるが、例えば上記の『因縁集』に「七歳」の時から「三宝帰依」という記述はあるが、ここにみる母子環境の設定は未見。時代が下ると『本朝列仙伝』なども三十二歳で父の家を出たとしている。九条家本『諸山縁起』「箕面寺縁起」「当麻寺流記」諸寺縁起類にもこうした環境設定は未見。和歌関係の口伝など、まだ当たることのできない役行者伝承に関する記載文献もあるので、依拠資料の確定には至らないが、現段階で延慶本の内容に最も近似するのは、上記の『三宝絵詞』（東寺観智院本）中「三、役行者」である。両者の本文対観による「役行者説話」の異同に関する考察は、それ自体を課題とする別稿に譲らねばならないが、ここにも母子環境生育説は見られないという点はまず指摘しておく。物語作者はかなり特殊な背景による伝承を、作者固有の関心から収載したように観察される。文末近くに「母モロトモニ茅ノ葉ニ乗リテ、唐土ニ渡リシ人也」という伝承が盛り込まれているので、先の「母子環境」の生育説が誘導されたのではないかと目される。

同じく宗教家のもう一人の物語をここに並列して紹介する。「祈親持経伝承」である。長文にわたるが本文に反復があり、部分だけではその問題点を指摘しがたいので、改行を多用して全文を引いておく。

抑、祈親持経ト申スハ、大和国葛下郡ノ人ナリケリ。七歳ノ時父ニ後レ、孤露ニシテ貧道也。母儀独リアッテ、一子ヲハグクム。而ニ何ナル便カ有リケム、東大寺ノ僧ニ語ラヒテ、南都ニ至ル。三十ノ頌、百法輪、一度請ケテ、再ビ問ハズ。誠ニ将来ノ法器ナルベキト見タリ。其ノ後年積モリテ、十三ト云フ年ノ春、中御門ノ僧都ノ許ニ移住ス。

桃李ノ花ノ枝ヲ含メル皃バセナレバ、芝蘭ノ露葉ニ副フ契モ等閑ナラズ。器ハ則チ法器ナリ、花厳三論之法水入ル。根又上根ナリ、瑜伽唯識之教文ヲ開ケリ。加之《シカノミナラズ》、青竜白馬之余流ヲ伝ヘ、恵果弘法之芳躅ヲ訪フ。剰又《アマツサヘ》、秋津州之流ヲ酌ミテ、詞海卅一字之数流ヲ添フ。志幾嶋之風ヲ扇ギ、出雲八重垣之遺風ヲ加フ。年幼少ニシテ、才能老イタリ。而ル間、南京第一之名人、容顔無双之垂髪也。

而ルニ、七歳之時父ニ後レ、十六ニシテ母ニ別ル。カカル間、師匠ニ暇ヲ乞ヒ、深ク孝養ノ志ヲ運ビテ、出家シテ、一向法花経ヲ読ミ習ヒテ、偏ニ二親ノ菩提ヲ祈ル。之ニ依リテ、法花ヲ持スル身ナレバトテ、自ラ持経房ト号ス。又二親ノ菩提ヲ祈ルガ故ニ、実名ヲ祈親ト云フ。

此ノ如ク、行住座臥ノ勤メ怠ラズシテ、六十ト云ヒシ時、二親之生所ヲ祈ラムガ為ニ、長谷寺ニ参籠ス。五更ノ睡リ幾ナラザルニ、観音ノ示現ニ云ハク、「汝法花読誦ノ功、既ニ積モル。定メテ父母ノ生所ヲ見ムト思フラム。此ヨリ西南ノ方、高野ノ霊崛ニシテ祈請スベシ」ト云々。大聖ノ示現ニ驚キテ、高野山ニ登リ、再ビ彼ノ山ヲ興シテ、終ニ父母ノ生所ヲ知リ、都卒ノ内院ニ参リ給ヘリシ人也。

（第三本十五「白河院、祈親持経ノ再誕ノ事」）

諸本の収録状態はかなり複雑で、この部分は、延慶本の場合は清盛死去に伴う「清盛、慈恵僧正再誕説」に続けて、「白河院、祈親持経再誕説」の末尾に付加する。他本はいわゆる「平家高野」と同様に巻十の「惟盛高野巡り」に、この直前までを収めるがこの部分は収めていない。最初に言及しておいたように、延慶本の本文には、同内容の出来事を文体の異なる表現で二回繰り返して叙述しているという特徴がある。それは、冒頭の「七歳ノ時父ニ後レ、孤露ニシテ貧道也。母儀独リアッテ、一子ヲハグクム」と後半の「而ルニ、七歳之時父ニ後レ、十六ニシテ母ニ別ル」である。この中間に、本文二字下げで引く部分に一種の「風誦文」あるいは「表白」風の文章が介入している。前後の同文で特に共通点を拾うと「七歳ノトキ父ニ遅レ」があり、「役行者」との共通点に「母ノ恵」「母儀独リアッテ、一子ヲハグクム」という状況設定がある。宗教家の幼児期体験の話型と解すればそれまでであろうが、「役行者」「祈親持経」の場合ともに「孝養」を設定し、後者は特に「孤露ニシテ貧道也」という孤児を強調している。これは前項の設定に共通する。

同類文献としてかなり後代のものと目されるが、川鶴進一氏の翻刻紹介(4)にかかる随心院蔵『持経上人縁起』と照合するに、七歳で父親の死亡、出家発心の設定は同様で、ここでは細部の検証は行えないが延慶本の祈親伝承はその古態の一つかと判定され、延慶本の作者はこの祈親伝を積極的に採取したことは歴然としている。

三　武門の二人・義仲と頼朝の場合

貴族階級の孤児栄達型と畿内とはいえ在地出身者の仏門修行型のほかに、延慶本の作者は、武門から二人の伝記を紹介して、ここでもその境遇を「父無シ子」あるいは「母ニオクレ、父ニハナレ」をそのスタートに設定している。一人は木曽に育った源義仲で、もう一人は伊豆に配流された源頼朝である。初めに義仲の場合を見てみよう。

信濃国安曇郡、木曽ト云フ所ニ、故六条判官為義ガ孫、帯刀先生義賢ガ次男、木曽ノ冠者義仲ト云フ者アリ。国中ノ兵従ヒ付ク事、千余人ニ及ベリ。

彼義賢、去ヌル仁平三年夏ノ比ヨリ、上野国多胡郡ニ居住シタリケルガ、秩父次郎大夫重隆ガ養君ニナリテ、武蔵国比企郡へ通ヒケルホドニ、当国ニモ限ラズ、隣国マデモ随ヒケリ。

カクテ年月ヲフルホドニ、久寿二年八月十六日、故左馬頭義朝ガ一男、悪源太義平ガ為ニ、大蔵ノ館ニテ、義賢重隆共ニ討タレニケリ。其ノ時義仲二歳ナリケルヲ、母泣ク泣ク相具シテ、信乃国ニコヘテ、木曽仲三兼遠ト云フ者ニ合ヒテ、「是養ヒテ置キ給へ。世ノ中ハ様アル物ゾカシ」ナムド、打チタノミ云ヒケレバ、兼遠是ヲ得テ「穴糸惜シ」ト云ヒテ、木曽ノ山下ト云フ所デソダテケリ。二オヨリ兼遠ガ懐ノ中ニテ人トナル。万ヅ愚カナラズゾ有リケル。

この義仲の登場はいずれのテキストにもあり、内容の繁簡はかなりの開きがあるが、幼児期に父を失い、母親に連れられて信濃の兼遠の元で養育された事実の叙述に動きはない。史実に基づく叙述であろうから、作者の特別な関心をここに読み込むのは適当でないが、年齢はこの二歳に始まって、延慶本等の読み本には、次のような成長物語が採録されている。

此ノ児皃形アシカラズ。色白ク髪多クシテ、ヤウヤウ七才ニモナリニケリ。小弓ナムド翫ブ有リ様、誠末タノモシ。人是ヲミテ、「此ノ児ノミメノヨサヨ。弓射タルハシタナサヨ。誠ノ子カ、養子カ」ナムド問ヒケレバ、「是ハ相知ル君ノ父無シ子ヲ生ミテ、兼遠ニタビタリシヲ、血ノ中ヨリ、取リ置キテ候ガ、父母ト申ス者ナウテ、中々ヨクゾ候ゾ」トゾ答ヘケル。サテ十三ト申シケル年、男ニナシテケリ。打チフルマヒ、物ナムド云ヒタル有リ様、誠ニ賢ゲナリ。カクテ廿年ガホド、カクシ置キ、養育ス。

成長スルホドニ、武略ノ心武クシテ、弓箭ノ道、人ニ過ギケレバ、兼遠、妻ニ語リケルハ、「此ノ冠者君、少キヨリ手ナラシテ、我モ子ト思ヒ、カレモ親ト思ヒテ、昵ジゲナリ。朝夕ノ召シ物、夏冬ノ装束許ハワビサセズ。法師ニナッテ、実ノ父母、養ヒタル我等ガ後生ヲモ訪ヘト思ヒシニ、心サカサカシカリシカバ、故コソアラメト思ヒテ、男ニナシタリ。誰ガヲシウトナケレドモ、弓箭取リタル姿ノヨサヨ。又細工ノ骨モアリ。力モ余ノ人ニハ過ギタリ。馬ニモシタタカニ乗リ、空ヲ飛ブ鳥、地走ル獣ノ矢比ナル、射ハヅス事ナシ。カチ立チ、馬ノ上、実ニ天ノ授ケタル態也。酒盛リナムドシテ、人モテナシ遊ブ有リ様アシカラズ。サルベカラウ人ノ娘ガナ、云ヒ合ハセムト思フ。サスガニ其モ思フヤウナル事ハナシ。サレバトテ、無下ナル態ヲバセサセタクモナシ。万ヅタノモシキ態カナ」トホメタリケルホドニ、有ル時、此ノ冠者云ヒケルハ、「今ハイツヲ期スベシトモアラズ。身ノサカリナル時、京ヘ上リテ、公家ノ見参ニモ入リテ、先祖ノ敵、平家ヲ討チテ、世ヲ取ラバヤ」ト云ヒケレバ、兼遠打チ咲ヒテ、「其ノ料ニコソ和殿ヲバ、是程マデハ養育シ奉リツレ」ト云ヒテゾ咲ヒケル。（以上、第三本七「木曽義仲成長スル事」）

男子が人となる過程に豊かな関心と柔軟な眼差しを注ぐ、伝承受容の作者が顔を出している。あるいは又、「我モ子ト思ヒ、カレモ親ト思ヒテ、昵ジゲナリ」に把握されているのは、実子ならざる少年を手元に引き受けつつ、実子以上の待遇で、少年を青年へと養育する木曽の豪族夫妻の誇らかな心情の横溢である。この物語を本文として定着させた作者は、もちろん今日より遥かに「養ヒ子」の実例の多かった時代の出来事ではあるが、他人の子を養子として育て上げることの喜びを使命とする物語設定に、並々ならぬ関心を抱いていたと見なして見当外れの解釈とはならないであろう。すでに見て来たいくつかの事例の上に載せて解読すべき場面であろう。義仲の母親と兼遠の会話、特にこの物語でこの場面のみに登場して姿を消す義仲の母の一句については、本書第I章一でも取り上げているのでここでは省筆する。(5)

「父無し子・養い子」型の義仲に対して、頼朝は「母親早逝、父親別離」型としてまとめられている。

此ノ大将、十二ニテ母ニヲクレ、父ニハナレテ、伊豆国蛭ガ嶋へ流サレ給ヒシ時ハ、カクイミジク、果報目出タカルベキ人トハ誰カハ思ヒシ。我ガ身ニモ思ヒ知リ給フべカラズ。人ノ報ハ兼ネテ善悪ヲ定ムべキ事有ルマジキ事ニヤ。何事ノオハセムゾト思ヒ給ヒテコソ、清盛公モユルシ置キ奉リ、池尼御前モイカニ糸惜シク思ヒ奉リ給フトモ、我ガ子孫ニハヨモ思ヒカへ給ハジ。「人ヲバ侮ルマジキ物也」トゾ、時ノ人申シ沙汰シケル。（第六末卅九「右大将頼朝果報目出タキ事」）

延慶本の独自本文でその大尾としてよく知られる。直前に『六代勝事記』との同文があるが、この部分は依拠資料不明である。延慶本のオリジナルの可能性が高い。作者は「十二ニテ母ニヲクレ、父ニハナレテ」と、頼朝の過去を語って青年期初期の二親との離別の強調をおこなう。作者にとっては母親との死別と、平治の乱における父義朝との山中の離別はともに、頼朝伝記に不可欠の要素であったらしい。後者即ち父との別離とその後に展開した父の無念の劇死が頼朝の人生に齎した意味の大きさに異論はあるまい。しかしなぜここで「十二ニテ母ニヲクレ」は必要なのであろうか。頼朝の伝記においてかならずしもこれは類型ではない。延慶本に独特の頼朝伝記の在り方であるとするなら、作者はその意図として「カクイミジク、果報目出タカルベキ人」への反転の大きさを際立たせるために、「母ニヲクレ」を活用したのである。前に取り上げた二人の宗教家における母親描出、あるいはまた義仲の出発点における母親の存在の意義からみて、延慶本の作者にとって、主人公たちの運命を語ってこうした二親との縁は、かれらの生涯の展開の仕方に不可欠の条件であったと評価しなければならない。延慶本が歴史を語りつつ人間の運命を語る、その見本のような存在として、その大尾に頼朝の伝記を置く必然性も案外このあたりにあったのかもしれない。その意味で、延慶本の作者の見つめている歴史は、歴史の法則の発見に向かうよりは、歴史という大河に浮かぶ人間個々人の運命により注目する極めて人間くさい領域であったと言わねばならない。そのゆえにまた、延慶本平家物語が歴史を題材とする文学である所以でもある。

四　同時代史料の「孤露」

十三世紀の文献史料では「孤児」はどのように語られているだろうか。藤原氏の氏の長者九条道家（峯殿）の寛元四年「春日社御願文」（一二四六年）に次のような表現が残されている。道家五十四歳の春日社参詣の「願文」である。(6)

南瞻部州大日本国仏子阿闍梨行慧、春日大明神の宝前に跪き、稽首して白言す。（中略）。爰に仏子行慧、暁の枕に夢さめてつらつら一期の昇沈を思に、百千行の涙双襟をうるをす。喜も昔にこえたる喜ありき。憂も人に過たる憂ありき。これ人間の常なりといへとも、沙婆をいとふべき始なり。八歳にして悲母にをくれ、十四歳にして慈父にもす。十五歳にして祖父にわかれたてまつる。養育の恩なを二親にこえたり。孤露にしてたのむ方なしといへども、冥には大明神の御めぐみをあふぎ、顕には法皇の朝恩によりて身をたつ。神恩のあつき事は、積善の余慶、祖父禅閤の功をたて、徳たかかりしがいたり也。（以下略）

文中に「八歳にして悲母にをくれ」とあるのは、正治二年（一二〇〇）の母一条能保卿女の死去を指す。続いて「十四歳にして慈父にもす」は、その六年後の元久三年（一二〇六）三月七日の後京極殿摂政九条良経の急死を意味し、その後に続く「十五歳にして祖父にわかれたてまつる」は翌建永二年（一二〇七）四月五日の月輪関白九条兼実死去を指す。二親の早逝と祖父による養育の恩を称え、なおその祖父兼実の死に直面して道家は「孤露にしてたのむ方なし」と告白している。かつてこの文献に言及した際には、平家物語の中の三人の孤児「頼朝・吉田経房・秦親方」をつないでこの作品の孤児栄達の問題に触れるに留まったが、本稿で平家物語の孤児栄達の実態を全面的に検討するに、「祈親持経」に「孤露ニシテ貧道」という表現があったこの「孤露」が、この「願文」に「孤露にしてたのむ方なし」として使用されていることに気が付く。当時の用例としては常套表現であるかも知れないが、延慶本ではこの場面のみの孤例であるから一応共通単語として指摘しておく。

なお、先に考察を加えた「吉田大納言経房」はその嫡子定経が早く遁世して、孫の資経に家督を譲渡しており[7]、その資経は、この「願文」の主である九条道家に建暦二年（一二一二）の道家任大納言から、三十二歳でその家司に加えられて[8]、天福二年（一二三四）、五十四歳で出家するまで、かなり実直に九条家に勤仕しているので、[9]資経もまた九条道家の経歴や家風について熟知するところであったろう。[10]第Ⅱ章に触れる道家の実子頼経が将軍として鎌倉に下るのは、資経が道家の家司に加えられて七年目の三十九歳の時の体験である。なお資経が祖父経房から、若くよりどのような作文習練を施されもしたかを、ここにその一端を、その日記『自暦記』から確認しておく。[11]延慶本平家物語の内蔵する「孤児」への格別な関心が惹起する問題と、このテキストの抱える鎌倉及び頼朝評価に連なる歴史構造との相関は新たな課題として筆を起こさねばならない。

註

（1）同類説話が『続古事談』第五「諸道――弓立・宮人」（群書類従本に拠る）にある。新日本古典文学大系『古事談・続古事談』の脚注には「延慶本平家の記述が近い」とある。
神楽ハ近衛舎人ノシワザナリ。ソノ中ニ多ノ氏ノモノ、昔ヨリ殊ニ伝ヘ歌フ。今ニ絶エズ。異《こと》モノハ今ハハカバカシク歌フモノナシ。
宇治殿ノ東三条ニテ神楽シ給ヒケルニ、「下野公親、コノ道ニ長ジタル聞コエアリケリ。多時助、又家風ヲツタヘタルモノ也。召シ合ハセテ聞コシ召スベシ」ト、人々申シケレバ、「公親、本拍子、時助、末拍子、シナガトリ・イセシマノ歌ツカウマツルベキ」由、公親ニ仰セラレケルニ、「未ダ習ハズ」ト申シテ歌ハザリケリ。時助コレヲ歌フ。「コノ家風ナヲスグレリ」トテ、次日、時助ヲ召シテ禄タビケリ。時助ガ子助忠、コレヲ伝ヘテコトニ堪能ナリケレバ、堀川天皇階下ニ召シテウケナラヒ給ヒテ、ツネニコノ神楽アリケリ。蔵人盛家、ソノ骨ヲエテ人長ヲツカマツリケリ。

カカルホドニ、時助・助忠父子カタキノ為ニ殺サレニケリ。君ヨリハジメテ、此ノ道ノ絶エヌル事ヲ嘆キ給ヒテ、助忠ガ末ノ子忠方・近方イマダイトケナキ童ニテアリケルヲ、召シ出デテ、男ニナシテ、忠方ハ歌ノ骨アルニヨリテ、神楽ノ風俗ヲウタハシム。「弓立・宮人」トイフ歌ハ、助忠ガホカシル人ナシ。助忠カタジケナク君ニサヅケタテマツレリ。

内侍所御神楽ノ時、本拍子家俊朝臣、末拍子近方ツカウマツレリケルニ、主上、御簾ノ内ニオハシマシテ、拍子ヲトリテ、此ノ歌ヲ近方ニヲシヘ給ヒケリ。マコトニ希代ノ勝事、イマダ昔ニモアラヌ事也。父ニ習ヒツタヘンハ、ヨノツネノ事也。イヤシキミナシゴニテ、カカル面目ヲホドコス事、コノ道ノタエザル事ヲ世ノ人、感涙ヲ流シケリ。

（2）

『醍醐雑抄』（群書類従第二十五輯所収、私に訓読）

一平家物語作者事

或る平家双紙奥書に云ふ。当時命世の盲法師了義坊実名如一の説と云ふ。

平家物語、中山中納言顕時子息・左衛門佐盛隆、その子民部権少輔時長これを作る。

又、将門・保元・平治上上四部同人作云々。

この時長は先ず平家廿四巻の本を作り、伊勢大神宮に籠め訖ぬ。是佐渡院之御時也。順徳帝是也。

後嵯峨院御在位之時、吉大弐入道輔常（＝資経）これを作る。

平家物語、民部少輔時長これを書く。合戦の事、才学無きにより、源光行これを誂ふ。

十二巻平家ハ資経卿これを書く。

又『鵲談集』第七に云ふ。

「平家の物がたりは、民部少輔時長かきたりけるを、合戦の事をば、さいかくなしとて源光行にあつらへたりけるとなむ。十二巻平家と云ふ物、資経卿これを書く」

（3）参考として語り本（覚一本）がこうした孤児物語をどのように取り入れることになるかを次に引いておく。

《六条蔵人仲家》

六条蔵人仲家、その子蔵人太郎仲光も、さんざんにたたかひ、分どりあまたして、遂に打死してんげり。この仲家と申は、帯刀先生義賢が嫡子也。みなし子にてありしを、三位入道（頼政）養子にして不便にし給ひしが、日来の契を変ぜず、一所にて死ににけるこそむざんなれ。

（巻四「宮御最期」）

《九郎義経》

越中次郎兵衛盛嗣、船のおもてに立いで、大音声をあげて申けるは、「名のられつるとは聞つれども、海上はるかにへだたって、其仮名実名分明ならず。けふの源氏の大将軍は誰人でおはしますぞ」。伊勢の三郎義盛あゆませいでて申けるは、「こともおろかや、清和天皇十代の御末、鎌倉殿の御弟、九郎大夫判官殿ぞかし」盛嗣「さる事あり。一とせ平治の合戦に、父うたれてみなし子にてありしが、鞍馬の児して、後にはこがね商人の所従になり、粮料せをうて奥州へおちまどひし小冠者が事か」とぞ申たる。

（巻十一「嗣信最期」）

《九郎義経》

事あたらしき申し状、述懐に似たりといへども、義経身体髪膚を父母にうけて、いくばくの時節をへず故守殿御他界の間、みなし子となり、母の懐のうちにいだかれて、大和国宇多郡におもむきしよりこのかた、いまだ一日片時安堵のおもひに住せず。

（巻十一「腰越」）

《維盛北の方》

この北の方と申すは、故中御門新大納言成親卿の娘、父にも母にも後れ給ひて、孤《みなしご》にておはせしかども、桃顔露に綻び、紅粉眼に媚をなし、柳髪風に乱るる粧ひ、又人あるべしとも見え給はず。

（古活字本巻七「維盛都落」）

（4）川鶴進一氏翻刻紹介、随心院蔵『持経上人縁起』（「軍記と語り物」三七号所収、二〇〇一年七月）

（5）武久堅「平家物語・木曽義仲と乳兄弟の物語を紡ぐ原点――母親の「託孤」と兼遠一族の「野望」――」（『軍記物語の窓』第二集所収、和泉書院、二〇〇二年十二月）

（6）図書寮叢刊『砂巌三』所収「道家公春日社願文寛元四年七月」による。

（7）『業資王記』（資経の父定経の出家）正治元年（一一九九）十一月十六日条

去る夕、参議定経卿、俄に入道、遁世の聞こえ有り云々。春秋四十二、厳考大納言経房殊に愁嘆云々。

『公卿補任』参議正四位下藤定経、四十二、十一月十五日、天王寺に於いて出家、菩提心に依るなり。法名蓮位。

『尊卑分脈』（祖父経房から、孫資経への家門譲渡）定経、正治元年十一、十五出家、四十二、法名蓮位、或ひは住蓮云々。菩提心に依るなり。此の時、父卿、時に権大納言、義絶、孫資経を以て子と為し家門を譲与せしむ云々。

（8）『明月記』建永二年（一二〇七）六月十七日条、資経、道家の任左大将拝賀の儀に加わる（二十七歳）

建暦二年（一二一二）七月　二日条、資経、内大臣九条道家家の家司に加わえらる（三十二歳）

（9）『玉蘂』承久二年（一二二〇）三月一日条、「家司左中弁資経朝臣予家司」（四十歳）
『明月記』寛喜二年（一二三〇）資経、この年連日、関白道家の元に出仕（五十歳）

（10）『公卿補任』『尊卑分脈』によると資経の出家は天福二年（一二三四）六月二十三日、五十四歳、法名乗願。これより十七年間、自由の身となり、死去は建長三年（一二五一）七月十五日、七十一歳。この間に『平戸記』によると、五十九歳から六十歳にかけて「熊野参詣」なども行っている。

（11）『自暦記』建久九年（一一九八）の資経作文練筆、昇殿の聴許の報。資経十八歳
（本文は『歴代残闕日記』より私に訓読して示す）


十月　十日、和歌会有り。

十月十二日、前座主（慈円）一首を献ぜらる。尤も興有る事なり。返歌を献ぜられ畢ぬ。

十月十六日、朝間、作文有り。題に云く。「落葉只如錦、江を以て韻と為す」卿殿御作を作らしめ、会合の儀少々。礼部為季、知長、抃紀州経高、前備州宮内等取り集めこれを講ず。講師文章生経衡、予練筆の為近日連々此の如し。

十一月五日、予、練筆の為に作文有り。題に云く。雪月に遊宴を催す。師匠左京権大夫菅長守、招引すと雖も、風病と称して来たらず。敦綱朝臣、又屈賞すと雖も、嵯峨居住の間来たらず。会合の人々、蔵人次官清長、治部少輔為季、治部大輔知長、宮内少輔能光、前備後守成長、式部大輔長衡故文章博士光輔子、給料成宗故季光朝臣舎弟、日頃来たらず、今日始めて招き寄す也。

此の間、右大弁親経不慮立ち入る。左右無く一首を加へらる。又卿殿（祖父経房）御作あり。厳重極まり無し、人数多々殆ど酔うが如し。

次に又連句七十韻有り。又盃酌有り、又饌を進ず。穏座以て房乱舞して興に乗ず。

今夜は、偏に予、稽古に相励むの由、世間披露の料、卿殿種々思し召し立つか。見る人、稽古に過失無きの由、これを談ずと聞かしめ給ふ。此の御志勝計すべからず。尊ぶべし尊ぶべし。

人々会合の間、小舎人安弘来る、予昇殿の由、来たりてこれを告ぐ。

第Ⅱ章　平家物語の負の遺産

一　延慶本平家物語の序章「人臣ノ慎ミ」と、成親の「右大将争い」

はじめに

「平家物語は何を語るか」——答えは誰もが知っている。「諸行無常」「盛者必衰」と訳無く答えるであろう。果たしてそうだろうか。仮にそうだったとして、それが本当にこの物語が語る第一義なのか。その、ほとんど常識の影に災いされて、読み落とされているメインテーマはないのか。初めから、読む前からそんな風に答えの分かってしまっている文学作品なら、何を今更事新しく究明しなければならない課題があるというのか。

ここで「仮にそうだったとして」とする一番の根拠は、言わずと知れたあの序章である。序章は、延慶本平家物語の本文では、次のように始まっている。

祇園精舎ノ鐘ノ声、諸行無常ノ響キアリ。沙羅双樹ノ花ノ色、盛者必衰ノ理リヲ顕ス。驕レル人モ久シカラズ、春ノ夜ノ夢尚長シ。猛キ者モ終ニ滅ビヌ、偏ヘニ風ノ前ノ塵ト留マラズ。

遠ク異朝ヲ訪ヘバ、秦ノ趙高、漢ノ王莽、梁ノ周異、唐ノ禄山、是等ハ皆、旧主先皇ノ務ニモ従ハズ、民間ノ愁エ、世ノ乱レヲ知ラザリシカバ、久シカラズシテ滅ビニキ。近ク我ガ朝ヲ尋ヌレバ、承平ノ将門、天慶ニ純友、康和ノ義親、平治ニ信頼、驕ル心モ猛キ事モ取々ニコソ有リケレドモ、遂ニ滅ビニキ。縦ヒ人事ハ詐ルト云フトモ、天道詐リガタキ者哉。王麗ナル猶此ノ如シ、況ンヤ人臣、位者、争カ慎マザルベキ。

間近ク太政大臣平清盛入道法名浄海ト申シケル人ノ有リ様、伝ヘ承ルコソ、心モ詞モ及バレネ。

（第一本一「平家先祖之事」）

このテキストの作者は、「諸行無常」「盛者必衰」を説き、「異朝」「本朝」の事例を掲げて、対句仕立てで序章の導入とし、ここまでは実は他の流布している平家物語と同態なわけであるが、次に「間近ク」主人公として「清盛」を呼び出すに先だって、「縦ヒ人事ハ詐ルト云フトモ、天道詐リガタキ者哉。王麗ナル猶此ノ如シ、況ンヤ人臣、位者、争カ慎マザルベキ(1)」と、述べてきた対句仕立ての導入に対する作者の纏めの見解を提示して、その上で「清盛」を呼び出している。

対句と清盛の間に割って入ったこの一文は、しかし単に対句仕立てに対する作者の纏めには終わっていない。新しい思想を持ち込んでいる。ここで作者はどういうことを提言し、その提言を物語全体の構造にどう働かそうとしているのか。この一文の放つメッセージをどのように受け止めて前へ読み進めばよいのか。相当に断定的なこの一文に、対句仕立ての向こうを張る如何なる警鐘を響かせているのか。この一文をこれまでの平家物語論は、少し厄介視してきた嫌いがある。が、皆無とはいわない。これを問題の中核に据えて、この物語を読み深めようとされた水原一氏の「天道思想」提言(2)、小林美和氏の「慎み」に焦点を絞る構想力論(3)、牧野和夫氏の「注釈」説(4)はいずれも貴重な先行研究である。しかし未だ平家物語という作品全身の解釈の、根幹を揺さぶるまでには至っていない。それにはそれなりの理由もある。そもそもこの一文はこの物語の後の作者たちによって早くに無視されてしまった。

ここには、「諸行無常ノ響キ」「盛者必衰ノ理リ」を承ける「異朝」「本朝」の各四人の事例を踏まえて、「縦ヒ人事ハ詐ルト云フトモ、天道詐リガタキ者哉」「王麗ナル猶此ノ如シ」「況ンヤ人臣、位者、争カ慎マザルベキ」という《帰結と指針》を導き出そうとする問題提起がある。この《帰結と指針》こそはこの物語の主題の在りかの提示ではないか。

一　「天道」の思想

延慶本の「天道」を「天道思想」として最初に考察の対象に据えた水原一氏は、「一行阿闍梨流罪説話」の綿密な注解の中から、その「天道」が延慶本序章において「この場限りの思いつきで一文を挿入させたものではなく、その後にもこの姿勢は折々に現れる」との見解のもとに、以下にも取り上げる西光、重盛の二つの本文と他の用例の見える箇所を指摘し、長門本とも共通する、序章に示された「人界を操る絶対権威としての「天」を畏敬する立場」に着目している。

水原氏の本文引用と重なる部分もあるが、初めに、この物語の設定では、誰がどういう主張のためにこの「天道」を持ち出すかを確認したい。

「天道」の物語の中での序章に次ぐ第二回目の用例は「清水寺炎上」後の法皇庁内での会話で、「平家過分ニ成リ行ケバ、天道ノ御計ヒニテ」（第一本十二「山門大衆、清水寺へ寄セテ焼ク事」）と、西光の口から出ている。「天道」の説く思想であるが、「天」は「口」を備えないので、「天道」は常に「人」の「口」を借りてその思想を説く。これは院の庁が「天道」を持ち出すやり口である。

第三の用例は、「一行無実ニヨリテ遠流之罪ヲ被ル事ヲ天道憐ミ給ヒテ、九曜ノ形ヲ現ジテ守リ給フ」（第一末六「一行阿闍梨流罪事」）で、「天道」は「無実」の「遠流」、すなわち「時ノ横災」を「憐」む正義として慈悲の審判官として活用される。明雲流罪に付された傍流説話での用例であるから、その主張を直接本流につなぐといくらかのずれが生ずるが、あえて類比すると、ここでは法皇庁は、明雲の「時ノ横災」の仕掛け人であるから「天道」の裁きの対象ということになる。西光の担ぐ「天道」と、明雲を加護する「天道」はここでは衝突している。

第四の用例は、「鹿谷事件」で囚われて、はや大物の船着き場まで護送された新大納言成親を、その姉妹を北の方とする重盛からの、己が無力を釈明する書簡に表れる。「親ニ先立チテ後生ヲ助ケ給へトコソ、天道ニハ祈リ申シ候へ」（第一末廿一「成親卿流罪事、付ケタリ鳥羽殿ニテ御遊ノ事、成親備前国へ着ク事」）と、重盛は、妻の兄弟一人を都の内にさえ留め得ぬ我が身の不甲斐なさを述懐して、厭世観に囚われ、「天道」に「早逝祈願」と「後世救済祈願」をしたというのである。この内容では流刑の成親を思い遣り、慰問する消息にはとてもならない。「後生」も自分の「後生」の事である。早く言えば、自分の事しか頭には無い。最晩年に陥った厭世家重盛の始まりである。そういう重盛を「天道」の思想の持ち主として登場させているわけである。死に臨んで重盛は自身も、漢の高祖を引いて「天命」を繰り返し説き、「天心」を持ち出して「運命」を語り、作者も「天命ノ限リアル事」としてその生涯を把握している。「天道」と「天命・天心」は同列ではないが、「天依存」の思想として無縁ではない。重盛が父清盛に対決するための、これは要の思想であるが、極めて後ろ向きな消極的姿勢の開陳である。以上の三例は内容に一貫性がなく、叙述立場もまちまちである。

ここまでの四回の「天道」を経て五回目に使用されたのが、頼政の場合である。本論の開始に先だって、物語を先に読み進めて出会う、源三位入道頼政が高倉宮を訪問して挙兵を訴える、次なる主張に着目しておこう。

倩事ノ心ヲ案ズルニ、物盛リニシテ衰フ、月盈チテ虧ク。此レ天ノ道ナリ。人事ニ非ズ。

ここでは、「事ノ心」すなわちこの世に生起する現象、事柄の本性を、「諸行無常ノ響キ」「盛者必衰ノ理リ」に代えて「物盛リニシテ衰フ」「月盈チテ虧ク」と認識把握し、それ自体が「天ノ道」であると説く。そして「天ノ道」は「人事」と対照されて「人事」はここでも退けられている。このテキストで「人事」の用例は、序章と本章の二例である。「天道」と「人事」の対照的な把握は物語の骨格に働く、二つにして一つの主張であるらしい。この世界を支配する理念は「天」に握られてあり、これを無視するものは何人も「衰へ」「虧ク」。今立ち上がらんとする源氏の老棟梁の口を借りて再び主張される、これは物語の一つの命題である。この命題を外してこの物語の構造は解読出来ないのではないか。少なくとも作者の主張する歴史構造の把握はおぼつかなくなる。本稿はこの視点から解く延慶本平家物語の歴史文学としての構造論である。しかも延慶本でただ二回の用例である「人事」と対にされての使用例である。

四月十四日、夜深ケ人定マリテ、源三位入道頼政、密カニ参ツテ申シケルハ、「君ハ天照太神四十八代（実際は七十七代）ノ御苗裔、太上法皇（後白河）第二ノ皇子也。太子ニモ立チ、帝位ニモ即カセ給フベキニ、親王ノ宣旨ヲダニモ免サレ給ハデ、三十ニナラセ給ヒヌ。心憂シトハ思シ食サヌカ。平家栄花既ニ身ニ余リ、悪行年久シク成リテ、只今滅ビナムトス。倩《つらつら》事ノ心ヲ案ズルニ、物盛リニシテ衰フ、月盈《み》チテ虧《か》ク。此レ天ノ道ナリ。人事ニ非ズ。爰ニ清盛入道、偏ニ武勇ノ威ヲ振ルイテ忽チニ君臣ノ礼ヲ忘ル。万乗尊高ノ君ヲモ恐レズ、三台重任ノ臣ニモ憚ラズ、只愛憎ノ心ニ任セ、猥ガハシク断割ノ刑ヲ取ル。悪ムトコロハ三族ヲ亡ボシ、好ミスルトコロハ五宗ヲ光ス。思ヒヲ一身ノ心腑ニ逞シフス。毀《そしり》ヲ万人ノ唇吻ニ懸ク。天ノ譴《せめ》已ニ至リ、人望早ク背ク。時ヲ量リテ制ヲ立ツルハ文ノ道ナリ。間ニ乗リテ敵ヲ討ツハ兵ノ術也。頼政其ノ器ニ非ザルニヨリテ、其ノ術ニ迷ヘリト雖モ、武略ヲ家ニ稟《う》ケ兵法ヲ伝フ。倩六戦ノ義ヲ顧ミテ（中略）。百ビ戦ヒテ百ビ勝ツ。上ハ天意ニ応ジ下ハ地利ヲ得。義兵ヲ挙ゲテ逆臣ヲ討チテ、法皇ノ叡慮ヲ慰メ奉リ、群臣ノ怨望ヲ択バレンコト、専ラコノ時ニ在リ。日ヲ経ベカラズ。急ギ令旨ヲ下サレテ、早ク源氏等ヲ召スベシ（略）」（第二中八「頼政入道、宮ニ謀叛ヲ申シ勧ムル事、付ケタリ令旨ノ事」）

頼政の主張は、高倉の宮の出自の評価と、これに反する不遇を指摘して、直ぐに状況としての平家滅亡予言に入っている。その構成は序章の組み立ての簡素な反復である。

「天道虧盈而益謙（天道は盈を虧きて謙に益す）」は『易経』の思想で、「地道」「鬼神」「人道」と対称される。また、「日中則移、月満則虧、物盛則衰、天地之常数也（日中すれば則ち移り、月満つれば則ち虧け、物盛んなれば則ち衰ふるは、天地の常数なり）」は、『易経』を承ける『史記』（列伝二）の表現である。成語引用における語順の転倒は延慶本の常套だが、天に日月があって地に物があるのであるから、延慶本の「物盛リニシテ衰フ、月盈チテ虧ク」という転倒は好ましくない。「天ノ道」は上からの力として働きかけ、地上の「人事」と再び対照されている。その「天ノ譴」を承けねばならないのは「君臣ノ礼」を忘れた清盛で、よって地上の「人望」を失うことになる。

「倩六戦ノ義」以降は『漢書』からの引用で、「上ハ天意ニ応ジ」「下ハ地利ヲ得」には、ここでも「天」「地」が対照されている。かくして「義兵」と「逆臣」が確定して、「義兵」は「法皇ノ叡慮」「群臣ノ怨望」支援に働く。「群臣ノ怨望」は遠巻きにする藤原氏等の貴族のことであろうが表現は整わない。

飛躍するようだが延慶本平家物語の歴史構造解明には不可避であるから、ここで前以て言及しておくと、このテキストは大尾で、法皇崩御を叙してその「慈悲ノ恵ミ」「平等ノ仁」即ち「法皇ノ叡慮」を讃え、続いて頼朝の「西海ノ白波ヲ平ゲ、奥州ノ緑林ヲナビカシ」即ち「逆臣」討伐を讃える。この頼政の「早ク源氏等ヲ召スベシ」に応じて発された高倉宮の「令旨」に呼応したのが頼朝であったから、頼政は頼朝の先駆者であり、序章の意図は構造的には頼政に継承反復されて、テキストの大尾で頼朝に受け止められて完結していると解する事が出来る。

「天道」の第六・七の用例が、頼朝謀叛に接続する「燕丹」に持ち出されるのは、第五用例の延長線上ということになる。

綸言汗ノ如クナレバ、烏頭馬角ノ変ニ驚キテ、「燕丹ハ天道ノ加護アル者ナリ」トテ、即チ本国へ返シ遣ス。（中略）始皇猶安カラズ思ヒテ、太子本国へ帰ル道ニ先ズ官使ヲ遣シテ、（中略）サレドモ天道加護シ給ヒケルニヤ、平地ヲ歩ムガ如クニテアガリニケリ。（第二中卅六「燕丹之亡ビシ事」）

ここでは「天道ノ加護」による燕丹の救済が語られている。

第八の用例は、同じく「令旨」に応じた源氏、木曽の義仲の「願書」に表れる。「運ヲ天道ニ任セ、身ヲ国家ニ投グ」（第三末十一「新八幡宮願書事」・覚明文書）と盛り込まれるのも、これまた同じ解釈に連なるということになる。つまり、「天道」の語例は二・三・四の三例は区々、五・六・七・八は源氏寄りということである。序章の「天道」は最初から源氏を見据えて源氏に加担する用意があったのではなかろうか。平家についての作者の評価は明白であるからここでは差し置いて、なお問題になるのがこのテキストにおける王の位置、王の権威の問題である。平家は見捨てられた時点から語り始められているとして、「天道」が源氏ににじり寄るとなると、王の権威は何によって支えられるのか。このテキストの作者の立地点では初めから危ういのではないか。

二　「王麗ナル、猶カクノ如シ」

「王麗」はこのテキストにおいて孤例で、他の作品においても用例は未だ見つかっていない。水原氏は「難解であるが、下との対句関係から、「優れた王侯といえども、と解すべきか」との試解を提示された。

『大漢和辞典』では「麗」の意味に、

麗――①つらなりゆく②すぎる③うるわしい・あでやか・うららか④ふたつ・そろい・つい⑤ならべる・そろえる⑥つらなる⑦つく・つける⑧かける・つなぐ、⑨ほどこす⑩かかる、かず、おもう

等々があり、「列なる」系と、「麗しい」系に大別され、水原氏の「優れた王侯」との解は「麗しい」系ということになろう。第一義の「列なる」系を採択すると、「王氏に列なるもの」意となるか思う。直後の「王氏ヲ出テ、人臣ニ列ル」はこの解釈の採択を推奨している。

ではこの場合、「王氏に列なるもの」とは誰のことか。

その前にこのテキストにおける「王」表現の特殊性に着目しておく必要がある。特殊性とは「王」を冠した特殊な孤例か孤例に近い熟語の多彩さである。孤例から拾うと、「王恩」「王気」「王業」「王言」「王者」「王城一」「王尊」「王堂」「王道」「王女」「王都」がある。次に、二または三回の語は「王胤」「王侯」「王相」「王氏」「王事」「王臣」「王宣」「王孫」「王地」「王敵」等々で、それ以上の語は「王土」「王命」（5回）、「王位」（7回）、「王宮」（8回）、「王威」（10回）、「王」（13回）、「王城」（15回）・「王城鎮護」（1回）・「王城守護」（2回）等々で、最多は「王法」（27回）・「皇法」（6回）、その他「皇事」「皇沢」「皇徳」（1回）、「皇権」（2回）、「皇化」（8回）、「王子」「皇子」は各多数で、「皇民《クワウミン》」（2回）、「皇旗《クワウキ》」（3回）、「皇帝」多数がこれに類する。内容意味の検討は割愛するが、延慶本は余程「王」好きのテキストであることは確かである。その含意と位相を総合的に説明することは困難であるが、この「王権」もしくは「皇権」の絶対性への志向性を前提に「王麗ナル、猶此ノ如シ」を解読するとき、「猶此ノ如シ」は「王権」「王威」の持続性・絶対性を讃える一句ではなく、その脆弱性への危惧の強調として読み込むことが出来る。源平相剋という覇権争いの前で、本来は公正な行司役であった「王威」「王権」への信頼は、この物語を語り始めるスタートラインで既に揺らいでいる。しかも「王威」「王権」の揺らぎの元で、「天道」は源氏守護の旗幟を鮮明にして物語はその構築をスタートしているのである。「揺らぐ」皇統譜の元凶は誰か。平家物語はこの系譜を追いかけることになる。「人臣、位者」の「慎み」の問題は課題としてはこの場合二の次となる。小林美和氏は「人臣に連なる者の「慎」み」を「おそらく本書における歴史語りの中心的テーマの一つがここにあると思われる」「作者が序段において、ことさら「王麗ナル」者「人臣位者」の「慎」みを説いていることは、この物語が、歴史が与えた教訓的側面を説くことに一つの意図を有することの表徴と受けとめてよいであろう(5)」と、両者の「慎み」の問題を並列的に把握した上で、平家に、即ち後者の「慎み」の問題に焦点を絞り込まれる。「況ンヤ人臣、位者、争カ慎マザルベキ」と文は接続するので、不可避の解釈である。しかし「王麗ナル」者の末路をこの物語は、その射程をどこまで働かせて語っているのか、課題は残る。

三 「慎ミ」を求められたのは誰か

このテキストで「慎ミ」は「御慎ミ」と「慎ミ」に分かれる。「御慎ミ」の用例は三例、「御慎ミナシ」が一例である。三例は神祇官の「御占」と「巫女」の言説に表れる。その最初が、成親が右大将を祈願して僧侶を八幡に籠もらせた時に発生した、二羽の鳩の食い合い死という凶事への神祇官の御占「天子、大臣の御慎ニ非ズ、臣下ノ御慎」である。

第二は重盛死去の直前に発生した辻風を占う神祇官・陰陽寮の「百日ノ内ニ大葬、白衣之怪異、天子大臣之御慎也。就中、禄ヲ重ンズル大臣ノ慎ミ、別ハ天下大ナル怖乱、仏法王法共ニ滅ビ、兵革相続キテ、飢饉疫癘ノ兆ス所ナリ」である。結果的に重盛の死去を導く辻風として、この天然災害は持ち込まれている。

第三は天智天皇時代の故実としての御巫の言説である。「御慎ミナシ」は法皇の男子を産して親王宣旨を蒙った「東の御方小弁殿、後の建春門院滋子」の、平家の後見を傘に着た言動への評言である。第一の用例については後述する。

「慎ミ」「慎ム」「慎マシ」「慎マシサ」「謹ミテ」等々の用例は三十数例に及ぶ。同類語に「ツツマシ」「包ミ」などが加わる。作者は「慎み」をかなり重要視する。

序章の「慎マザルベキ」という未然形、否定表現に絞ると、「言ノ洩レ易キハ、招禍ノ媒ナリ。事ノ慎マザルハ、取敗ノ道ナリ。ト云ヘリ。只今事ニ会ヒナンズト見ヘシ」（第二末四十「南都ヲ焼キ払フ事、付ケタリ左小弁行隆ノ事」）は、南都大衆の清盛批判の広言を咎める成語引用である。引用の作者は「取敗ノ道」と断じて「只今事ニ会ヒナンズ」との警告を発する。

序章の用語はやや表現が不安定で、また写本上の難点も推考されるが「人臣、位者」とわざわざ事を「臣下」に絞り込んでその態度への警告とする点において、多くの用例中でも特に成親の場との共通点に注目が集まることになる。小林氏は「慎みの喪失」を指摘して、先ず二条天皇と後白河上皇の不仲を上げる。特に二条の二代の后事件を取り上げ、次に鹿谷事件の首謀者大納言成親の「オホケナキ」願望を、「慎み」の欠如と解して、世界の混乱への導入に位置づける。小林氏はなおこの「慎み」の欠如の事例を物語の随所に指摘して、最終的には平家の破滅に展開させて、この物語の構想の解読とされる。成親の「慎み」の欠如への着目は肝要であるが、作品内のいくつかの事例の一つに上げられるところが、本稿のポイントと異なる。

本稿では、序章の「人臣、位者」の「慎みの欠如」の指摘は、集中的に「大納言成親」の呼び出しを意図する作者の作為ではないかと解する。この物語に最初から最後まで貫流する「大将争い」「大将の行方」の問題に直結しているものと解される。その根拠は、成親を物語に呼び出して、導入部の事件の主要人物に据える物語の結構の仕方にある。第一本十八の「成親卿八幡賀茂ニ僧ヲ籠ムル事」の章の相当に強引な組み立てと、白山騒動を挟んで清盛の矢継ぎ早に放つ院の庁周辺人物の弾圧の叙述展開に関連する。作者の頭の中には、最初から「右大将の行方物語」があり、平家の専横としての「大将兄弟左右」への着目があり、その専横を突き上げる格好の餌食として、「新大納言成親」は担ぎ出され、強引な設定につながったものと解釈される。

そもそも妙音院師長が、太政大臣への昇任を意図して、左大将のポストを辞任したとき、新大納言成親には拝任の可能性が低かったにもかかわらず、八幡に籠もって「真読ノ大般若」を読むという祈願に打って出た、その設定そのものが不自然である。史的背景は安元二年歳末から安元三年春でなければならない。この間の史実と成親の適格、不適格の考証については諸説があるが、候補に上がる人名即ち徳大寺大納言実定、花山院中納言兼雅、関白基房の子息三位中将師家それぞれの適、不適の考証を加えても結論は出ない。候補ではなく、右大将ポスト獲得者、即ち宗盛に焦点を絞ると、平家物語が強引に設定する成親の大将願望の虚構の実態がより鮮明に浮かび上がる。

左大将辞任と「兄弟左右」人事は安元三年正月二十四日の除目に断行されており、物語でその前提とする太政大臣人事は三月五日である。本章で直接関連するのはむろん前者である。『愚管抄』はこの「兄弟左右」の段階では成親の存在に微塵も言及していない。『玉葉』は兼実の受けた報告の記録で、経緯は微細である。ただし関白基房の執政に基本的に批判的かつ非協力姿勢を貫く右大臣兼実の日記執筆態度には、かなりの主観的批評性を含む。これらを剝ぎ取って、報告者の人名を記さずに記録する前日二十四日の除目の経緯を、推量しなければならない。師長の左大将辞任が兼実の筆によると「俄に」「辞状の上程」に及んだことが知れる。その意図は当夜の内の「右大将任命」にあったと記している。任命された右大将はもちろん宗盛である。併せて左中将知盛への従三位叙位が行われている。焦点は関白の対平家人事である。前右大将重盛は去る十一月二十六日に都を立って熊野参詣に赴いた父清盛の随伴で不在、帰洛は二月十日、つまり戻ってみれば左大将に昇任していたということになる。宗盛は兄の帰洛の七日前、二月三日に盛大な右近衛大将の拝賀の儀式を行っている。院はそのためにわざわざ北殿から法住寺南殿へ渡御して拝賀に備えている。将軍の前駆は親昵の殿上人十人、これに院からの要請で遣わされた、関白基房伺候の蔵人五位六人が駆り出されている。院と関白の見事な連携プレーである。六位二人、扈従の公卿は、同日に従三位に叙され公卿の仲間入りした中将知盛一人、番長にはかつて院に伺候の府生・中臣近武が下番長として侍している。宗盛は前年死去の建春門院の猶子で、よってその年の十二月五日の除目に権中納言を辞任して一旦は散位に転じ（左衛門督はそのまま）、明けて正月二十四日の除目で還任して、右大将拝任に及んでいる。有職に長けた関白基房の運びに遺漏はない。

『愚管抄』は「兄弟左右」の出来事を記して、わざわざ「コノ女院、宗盛ヲ子ニセサセ給ヒテケリ」と書き添えている[6]。この記事は延慶本の、第一本十三「建春門院ノ皇子、春宮立チノ事」に「相国ノ次男宗盛、彼女院御子ニセサセ給ヒタリケレバニヤ、平家殊ニモテナシ申サレケリ」と共通する。

拝賀当日、法住寺南殿に続いて右大将は関白基房第に参上し、関白は布袴を着して出で逢い、馬を引き出物とし、随身は腰指を賜わっている。関白基房はこの人事を梃子に七年前の平家との衝突、いわゆる殿下の乗合事件以来の平家との軋轢関係を修正し、翌治承三年十月九日の除目で八歳の長子・左中将師家の権中納言従三位拝任を敢行する。しかしこの人事は、重盛の死後清盛の難詰の対象となる。兼実の目から見ても、次兄関白の仕儀はすべてが格式に悖る破格の行為に映る。院と関白のこの遺漏なき連携に、いかに院の寵臣とはいえ権大納言成親の割り込む隙はない。後の鹿谷謀議を呼び込む成親の遺恨は、嘉応二年十二月から七年間手放さなかった左衛門督のポストを、追い上げる右衛門督宗盛に襲われ、その栄達を羨望する外なかった「兄弟左右」事件以降の反平家の怨念であろう。こう見ると、成親の物語の設定する右大将獲得祈願の物語組み立てはその全てがあざとい。この段階の成親本人にとっても、この祈願の運びはあくど過ぎる。

祈願半ばに、「瓦大明神」の前の「橘ノ木」に「山鳩二ツ」が飛び来て、「食ヒ合ヒテ」死ぬという凶事が発生する。「神祇官」の「御占」は、「天子、大臣ノ御慎ニ非ズ。臣下ノ御慎」と出た。にもかかわらず、ひるむ事なく賀茂の上の社に七日、鴨の御祖社に七日、重ねては歩行の日詣で等々の祈願を続行する。あげくの果てに、若宮炎上の凶兆が出来することになる。「御占」の言う「臣下ノ御慎」は、序章に言う「人臣、位者争カ慎マザルベキ」と内容上対応している。「大将争い」において「慎み」を欠いた描き方をされるのは新大納言成親の振る舞いであった。しかし、この成親の行動が、物語の序章に呼び出されるほどにゆゆしいものであったのか否か。問われるのはこの問題であろう。そこで着目されるのは、成親をここまで狂わせた「大将」ポストのこの物語における意味付けである。

事件は、「此ノ比ノ叙位、除目ハ平家ノ心ノママニテ、公家、院中ノ御計マデモ無シ。摂政、関白ノ成敗ニテモ無カリケレバ、」「入道ノ嫡子重盛、右大将ニテ御坐シシガ、左ニ移リテ、次男宗盛」が、中納言からいきなり、数輩の上﨟を越えて「右大将」のポストをせしめることになる（第一本廿「重盛宗盛左右ニ並ビ給フ事」）。

物語は開巻早に、「右大将」ポストをめぐる物語のこうした展開を予期して、早く第一本五「清盛ノ子息達官途成ル事」の章で、わざわざ次の有職故実の挿入を置く。即ち「近衛大将設置の経緯」こそが、作者が物語の最初に投入した有職である。それは「兄弟左右」の故実であり、「上代ハカウコソ、近衛大将ヲバ惜シミオハシマシテ、一ノ人ノ君達バカリナリ給ヒシカ。是ハ殿上ノ交ハリヲダニ嫌ハレシ人ノ子孫ノ、禁色雑袍ヲ許リテ、綾羅錦繡ヲ身ニ纏ヒ、大臣ノ大将ニ成リ上ガリテ、兄弟左右ニ相並ブ事、末代ト云ヘドモ不思議ナリシ事共ナリ」との評言に連なる「大将」のポストのこの物語における重要性の提示である。物語作者は、結果としての「平家兄弟」の「大将位左右」を踏まえて、敢えて成親の強引な神仏祈願物語を畳み掛けるように投入している。しかも同じ作者は「平家の兄弟」の「兄弟左右」を、許すべからざる暴挙と認識する作者でもある。これは成親には強力な味方でもある。

作者はこうした成親を三回まで批判している。一は神祇官の御占い「天子、大臣ノ御慎ニ非ズ。臣下ノ御慎」であり、第二は「別雷大明神」の託宣歌「サクラ花賀茂ノ河風ウラムナヨ散ルヲバエコソ留メザリケレ」であり、第三は下若宮社への落雷とその炎上である。最後に記す「神ハ非礼ヲ稟ケ給ハネバ、カカル不思議出来ニケルニヤ」に、作者の評言が集約されている。作者は成親の登場を実態とは無関係に過激に構築したかったのであろう。

四 「大将争い」発端三章の「オホケナキ」成親像

そこで問題となるのは、「成親大将争い」発端三章の作為的構成についてである。発端三章とは、

第一本十八「成親卿八幡賀茂ニ僧ヲ籠ムル事」

廿　「重盛宗盛左右ニ並ビ給フ事」

廿二「成親卿人々ニ語リテ鹿谷ニ密会ノ事」

を指し、後続の「大納言成親の物語」の下敷きとなる事件構成である。

この三章の内、廿「兄弟左右」と廿二「鹿ノ谷」は、『愚管抄』に共通記事がある。しかし十八「成親八幡・賀茂」は『愚管抄』にその兆候皆無である。しかも慈円は「兄弟左右」を、

カクテ清盛ガ子共、重盛・宗盛左右大将ニナリニケリ。我ガ身ハ太政大臣ニテ、重盛ハ内大臣左大将ニテ有リケルホドニ、院ハ又コノ建春門院ニナリカヘラセ給ヒテ、日本国女人入眼モカクノミ有リケレバ誠ナルベシ。先ハ皇后宮、後ニ院号国母ニテ、コノ女院宗盛ヲ又子ニセサセ給ヒケリ。

と、関心事はもっぱら、「兄弟左右」の時点では既に故人であるにもかかわらず建春門院の、宗盛との猶子関係に絞られている。

『愚管抄』で「鹿ノ谷」の叙述に先立ち次のような一文を置く。

カクテ建春門院ハ安元二年七月八日、瘡ヤミテウセ給ヒヌ。

ソノ後、院中アレユクヤウニテスグル程ニ、院ノ男ノヲボヘニテ、成親トテ、信頼ガ時（平治の乱を指す）、アヤウカリシ人流サレタリシモ、サヤウノ時ノ師仲マデ、内侍所、又カノ請ケトリタリシ小鉤ナド持チテ参リツツ、カヘリテ忠アル由申シシカバ、皆カヤウノ者ハ召シカヘサレニ

ケル。コノ成親ヲコトニナノメナラズ御寵アリケル。

この文章は慈円の「鹿谷事件」叙述の導入部である。平家物語の作者は、慈円流の事件把握におけるこの導入部の成親叙述の「院ノ男ノヲボヘニテ」と「コノ成親ヲコトニナノメナラズ御寵アリケル」を、一つ前の出来事である「右大将レース」に繰り上げ転用して、

> 故中御門中納言家成卿三男、新大納言成親卿、平ニ申サレケリ。院ノ御気色ヨカリケレバ、様々ノ祈リ始メテ、サリトモト思ハレケリ。（第一本十八「成親卿八幡賀茂ニ僧ヲ籠ムル事」）

の構想を練ったかと想定することが出来る。八幡・賀茂上社・鴨御祖社は本来、藤原成親の願掛けに応ずる性格の神社ではありえない。八幡は「或ル僧」とするが、賀茂上社の仁和寺俊尭法印は、ここだけ人名が明記され、しかも後出（中宮御産）の人名の転用が疑われ、他方の下若宮は鴨社に存在そのものが確かめられず、三室戸法印も人名を明記しない。「サクラ花」の和歌も、この人事の行われた時期を考えるといかにも季節外れの歌材である。

これらを承けて作者は、廿二「成親卿人々ニ語リテ鹿谷ニ密会ノ事」の冒頭を次のように語り始める。

> サテ新大納言成親卿思ハレケルハ、「殿ノ中将殿（師家）、徳大寺殿（実定）、花山院（兼雅）ニ超エラレタラバ何ガセム、平家ノ二男（宗盛）ニ超エラレヌルコソ遺恨ナレ。イカニモシテ平家ヲ滅ボシテ、本望ヲ遂ゲム」ト思フ心付キニケルコソ、オホケナケレ。父ノ卿ハ中納言マデコソ至

リシニ、其ノ子ニテ位正二位、官大納言、年僅カニ四十四、大国アマタ給ハリテ、家中タノシク、子息所従ニ至ルマデ朝恩ニ飽キ満チテ、何ノ不足有リテカ、今カカル心ノ付キニケム、是モ天魔ノ致ス所也。

成親は宗盛を殊更に「平家の二男」と呼んだ。では成親は中納言家成の嫡男かと言えばさにはあらず、嫡流は十一歳年長の権大納言正二位隆季があり、もうひとり、早く仁安二年に出家した、隆季と母を同じくする次兄・従三位家明があって、成親はようやく三男である。成親のこの蔑視の言葉は「二男」に焦点を当てると筋が通らない。「平家ノ」に重心はかかるのである。しかも嫡流隆季の嫡男が清盛息女を正室とする冷泉隆房であることは平家物語に詳しい。こう観察すると成親のこの言葉設定が既に穏やかでない。作者は敢えて尋常ならざる物言いを成親に与えて「オホケナケレ」「天魔ノ致ス所也」と評言するのである。

この評言を次に承けるのは、第一末十五「成親卿思慮無キ事」の章である。

大方此ノ大納言ハ、オホケナク思慮無キ心シタル人ニテ、人ノ聞キ咎メヌベキ事ヲモ顧ミ給ハズ、常ニ戯レニガキ人ニテ、墓無キ事共ヲモ宣ヒ過ゴス事モ有リケリ。

ここで作者は成親を「オホケナク」「思慮無キ心シタル人」と評して一つの物語を引く。坂東生まれの後白河院近習者、坊門中納言親信がまだ元服叙爵の直後の頃に、人々から「坂東大夫」「坂東兵衛佐」などと蔑称を浴びせられ、当人は「ユユシク本意ナキ事ニ思ヒ入レ」ていた、その折りしも、法皇の御前で、成親は、「タハブレニヤ、『親信、坂東ニ何事共カ有ル』」と問いかける。親信に、「取リモアヘズ、『縄目ノ色革コソ多ク候ヘ』ト返答」され、顔色なく返す言葉を失った、という出来事の再現である。不用意な揶揄への痛烈なしっぺ返しとして、並み居る一座の前で、平治の乱での捕縛を当てこすられたのである。作者はこの物語の導入に際して、成親を「オホケナク」「思慮無キ心シタル人」と規定する。「オホケナシ」は「身の程知らず・身の程をわきまえず、空恐ろしい」と古語辞典は語義を解く。或いは「分不相応」とする。積極的には「大胆不敵」とも解する。ここは文字通り「身の程知らずの浅薄な人」つまり、「慎み」の概念の欠如する人物を意味するであろう。

作者がここまで「大将争い」とその敗北者の流罪の道行きを語って、場面は瀬戸内に面する「大物の浦」で、異国の相人の人相占いを紹介する。

誠ナルカナヤ。此ノ大納言、宰相カ中将カノ程ニテ、異国ヨリ来リタリケル相人ニ遇ヒ給ヒタリケレバ、「官ハ正二位大納言ニ昇リ給フベシ。但シ獄ニ入ル相ノヲハスルコソ糸惜シケレ」ト相シタリタリケルトカヤ。今思ヒ合ハサレテ不思議也。

（第一末廿一「成親卿流罪事、付ケタリ鳥羽殿ニテ御遊ノ事、成親備前国へ着ク事」）

唐突ながら光源氏の例を出すまでもなく、作者は成親に物語の主人公設定の用意のあったことを、この異国の相人の言説をもって明示している。直前には鳥羽殿御遊の回想を交えて、「住吉大明神」にその救済を祈願する流人成親をえんえんと語る。

こうした発端三章に強引に設定された「オホケナキ」成親像造型と、後半に展開する子息成経の側からする「大納言物語」とは相当に掛け離れた色調を帯びる。その内実は既に別に詳細に分析したことがあるので、ここでは重複を避ける。(7)

五　平家物語の歴史文学構造

題材として合戦譚を多数投入しているためにこの物語は軍記文学とか軍記物語と呼ばれる様相を呈しているが、実はそれらの軍記を内に呑み込む歴史文学として、「王麗ナル」者の脆弱さ、即ち皇権衰微の因果を、この物語は、その構造において既に如実に構築し遂せている。この物語の特性を「合戦譚」として楽しもうとするのは平曲的な一句一句の独立鑑賞の弊害である。平家物語が立体化した歴史文学の構造は、この物語を単に合戦譚の集まり、あるいは軍記として享受することに満足しないものがある。この課題に応ずるには、この物語の文学構造の把握が先行する。本来は物語の場面構成を逐一検討して導き出されねばならない課題であるが、これも紙幅の都合で、今回は結論だけ提示させていただく。私見によると、延慶本平家物語は次のような三部構造を内具している。

第一部（発端部）「歴史の警鐘、平家の専横と後白河院庁の平家専横抑止策の失敗」

（巻一～三）　一　鳥羽院治世下における平忠盛出世譚二話とその略歴

二　保元の乱後の平清盛繁昌譚と息男息女の栄達
三　後白河院庁と二条朝廷、父子間のきしみ
四　後白河院庁と高倉朝廷（＝清盛政権）、父子間のきしみ
五　殿下の乗合（代の乱れける根元）
六　院の近習成親の大将争い（鹿谷陰謀）
七　北面横暴（宇河寺事件・白山事件・山門神輿強訴・天台座主流罪）
八　鹿谷陰謀露見、処刑、流罪（鬼界ヶ島、俊寛、有王）
九　安徳天皇即位
十　清盛政変・法皇幽閉

第二部（展開部）「源氏の報復、平家の失政、衰退、滅亡」
（巻四〜十一）

一　頼政、高倉宮に謀叛を勧める
二　雅頼卿の侍の夢（予言）
三　安徳朝・平家の最大の失政―遷都
四　頼朝・各地の源氏謀叛
五　清盛死去・都落ち
六　後鳥羽天皇即位

七　一の谷合戦・屋島合戦・壇ノ浦合戦
八　安徳入水

第三部（結末部）「戦後体制の確立と皇権の崩壊＝後鳥羽院批判、後白河院賛嘆、頼朝政権の奉祝」
（巻十二）

一　大地震
二　建礼門院の動静
三　東大寺大仏供養
四　源氏勧賞
五　平家方残党の始末、平時忠の末路
六　義経の処遇、義経の動向
七　戦後の頼朝の政治体制・その一「守護地頭」
八　吉田大納言経房
九　平家の子孫皆殺し、六代御前物語
十　戦後の頼朝の政治体制・その二「院側近の解任と新参議指名」
十一　十郎蔵人行家と志多三郎先生義憲の末路
十二　戦後の頼朝の政治体制・その三「右大臣兼実摂録」
十三　六代出家

十四　法皇小原御幸・女院往生
十五　戦後の頼朝の政治体制・その四「頼朝初度上洛（右大将拝任）・法皇崩御・頼朝再度上洛（大仏供養）」
十六　平家それぞれの末路
十七　戦後の頼朝の政治体制・その五「文学上人の口を借りた後鳥羽院政批判と文学流罪、九条殿（藤原兼実）籠居」
十八　六代被斬
十九　法皇の高運賛嘆
二十　頼朝の果報

二条朝、高倉朝、安徳朝、後鳥羽朝と、後白河院政期の「王の系譜」とその内実を検証して来たこのテキストの作者は、その序章で「王麗ナル、猶此ノ如シ」と断じたとき、物語の現在は、安徳朝の滅亡はもとより「御遊ニノミ御心ヲ入レサセ給ヒテ、世ノ御政ヲモ知ラセ給ハズ」と、文学の口を借りて批判した後鳥羽院政の崩壊を既に経過してしまっている。作者が『六代勝事記』に依拠するという一種の韜晦を用いて叙述した現代史の「王」の失政はここに極まっている。「源二位頼朝の国政介入」すなわち戦後の頼朝の政治体制・その三を叙述して、「文学上人の口を借りた後鳥羽院政批判と流罪、九条院（藤原兼実）籠居」（戦後の頼朝の政治体制・その五）を叙す。

文学上人ハ元ヨリ怖シキ心シタル者ニテ、当今ハ御遊ニノミ御心ヲ入レサセ給ヒテ、世ノ御政ヲモ知ラセ給ハズ、九条殿御籠居ノ後ハ、卿ノ局ノママニテアレバ、人ノ愁嘆モ通ラズ、後高倉院ヲバ其ノコロハ二宮ト申シケリ、二宮コソ御学問モオコタラセ給ハズ、正理ヲ先トシテオハシマセトテ、位ニ即ケマヒラセテ世ノ政行ハセマヒラセムト計ラヒケレドモ、鎌倉ノ大将オハセシカギリハ叶ハザリケリ。（中略）

正治元年正月十三日、右大将頼朝隠レ給ヒテ後、此ノ事ヲ尚ハカリケルガ、世ニ聞コヘテ文学忽チニ院勘ヲ蒙リテ、二月六日、二条猪熊ノ宿所ニ検非違使アマタツキテ、召シ取リテ、佐渡国ヘゾ流サレケル。（召還）。（二回目は隠岐国へ配流。死亡）。

隠岐院ノ御謀叛ハ文学ガ霊トゾ聞コヘシ。

（第六末卅六「文学流罪セラルル事、付ケタリ文学死去ノ事、隠岐院ノ事」）

「隠岐院ノ謀叛」は承久の乱（一二二一年五月）で、後高倉院死去は貞応二年五月十四日、同日諡号（一二二三年）、同じ承久の乱を「後鳥羽院ノ合戦」と表記する「後鳥羽院」の崩御が延応元年二月二十二日、始め顕徳院、「後鳥羽院」諡号は、仁治三年七月八日（一二四二年）であるから、物語の現代史を把握する時点は後嵯峨天皇（一二四二〜一二四六年）から後深草天皇（一二四六〜一二五九年）時代へと向かわざるを得ない。すなわち後高倉院の皇統である後堀河、四条から土御門院の皇統に移ってからということになる。隠岐院の末路については、三節「帰らぬ旅人――隠岐院」で詳述する。「王麗ナル、猶カクノ如シ」を持ち込んだ筆者の皇統観は遡って、『六代勝事記』を典拠とする後白河院の治世賛賀、

建久三年三月十三日、法皇遂ニ崩御、御年六十六。後年高運ノ君也。(中略)。慈悲ノメグミ一天ノ下ヲハグクミ、平等ノ仁、四海ノ外ニ流シキ。(第六末卅八「法皇崩御之事」)

で終わっている。ここで課題として浮かび上がるのは、後白河院の流れに続く高倉天皇とその二人の皇子・安徳と後鳥羽の両天皇の治世である。安徳朝についての延慶本平家物語の叙述姿勢は既に論じた事があるのでここでは省略し(8)、残る課題は延慶本の後鳥羽叙述である。

註

(1) 本文「人臣、位者」の「位者」は、他に用例の無い単語で、「人臣位者」と続ける読みも有り得るが、応永書写本には「人臣」と「位者」との間に朱点が付されている。かつての翻字「従者」ならまだしも意味は通るが、「人臣」と「従者」も同列に扱える用語では無い。また、延慶本のこの巻の筆癖を分析するに、「従」は無理で、「位」に近似する。本稿では「人臣」及び「位にある者」の意で全文の解釈を試みる。「人臣」と「位者」は身分が違うが、両者併せて「王麗」と対照するものと解する。

(2) 水原一氏は『延慶本平家物語論考』第三部「説話的関連」中の「一行阿闍梨流罪説話の考察」の「付説」において、この説話に表れる「天道」に着目し、論を展開させて、序章の「天道畏敬」もそ

の場限りの思いつきではない証拠として、延慶本の用例を列挙され、平家物語の宗教性の問題として、仏教教団・教派的角度からのみではなく、「天道思想」というべき方向への考察の必要性を提言された。（一九七九年六月）

（3）小林美和氏は「『平家物語』の構想力」（「青須我波良」三四号、一九八七年十二月、『平家物語の成立』二〇〇〇年三月所収）で、同じく序章の一文から特に「慎み」に焦点を絞って巻一の構想上の問題点を掘り下げられた。水原氏の「天道思想」の問題とは角度を異にする。

（4）牧野和夫氏は「延慶本『平家物語』巻第一末第六話「一行阿闍梨流罪事」と「天道」のこと」（『古文学の流域』所収、一九九六年四月）で、水原氏の「一行阿闍梨説話」考証を承けて、「天道」を延慶本という時空のなかに展いて探捜する試みとの目論みを掲げ、主として外部文献との相関の中で、この一文を位置づけ、最終的には直前の「驕ル人」のひとつの「読み」（解釈）の記述、ある種の「注釈」の本文化との考察結果を導きだされた。

（5）小林美和氏の註（3）の著作二七頁「平家物語の構想力、三「慎」みの喪失」。氏はここで、巻一に焦点を絞って、二条天皇の慎みのなさから、法皇、院近臣、平氏へと波及してゆく、求心的な歴史叙述への意図を読み取って、作者の「世界及び平家が滅亡へと向う構想上」を解明された。

（6）慈円は『愚管抄』で「兄弟左右」を、建春門院生前の出来事とも解される叙述をしている。史実では建春門院の死去は「兄弟左右」に先行する。

（7）「「大納言物語」の様式と展開―鹿谷事件から大将争い事件へ――」（武久堅著『平家物語成立過程考』所収。一九八六年十月）

（8）「《安徳神話》の誕生」（武久堅著『平家物語発生考』所収。一九九九年五月）

二　平家物語の後鳥羽院

はじめに

徒然草二二六段は、

後鳥羽院の御時、信濃前司行長、稽古の誉ありけるが、楽府の御論議の番にめされて、七徳の舞を二つ忘れたりければ、五徳の冠者と異名をつきにけるを、心うき事にして、学問をすてて遁世したりけるを、慈鎮和尚、一芸あるものをば、下部までも召しおきて、不便にせさせ給ひければ、この信濃の入道を扶持し給ひけり。この行長入道、平家物語を作りて、生仏といひける盲目に教へてかたらせけり。

と、兼好の聞き及んだ、平家物語の成立伝承を書き留めている。本稿で課題にするのは外でもないその内の、冒頭の「後鳥羽院の御時」についてである。この「御時」が触発する平家物語にとっての「後鳥羽院」の問題である。なぜなら当の後鳥羽院は何度もこの物語に登場するからである。いや、登場するというよりは、そもそもこの物語は、後半つまり巻八以降は、すべて広義の「後鳥羽院の御時」の物語である。

しかもその後鳥羽院が顔を出す、その顔の出し方はすでに、「後鳥羽院の御時」というような「時」を問題とするという意味において、いくつかの「時の位相の差異」のようなものを背負っているように思われる。「後鳥羽院」と一律に呼び立ててよいような同一人格性を備える登場人物ではない。むしろいくつかの相貌に引き裂かれた存在として登場させせられている。そこで問題となるのは、当の後鳥羽院の人格の問題ではなく、上に述べた表現に戻るなら、後鳥羽院を語る「時の位相の差異」の問題として、引き裂かれた「後鳥羽院像」の結実である。「時」の問題へのすり替えを拒むとすれば、「時々の作者の問題」であろう。

本稿はこの「時の位相の差異」「時々の作者の問題」に、後鳥羽院を通して切り込む、一つの仮説的成立過程論である。

一　後鳥羽天皇の即位記事と後白河院周辺伝承

後鳥羽天皇という名称はまだまだ後世のものであるから、当面は新帝と呼ぶことにする。

主上（安徳）ハ外家（平家）ノ悪徒ニ取ラレサセ給ヒテ、西海へ趣カセ給フ。尤モ不便ニ思シ食ス。速カニ帰シ入レ奉ルベキヨシ、平大納言時忠卿ノ許へ院宣ヲ下サルト云へドモ、平家是ヲ用ヰネバ、力及バズシテ、新主ヲ立テ奉ルベキヨシ、院殿上ニテ公卿僉儀有リ。主上還御有ルベキヨシ、御心ノ及ブホドハ仰セラレテキ。「今ハトカク御沙汰ニ及ブベカラズ。但シ便宜ノ君渡御セズ。法皇コソ返殿上セサセオワシマサメ」ト申サルル人モ有リ。「返殿上ノ例、百王卅六代ノ皇極天皇、卅八代ノ斉明天皇、此等ハ皆女帝也。男帝ノ返殿上ハ先例ナシ」トゾ申サルル人モアリ。「鳥羽院ノ乙姫宮、八条院御即位有ルベキカ」ト申サルル人モアリ。女帝ハ第十五代ノ神功皇后ヨリ始メ奉リ、推古、持統、元明、元正。法皇思シ食シ煩ハセ給ヒケリ。丹後ノ局内々申シケルハ、「故高倉院ノ宮、二宮ハ平家ニ具セラレ給ヒオハンヌ。其外三四ノ宮ノタシカニ渡ラセ給ヒ候フ。平家ノ世ニハ世ヲ慎マセ給ヒテコソハ渡ラセ給ヒシカドモ、今ハ何カハ御憚リアルベキ」ト申サレケレバ、法皇ウレシゲニオボシメシテ「尤モ其ノ義サモアリヌベシ。オナジクハ吉日ニ見参スベキ」由シ仰セアッテ、泰親ニ日次ヲ御尋ネアリケレバ、「来ル八月五日」ト勘ヘ申ス。「其ノ議ナルベシ」トテ、事定マラセ給ヒニケリ。

（第三末卅六「新帝定メ奉ルベキノ由、評議ノ事」）

物語は、木曽義仲に平家追討の院宣を下した後に、「尤モ不便ニ思シ食ス」という法皇の心情に言及して、主上の還幸を求める「院宣」を下し、その後初めて「新主」の問題を会議の議題に取り上げている。ここで安徳を「主上」と呼んでいることは押さえておく必要がある。

しかし、法皇はその席でもなお「御心ノ及ブホドハ」安徳の還御を願ったと、物語の法皇は設定されている。後白河院はすぐに新帝擁立へと発想を進展させたわけではない。また会議の進み具合も、

一　あれこれ詮議している場合ではない。しかも適当な該当者がいるわけではない。後白河法皇の「返り殿上」を提案する側近らしい発言がある。

しかし「返り殿上」の前例は女帝（皇極＝斉明）にあるが、男帝の先例はない、ということで却下される。（なぜか孝謙＝称徳の前例は上げていない）。

二　鳥羽院の乙姫・八条院即位案がでる。

女帝の前例（神功皇后・推古・持統・元明・元正）。この文章は発言の形式ではなく、地の文でしかも述部が整っていない。（やはり孝謙＝称徳の前例は上げていない）。

ここで法皇は思い煩う。

三　丹後の局の提案。

「故高倉院ノ宮、二宮ハ平家ニ具セラレ給ヒオハンヌ。其外三四ノ宮ノタシカニ渡ラセ給ヒ候フ。平家ノ世ニハ世ヲ慎マセ給ヒテコソハ渡ラセ給ヒシカドモ、今ハ何カハ御憚リアルベキ」

四　法皇の反応。

ウレシゲニオボシメシテ「尤モ其ノ義サモアリヌベシ。オナジクハ吉日ニ見参スベキ」

五　泰親による日次の勘申。「八月五日」提案。法皇の決定。

この場面は、「院殿上」での、形は「公卿僉儀」であるが、固有名詞は、法皇と丹後の局と泰親のみである。提案も先ず何者かが「法皇の返り殿上案」を提案し、これは退けられ、次に「八条院案」が出されて、「女帝」の前例が、発言としてではなく、やや不完全な地の文で記されて、法皇の思案となる。法皇がどう「思シ食シ煩」ったのかは明確ではないが、「八条院案」つまり「女帝案」への思案が丹後の局の発言を誘導したことは文脈からは読める。作者はしかしここで丹後の発言に「内々申シケルハ」という一句を挿入しているので、公卿僉儀の場から、一歩引いた立場の発言であることは確かである。しかし、法皇はすぐにこの「内々」の発言に乗る。丹後の発言は極めて周到である。先ず後白河院の皇統「高倉院ノ宮」と述べて、「二宮」の情勢は正確に把握し、「三四ノ宮」の存在に言及する。（「新主」を立てる公卿僉儀であるから、公卿は当然その程度の情報を把握していて当然であるが、どうも側近公卿は「返殿上」説でまとまっていたとも読める）。「三四ノ宮ノタシカニ渡ラセ給ヒ候フ」は丹後の皇統問題への日頃からの関心の深さを証している。しかも法皇の孫二人が、安徳朝・平家全盛下にどのように存在していたかを日ごろからほぼ正確に把握していたという書き振りになっている。一方の法皇はそんなことさえ十分に認識していなかった、無頓着、気楽な法皇として設定されている。

九条兼実は寿永二年の現在、三十五歳で右大臣のポストにあったが、法皇とは万事一線を画している。そうした状況の中での『玉葉』八月六日条の記載内容に、院参して、定能卿を通して申し入れ、頭弁兼光を以て法皇の意向として、詳細な報告をうけている。

その冒頭の一句は、「立王の事、思し食し煩ふ所なり。先ず主上の還御を待ち奉るべきや」で始まる。延慶本の法皇の思案、安徳の還御は当初の実態を写しているであろう。

この後、卜定の儀が再三実施されるが方針が定まらず、『玉葉』に候補者三人の名が上がるのは十四日で、「一人は義範の女の腹五歳、一人は信隆卿の女の腹四歳」と義仲の推す「故三条宮（以仁王）の御息北陸にあり」の三人である。十八日の兼実欠席の議定の報告で、占卜は三宮、女房丹後の夢想は四宮、義仲は北陸宮を譲らず、とあり、儀式の次第は細部まで取り決められつつ、なお進展せず、占卜数度に及んで、また義仲との折衝も再三なされた結果、四宮に定まった由が記されている。結局、立皇は八月二十日である。

物語は比較的に事はとんとん拍子に運んだように語られているが、紆余曲折を経ていることは確かである。が、物語の設定する「返殿上」と「八条院」については、兼実の耳には届いていないらしい。延慶本はこの後、「卅七、京中警護ノ事」を置いて第三末は閉じ、第四（巻八）に移り、その巻頭記事はいよいよ四宮決定の場となる。

寿永二年八月五日、高倉院ノ御子、先帝ノ外三所御座ケルヲ、二宮ヲバ儲ケノ君ニシ奉リ、平家トリ奉リテ西国ニオワシマシケリ。三四宮迎へ奉リ、法皇見参ラセケレバ、三宮ハ、法皇ヲ面嫌ヒマヒラセテ、六借ラセ給ヒケレバ、「疾ク疾ク」トテ入レ帰セ給ヒニケリ。四宮ハ、法皇ノ「コレへ」ト仰セ有リケレバ、左右ナク法皇ノ御膝ノ上ニ渡ラセ給ヒテ、懐カシゲニ思ヒマヒラセ給ヒタリケリ。「我ガ末ナラザラムニハ、カカル老法師ヲバ、ナニシニカ懐カシク思フベキ。コノ宮ゾ我ガ孫ナリケル」トテ、御グシヲカキナデテ、「故院ノ幼ク御ハセシニ、少シモ違ハズ、只今ノ事ノ様ニコソ覚ユレ。カカル忘レ形見ヲ留メ置キ給ヒケルヲ、今マデ見ザリケル事ヨ」トテ、御涙ヲ流サセ給ヘバ、浄土寺ノ二位殿、其ノ時ハ丹後殿ト申シテ、御前ニ候ヒ給ヒケルモ、是ヲ見奉リ給ヒツツ、「トカフノ沙汰ニモ及ブベカラズ。御位ハコノ宮ニテコソ渡ラセ給ハメ」ト申シ給ヒケレバ、「サコソ有ラメ」トテ、サダマラセ給ヒニケリ。後鳥羽院ト申スハコノ御事ナリ。内々御占ノアリケルニモ、「四宮子々孫々マデモ日本国ノ主ニテ成リ給フベシ」トゾ神祇官、陰陽寮共ニ占ヒ申シケル。今年ハ四歳ニ成ラセ給フ。

（第四・一「高倉院第四宮、位ニ付キ給フ事」）

この本文と前本文との関係は不明確である。先ず「高倉院ノ御子」の紹介が、前本文を無視した物言いになっている。しかも前本文では「主上」であった安徳がここに来て早くも「先帝」に変わる。これはなぜなのか。特に「安徳フアン」という訳ではないが、これはいくら何でも少し早すぎて安徳が可哀想ではないか。巻が変わったとは言え、直前まで後白河は「安徳呼び戻し」説であったはずである。それを「先帝」とは何事であろう。また「浄土寺ノ二位殿、其ノ時ハ丹後殿ト申シテ」も前本文を無視している。とするなら、諸本に共通のこの記事に対して、前本文とは資料を異にする別系統の本文という推定も成り立つ。共に後白河伝承の枠組みであるが、後者は既に後白河のお墨付きによる「新帝・後鳥羽選定伝承」としての色彩を帯びている。

この本文に「後鳥羽院ト申スハコノ御事ナリ」とあるのは、恐らく後年の追記であろうことは、この謚の成立したこの天皇の生涯と関係する。新帝はここで寿永二年（一一八三）四歳で即位し、建久九年（一一九八）退位、院政を開始して、承久三年（一二二一）承久の変を起こして鎌倉幕府に敗れ、隠岐の島に流されて、延応元年（一二三九）六十歳にて崩御する。初め顕徳院と謚られ、仁治三年（一二四二）七月八日に後鳥羽院と改められる。しかし「後鳥羽院ト申スハコノ御事ナリ」のみが仁治三年以降の追記であると見る推定に対して、「内々御占ノアリケルニモ、『四宮子々孫々マデモ日本国ノ主ニテ成リ給フベシ』トゾ神祇官、陰陽寮共ニ占ヒ申シケル」もまた仁治三年以降の記事ではないか、と推定することもありうる。なぜなら、後鳥羽院の子孫が即位してこの系統が皇位に復するのは、守貞親王（後高倉院）の子、後堀河、四条の流れが途絶えた後嵯峨天皇からで、「子々孫々マデモ日本国ノ主」はこの史実の反映と見なし得るからである。「神祇官、陰陽寮」の登場も、前本文の「泰親」の登場に対して設定が一般化している。冒頭の「先帝」もこうした枠組みの中で表現は後代の呼称に改変されたものか。

しかし、この記事は始めから「後鳥羽院」の直前までは、後白河院の言葉が直接話法で、

「我ガ末ナラザラムニハ、カカル老法師ヲバ、ナニシニカ懐カシク思フベキ。コノ宮ゾ我ガ孫ナリケル」

「故院ノ幼ク御ハセシニ、少シモ違ハズ、只今ノ事ノ様ニコソ覚ユレ。カカル忘レ形見ヲ留メ置キ給ヒケルヲ、今マデ見ザリケル事ヨ」

と、二つ入っており、後白河院の自称「老法師」は外に安徳天皇誕生の祈禱場面があるのみで、二か所は共に孫に対する法皇の自意識として共通するので、後白河院の言葉伝承としての古層を保持しているものと判定することができる。「御産」の本文を引いておく。

其ノ時法皇御帳近ク居ヨラセオワシマシテ、仰セノ有リケルハ、「何ナル悪霊ナリトモ、此ノ老法師カクテ候ラワンニハ、争カ近ヅキ奉ルベキ。何ニ況ンヤ、顕ハルル所ノ怨霊共、皆丸ガ朝恩ニヨリテ、人トナリシ輩ニハアラズヤ。縦ヒ報謝ノ心ヲコソ存ゼザラメ、豈ニ障礙ヲ成サムヤ。其ノ事然ルベカラズ。速カニ罷リ退キ候へ」トテ、「入道験者シテモスギツベキヨナ」
（第二本八「中宮御産有ル事、付ケタリ諸僧加持ノ事」）

ここでは後白河院の自称に「丸」が加わる。「入道験者シテモスギツベキヨナ」は、心を許した近習への冗談としての法皇の言葉伝承であろう。

ここで少し横道に逸れるが、後白河伝承の実態の確認として不可欠な手続きであるので、自称「丸」の分布の一例を引いて、延慶本の後白河伝承の枠組みを取り押さえつつ、その中に「新帝・後鳥羽選定伝承」を位置づけておこうと思う。場面は鳥羽殿幽閉の、これも限られた近習との会話である。

大膳大夫業忠（父信業の誤りか）ガ子息（業忠）、十六歳ニテ左兵衛尉ト申シケルガ、イカニシテマギレ参リタリケルヤラム、候ヒケルヲ召シテ、「今夜、丸ハ一定失ワレヌト覚ユルナリ。イカガセムズル。御湯ヲメサバヤト思シ食スハ、イカニ。叶ハジヤ」ト仰セ有リケレバ、今朝ヨリ肝魂モ身ニ随ハズ、ヲムバク（陰魄）計ニテ有リケルニ、此ノ仰セヲ承レハ、イトド消エ入ル様ニ覚ヘテ、物モオボエズ、悲シカリケレドモ、狩衣ニタマスダレスキ上ゲテ、水ヲ汲ミ入レテ、コシバガキヲコボチ、大床ノツカ柱ヲワリナムドシテ、トカクシテ御湯シイダシタリケレバ、御行水マヒリテ、泣ク泣ク御行ヒゾ有リケル。最後ノ御勤ト思シ召サレケルコソ悲シケレ。サレドモ別事ナク夜ハアケニケリ。（第二本卅「法皇ヲ鳥羽ニ押シ籠メ奉ル事」）

延慶本はこういう時には法皇に自称「丸」を使用させて言葉伝承を比較的に丹念に活かしている。ここでは近習は大膳大夫業忠である。「此ノ仰セヲ承レハ、イトド消エ入ル様ニ覚ヘテ、物モオボエズ、悲シカリケレドモ」はもちろん業忠である。業忠での心情がそのまま地の文に入ってくるのである。

同じ表現構造の箇所を今少し引く。

十二月十日ハ、法皇ハ五条内裏ヲ出デサセ給ヒテ、大膳大夫業忠ガ六条西洞院ノ宿所へ渡ラセ給フ。ヤガテソノ日ヨリ歳末ノ御懺法、始メラレニケリ。（第四・卅七「法皇五条内裏ヨリ出デサセ給ヒテ、大膳大夫ガ宿所へ渡ラセ給フ事」）

大膳大夫業忠ガ、御所ノ東ノ築垣ニ上テ四方ヲ見マハシテ居タルニ、六条西洞院ヨリ、武士御所ヲサシテ馳セ参ル由申シケレバ、法皇大キニサワガセオハシマス。「義仲ガ又帰リ参ルニコソ。今度ゾ君モ世ノ失スルハテヨ」トテ肝心モウセ、「コハイカガセムズル」ト怖レアヘル処ニ、業忠ヨクヨク見給ヒテ「義仲ガ余党ニテハ候ハザリケリ。笠ジルシ替ハリテ見ヘ候。只今馳セ参リテ候フナルハ、東国ノ兵ト覚エ候」ト申ス程ニ、義経門ノキハ近ク打チヨリテ、馬ヨリ飛ビ下リテ、業忠ニ向カヒテ申シケルハ、「鎌倉右兵衛頼朝ガ舎弟、九郎義経ト申ス者コソ参リテ候へ。見参ニ入レサセ給へ」ト申シケレバ、業忠余リノウレシサニ、築垣ヨリ急ギ下ケルガ、腰ヲゾツキ損ジタリケル。イタサハウレシサニマギレテ、痛々参リテ奏聞シケレバ、御安堵シテゾ思シ召サレケル。上下大キニ悦ビテ、急ギ門ヲゾ開カレケル。九郎義経ハ、（中略）。法皇御感ノ余リニ、中門ノ連子ヨリ叡覧アリテ、「ユユシゲナル奴原カナ」トゾ仰セアリケル。大膳大夫業忠仰セヲ承リテ、軍ノ次第ヲ召シ問ハル。（中略）。仰セ下サレケルハ、「義仲ガ余党ナムド参リテ狼藉仕ル事モコソアレ。義経ハカクテ御所ノ守護ヨクヨク仕ツレ」ト、（第五本八「義経院御所へ参ル事」）

「業忠余リノウレシサニ」「イタサハウレシサニマギレテ」は共に業忠の心情表現である。こうした後白河院近習の伝承の中に、新帝・後鳥羽天皇選定の物語は形を整えて伝わっている。後鳥羽天皇物語は、後白河院によって偶発的ではあるが紛れも無い支持を得てスタートした新帝として、相当に古層の伝承の中から引き出されて物語に位置づけられていることは確かである。

二　八条院と北陸宮と木曽義仲

対立候補・北陸宮の問題に言及しておきたい。

後鳥羽院即位にまつわる別伝が、『たまきはる（第二部「定家による追録の遺文集」）』「移り変わる世」に記載のあることはよく知られている。ちなみに第一部の成立は建保七年（一二一九）とされている。第二部はそれ以降であろうが、定かではない。後白河院が叡山から下って「蓮華王院の西にありし御所」に還御なって、『たまきはる』の作者・健御前が当時仕えていた八条院の「御方」を尋ねる。(1) 健御前は退座せずに居座って、院と女院の会話を聞き取り書き記す。

女院、「御位はいかに」と申させおはします御返事に、「高倉の院の四宮」と仰せ事ありしを、うち聞きしにさほど数ならぬ身の心中に、夜の明けぬる心地せしこそをかしけれ。女院、「木曽は腹立ち候ふまじきか」と申させおはします。「木曽は、何とかは知らん。あれは筋の絶えにしかば。これは絶えぬ上に、よき事の三つ有りて」と仰せ事あり。「三つ何事」と申させおはします。「四つにならせ給ふ。朔旦の年の位、この二つは鳥羽の院、四の宮はまろが例」と仰せ事ありしを聞きて、少納言殿なほ招きしかば、いま心得たるやうにて立ちにき。

作者健御前の心ときめきは、後白河院と八条院の皇位継承問題に関わる会話を、回りの女房たちの牽制を無視して居座って聞き届けたこと、しかも、次期皇位継承者が、かつての主・建春門院の皇子である高倉院の四宮に定まった満足と、回りの女房たちには分かっていないらしいが、自分が建春門院出仕の身であって、後白河院には十分にお見知り置きの様子であった事、等々にあるが、今、ここでそうした作者の側に固有の感興の問題とは全く別して、この二人の対話から、次のような問題点を観察しておきたい。

一つはこの訪問のあった時点では、既に四宮に確定しているらしい事、二つは、延慶本の前本文と呼んできた、第三末卅六の記事にあった八条院、即ち女帝説の感触は、当の八条院を前に全く感じられない事、なぜなら八条院自身が自分も候補に上がった段階があったと知っているなら、「御位はいかに」というような不躾な問いかけは、多分有り得なかったと考えられる。むしろ問題はその次にある。即ち、法皇が「高倉の院の四宮」と明かすや、「木曽は腹立ちまじきか」と一見唐突とも思える、皇位継承問題への木曽義仲の言動への関心で応じた点にある。

作者健御前の創作とは到底考えられないので、八条院がこのように問い返したことは、多分事実であろう。そして、八条院が木曽義仲の再三にわたる北陸宮支持を主張して、後白河院を始め院の庁の、皇位継承者選定問題を困惑させていたことも、彼女は十分に聞き及んでいたから発し得た言葉であろう。しかし彼女はなぜここで、この問題をすぐに持ち出したのか。その答えは五味文彦氏が、「以仁王の乱――二つの皇統」で解明の先鞭を付けられた八条院と以仁王の関係の問題にある(2)。以仁王勢力壊滅後にも、八条院はその皇統への関心を、あるいは実態においても関わりを持続していたのである。だからこの物言いは、一見、後白河院の対木曽政策の困惑への、時局柄から発された挨拶に見えるが、そうではなかった。やや回想めくが、昔、学生時代に、本位田重美先生の元で、この『健寿御前日記』(朝日古典全書による)の講読の手ほどきを受けて、通読したとき、この部分の八条院の

「木曽は腹立ち候ふまじきか」は、一方で平家物語の木曽義仲像を前提に、八条院さえ木曽義仲を、そのように畏怖し、嫌悪し、これに向き合うことを余儀なくされた後白河院に同情して、あるいは義仲の報復を案じて、かく発言したのであろうと、落ち着かないまま少なくとも私自身は見当違いの受け止め方をしておいたように思う。しかし、五味氏の論に接してこの八条院の発言の意図は氷解した。八条院は後白河院に同情したのでもなければ案じたのではさらさらない。むしろ木曽義仲、この虎の威を借りて後白河院、この腹違いの兄を脅迫したのである。内心ではこの時点においてなお北陸宮の還俗と皇位継承をこそ願っていたのに違いない。この八条院の発言に対する法皇の反応「木曽は、何とかは知らん。あれは筋の絶えにしかば。これは絶えぬ上に、よき事の三つ有りて」は、北陸宮の不適格をにべもなく指摘したもので、法皇のこの反論こそは、八条院の発言の意図をもっとも正確に理解し得ていた者の応答とみるべきであろう。

北陸宮のその後については、水原一氏に考証があるが(3)、帰洛後の八条院との交渉については、この八条院発言を視野に入れて、なお考証の余地があるように思われる。この問題は、後鳥羽天皇を擁立する後白河院院政の課題の一つであり、新帝・後鳥羽の課題でもある。次項では新帝の出自と、都落ちを免れるに至った後鳥羽天皇の運命が、そのスタートラインから側近形成物語を内に孕んでいた、その実情に焦点を絞りたい。

三　在位中の後鳥羽天皇

在位中の後鳥羽天皇の動静に平家物語は無関心である。にもかかわらず、延慶本は、難解で、ほとんど不可解としか評しようのない独特の物語を採録して、このテキストの後鳥羽院観の一角を大胆に提示している。「宇佐神官ガ娘、後鳥羽殿へ召サルル事」（第四・八）と、その前章「平家ノ人々宇佐宮へ参リ給フ事」（第四・七）の末尾記事である。

前項では、後鳥羽天皇選定にまつわる記事群から、語り本を含めて多くのテキストに語られる新帝選定のエピソードについて、その内容に検討を加え、基本的には後鳥羽天皇物語というよりは後白河院周辺記事群としての特徴を有することを確認した。

またこの後白河周辺に端を発する後鳥羽天皇選定記事に付随している、ほとんど唯一ともいえる後鳥羽天皇固有の伝承に、後鳥羽の乳母（範子）の兄・紀伊守範光の功労譚がある。この方は語り本に次第に増幅されてよく知られており、延慶本段階では必ずしも充分に独立の範光功労譚に成長しているとは評し難いが、後白河周辺記事とは性格を異にしていることは明瞭である。乳母の一族と後鳥羽天皇の関係については、これまでに充分に解明されているので、本稿で特に新しく付け加えねばならないことはない。

さて、これから取り上げる延慶本の後鳥羽天皇在位中のエピソードは、他の伝本が採録していない独自記事で、現存延慶本の成立時期をも示唆する本文でもあるので、ここに記事内容に考証を加えて、その問題点を浮かび上がらせておきたい。

四　平家の安楽寺詣でと安楽寺由来

都落ちした平家が最初に居を構えたのは大宰府であった。一門の人々はここで安楽寺に詣で、延慶本によると、通夜して詩を作り連歌を催して旧都懐旧の想いに涙する。詩を作り連歌してとあるが、掲載されているのは経盛の

　スミナレシ古キ都ノ恋シサハ神モ昔ヲワスレ給ワジ

の和歌一首である。この和歌は、『玉葉和歌集』巻八「旅歌」（新編国歌大観一一七九番）に「宮こをすみうかれて後、安楽寺へまゐりてよみ侍りける前左近中将重衡」として、下句は「神もむかしに思ひしるらむ」とあって収載されている。平家物語との先後は不明であるが、経盛作とするのは延慶本と長門本で、経正とするのが源平闘諍録と源平盛衰記、他は『玉葉和歌集』と同じ重衡である。屋代本の下句は延慶本と同じであるから、最初に平家物語に採取された時に、延慶本（屋代本）の歌句に改変されたものを、後の覚一本等が勅撰集の姿に正した場合も想定されよう。なお『玉葉和歌集』の撰進は正応元年から三年（一三一二〜一四）のことであり、『玉葉和歌集』は平家物語の伝承を広く撰集資料に含めているかと考えられるので、歌の作者名もこの場面で重衡を持ち出すよりは、経盛とす

る方が実態には当てはまるように思われる。

次に延慶本平家物語は、これに続いて長大な「安楽寺由来ノ事、付ケタリ霊験無双ノ事」（第四・六）を編入して菅丞相道真の物語を語る。その中間あたりで、一条天皇時代の大宰大弐好古の夢想故事を語って、『菅家後集』から「左大臣宣命」と「託宣」を引き、物語場面は突然に物語の現在、即ち平家の安楽寺詣での場に戻され、

サレバ経盛、昔ノ御事ヲ思ヒ出シ奉リテ、「フルキ都ノ恋シサハ」ト詠メ給ヒケルナルベシ。

と、前章での経盛の和歌に言及している。つまり延慶本の、五「平家ノ人々安楽寺ニ詣デ給フ事」と、六「安楽寺由来ノ事」の二章は、作者の編著作業としては一続きの構想として行われており、その時間感覚も、道真の過去と、道真以降の出来事と、平家都落ちの現在が構想裡に連携されていることになる。「安楽寺由来」をもたない諸本ではこの連携は問題にならず、よって歌の作者の差し替えも自在に発生することになる。本来はここで一旦この章は閉じられていたのではないか。なお、この章の出典考証は先に試みたので本稿では繰り返さない。内容的には、平家滅亡後の文治年間の説話、再び遡って仁安三年の説話、菅丞相伝、北野天神託宣である。安楽寺の霊験が称揚されるが、平家の滅亡を踏まえて記すこの物語の現在から推して「神徳ノ新ナル事」もむしろ場面的には不自然である。

はない。

五　平家の宇佐宮詣でと、後鳥羽天皇と宇佐神官の娘

続くは、七「平家ノ人々宇佐宮へ参リ給フ事」である。史実的には考証の難しい出来事である。「同ジキ廿日」と設定されているので、八月二十日の事で、十七日に筑前国大宰府に到着して三日後に、豊前国宇佐宮に移動したことになる。かなり無理な設定といわねばならないが不可能な行程ではない。

本文は、「主上ヲ始メ奉リテ、女院、北政所、内府以下ノ一門ノ人々、宇佐ノ社ヘゾ詣デラレケル」と始まり、「拝殿ハ主上、女院ノ皇居也。廻廊ハ月卿雲客ノ居所トナル」と続く。「月卿雲客」の表現は平家の人々を中心とする一行の呼び方として形式的である。「大鳥居ハ五位六位ノ官人等固メタリ。庭上ニハ四国九国ノ兵ノ、甲冑ヲヨロヒ、弓箭ヲ帯シテ並ミ居タリ」と描写されるが、「四国九国ノ兵」は観念的で実情とは受け止め難い。

社壇ヲ拝スレバ、アケノ玉垣神サビテ、松ノ緑色カヘズ、宇都ノ広前年旧リテ、遠霞アトナシヤナ。

和光ノ影ニアタル人、月日ヲイタダクニコトナラズ、利物ノ風ニ馴ルルモノ、雨露ノウルオイニサモ似タリ。

本覚真如之春光、ミシメノ内ニ匂ヒ深ク、応化随縁之秋月、杉ノ梢ニ光アリ。

この対句は、表白の一種で、恐らくは作文であろう。覚一本では「ふりにしあけの玉垣、ふたたびかざるとぞ見えし」とだけ短く残されている。

御神馬七疋引カセ給ヒテ、七ケ日御参籠アッテ、旧都還幸ノ事祈リ申サレケルニ、第三日ニ当ル夜ノ夜半ニ、神殿ヲビタタシク鳴動シテ、良久シク有リテ、御殿ノ中ヨリ気高キ御声ニテ歌アリ。

世ノ中ノ宇佐ニハ神モナキ物ヲ心ヅクシニナニ祈ルラム

延慶本のこの場面は、「七ケ日御参籠アッテ」と述べてから、「第三日ニ当ル夜」の託宣として、この絶望的な和歌が語られていて、ここも不自然である。覚一本は「七日参籠のあけがたに」と結願の朝の託宣としている。この方が合理的改作であろう。しかし延慶本の宗盛はなお辛抱強く参籠を継続したのであろう。次のように続く。

此後ゾ、大臣殿ナニノ憑モヨワリハテラレケル。此ヲ聞キ給ヒケム一門ノ人々モ、サコソ心細ク覚サレケメ。泣ク泣ク還御成リニケリ。

覚一本にある宗盛が口ずさんだという返歌「さりともとおもふ心も虫のねも弱り果てぬる秋の暮れかな」（『千載集』俊成詠）は延慶本にはまだ収録されていない。長々と文脈をたどってきたが、問題はこの続きにある。

権現者、宗廟社稷ノ神明也。「無キ名負ヲスル人ノ命ヲ」之詠ヲ感ジ、平家者、積悪止善之凶徒也。「心尽クシニ何祈ル覧」之御歌ニ預カル。哀レナリシ事共也。

ここには二首の和歌が引かれている。その一首目は「無キ名負ヲスル人ノ命ヲ」の詠であるが、この和歌はここまでには出て来ず、次章の八「宇佐神官ガ娘、後鳥羽殿へ召サルル事」に出るので、この段階では読者には意味不明ということになる。なぜこういう語り口になったのだろうか。恐らく次章の「宇佐神官の娘」の物語を編入した後で、この部分は補入されたのであろう。他方、「心尽クシニ何祈ル覧」の詠は、直前の、神殿から大臣殿への和歌を承け、平家を「積悪止善」と評してこの宇佐詣での無効を厳しく指摘するものとなっている。八幡神を「権現」と称するのは古く平安時代中期から神仏習合の進展とともに始まるようだが、延慶本では珍しい。

次に問題の後鳥羽天皇と宇佐神官の娘の交際を語る奇妙な一章の前半を掲げる。

抑、コノ権現ハ、和歌ヲ殊ニコノミマシマシケル事顕ハレタリ。今ノ四宮御即位ノ後ハ、鳥羽ニカヨワセ給ヒシカバ、後鳥羽ト号シ奉ル。ソノ頃宇佐神官ノ中ニ、ヤサシク優ナル娘ヲ持チタリ。ヤガテ同ジキ神官ノヨメニ幼少ヨリ約束シタリ。不思議ノ者ニテ、コノ女思ヒケルハ、「我人間界ノ生ヲ受ケテ女トナルナラバ、雲ノ上ノ交ハリヲモシテ、男ヲ持タバ、女御、后トモ一度ナリトモナラバヤ」ト思ヒ定メテ、夜昼権現ニ祈誓シ奉ル。而ル間、成人シタレドモ、約束ノ男ニ合ワズ。父母トカク云ヘドモ、敢ヘテ是ヲ用ヰズ。荒レタル籬ニ露ヲ見テ秋ノ蘭泣ク夕晩ニモ、枕ヲ並ブル人モ無ク、深キ洞ニ風ヲ聞キテ老檜悲シム五更ニモ、都ノ事ヲ思ヒ遣ル。男此ノ事ヲ安カラズ思ヒテ空事ヲシケリ。「上ニコソ相フマジキ由ヲ云ヘドモ、其ノ本意ヲ我トトゲタリ」ト、傍輩ニカタリケレバ、「サモアルラン」ト人皆思ヘリ。女此ノ事ヲ聞キテ、心憂ク覚ヘテ、宇佐ノ拝殿ニ参リテ、一首ノ歌ヲ書キテ柱ニヲシタリ。

千巌破《ちはやぶ》ル鉾ノ御先ニカケ給ヘナキ名負ヲスル人ノ命ヲ

権現納受シ給ヒテ、此ノ男三日ノ内ニ失セニケリ。此ノ上ハ父母モ又、総ジテ人ニ云ヒ合ハスル事ナクテ過ギケルニ、女何ナル便宜カ有リケム、一首ノ和歌ヲ後鳥羽ニ奏シ奉ル。

イカニシテ富士ノ高峰ニ一夜寝テ雲ノ上ナル月ヲナガメン

この章には四首の和歌が投入されている。その第一首「千巌破ル」の下句「ナキ名負ヲスル人ノ命ヲ」が前章末に早々と引かれた訳である。これは珍しい構成法である。物語は、親同士の決めた婚約を無視して、入内の憧れを追い求めた宇佐神官の娘が、婚約中の男に濡れ衣を着せられてこれを晴らすために、怒りとも嘆きともつかない憤懣に対して、宇佐の権現は心を動かして、不実な男を死に至らしめるという、これも奇妙な悲劇である。しかし本筋は、和歌を愛でる権現の、邪を廃し、正義感に動く特性を讃えるもので、作者はこの悲劇を宇佐神の歌徳説話たらしめたのである。

この説話には二箇所、文脈を破る表現が割り込んでいる。その一は「今ノ四宮御即位ノ後ハ、鳥羽ニカヨワセ給ヒシカバ、後鳥羽ト号シ奉ル」である。「今ノ四宮」とは、かつては延慶本の執筆年代を推す表現の一つに扱われた「今」であるが、「後鳥羽ト号シ奉ル」が続いて、「四宮」在位中の

「今」を表現するものとは解することは出来ない。即ち、後鳥羽院は隠岐で亡くなったのが延応元年（一二三九）二月二十二日で、初めは顕徳院、後鳥羽院の諡は仁治三年（一二四二）七月八日（『百練抄』）のことであった。「後鳥羽ト号シ奉ル」の一文はこれより以降に書かれた説明文である。よって「今ノ四宮」という表現は、在位中のことでもなければ、在世中のことでもない。延慶本のこの巻の一「高倉院第四宮、位ニ付キ給フベキ由ノ事」の出来事を承ける「今ノ四宮」の事である。つまり「今ノ」は物語現在としての「今ノ」である。そうだとして、ここで問題になるのは「今ノ四宮御即位ノ後ハ、鳥羽ニカヨワセ給ヒシカバ、後鳥羽ト号シ奉ル」という、「御即位ノ後ハ、鳥羽ニカヨワセ給ヒシカバ」という理由付けと、諡の「後鳥羽」という裸の呼び方である。「御即位ノ後ハ」は、幼年即位の天皇であるから、「在位の後は」「生前は」というのと等しい。一方、延慶本に天皇の諡は、安徳天皇、高倉上皇、高倉院など用例はさまざまであるが、「後鳥羽」に相当する例はない。『百練抄』にも「隠岐法皇、顕徳院を改め後鳥羽院と為す」と表記して「後鳥羽」とは記していない。『玉葉』安元三年七月二十九日条に崇徳院の院号を定めた記録があるが、「讃岐院号を止め崇徳院と為す」と記し、「崇徳」とは記していない。ただし、『玉葉』建久二年閏十二月十七日条に「右大臣を以て仰せ下されて云う、崇徳、安徳、両怨霊鎮謝の間事、且つは例を問ひ、且つは人に尋ね、計らひ奏せしむべし」という表記がある。これは「両怨霊」の呼び方である。延慶本の「後鳥羽」がなぜ「後鳥羽院と号したてまつる」とはならなかったのか。後鳥羽院の存在が相当に歴史化して、即ち仁治三年を遠く隔たった時点の表現ではあるまいか。

第二首目「イカニシテ」の和歌について、「女何ナル便宜カ有リケム、一首ノ和歌ヲ後鳥羽ニ奏シ奉ル」と物語作者は語る。「後鳥羽ニ奏シ」は前者の「後鳥羽ト号シ」よりもなお一層端的な表現である。伝承性のある、あるいは説話としての経緯を内在させている物語は、呼称の錬磨を経ているので、呼称に単純化が発生しているが、呼称そのものの選択には時代や社会的慣習に敏感で、それらの約束に拘束されている。この天皇呼称は、あるいは上皇時代であったとしてこの呼称は、伝承や説話の経緯を内在させているとは読めない。「後鳥羽ニ」などという呼称使用例が、なぜ延慶本テキスト内に発生したのだろうか。この物語はかなり時代の下がる、しかも伝承や説話経歴のない、かなり興味本位な作り話なのではないか。

「イカニシテ」の和歌は、源平盛衰記（第八「讃岐院事」）では西行の上﨟女房への恋と、その発覚を恐れて、恋故の発心譚が語られる中で一部改作されて、

思ひきや富士の高根に一夜ねて雲の上なる月をみんとは

の形で登場する。「此歌の心を思ふには、一夜の御契りは有りけるにや、重ねて聞し召す事の有りければこそ阿漕とは仰せけめ、情けなかりける事共也」と、ここでも「一夜だけの恋の成就」の意で転用されている。どちらが先行するかは簡単には決められないが、延慶本の創作に基づき、源平盛衰記が改作援用したものと判定しておく。

次に延慶本の後半を紹介する。

是ヲ聞シ食シテ、一夜召サレニケリ。サレドモ、ヤガテ御イトマヲ給ワッテ、罷リ出デケレバ、清水寺ニ参テ、出家シテ、真如ト名ツキケリ。「過去帳ニ入ラム」ト云ヒケレバ、戒師云ハク、「過去帳ト申スハ、昔ガタリニナレル人ノ入ル札ナリ。現在帳カ」ト云ケレバ、真如、

アヅサユミ遂ニハヅレヌモノナレバ無キ人数ニカネテ入ルカナ

戒師哀レガリテ入レニケリ。此ノ和歌ニヨッテ、其ノ後ハ過去真如トイワル。遂ニ別ノ男ニ合ワズシテ、往生ヲ遂グト云ヘリ。今生後生ノ宿願、思ヒノ如シ。併ラ権現ノ、歌ニメデサセ給ヒタルナルベシ。

ヲレチガフミギワノアシヲクモデニテコホリヲワタスヌマノウキハシ

トヨミテ、一夜召サレタリシニ、御情ニ集ニ入リシ女也。（第四・八「宇佐神官ガ娘、後鳥羽殿ヘ召サルル事」）

宮廷に一夜だけ召されてそのまま忘れられた女性の物語は、『とはずがたり』などにもあって、出来事としては実際にいくつかあったろうと推量されるが、その女性が退出とともに仏門に入るという設定はかなり極端である。

前半では婚約中である「約束ノ男ニ合ワズ」とあり、後半では「後鳥羽」に忘れられて出家して、「過去真如」と呼ばれて、「遂ニ別ノ男ニ合ワズシテ、往生ヲ遂グ」と語られている。この宇佐の神官

の娘は、「雲上ノ交ハリヲモシテ」と宮廷に憧れ、「男ヲ持タバ、女御、后トモ一度ナリトモナラバヤ」と思い定めていた。雲上の交わりを願う程の神官の娘が「男ヲ持タバ、女御、后トモ」という心内語の表現も、今ひとつ整わない。宮廷志向の女性の心内表現としての説話言語の位相が不安定である。

次に「アヅサユミ遂ニハヅレヌモノナレバ無キ人数ニカネテ入ルカナ」の和歌について、『京都大学附属図書館蔵本保元物語』（三類本）の中巻「為義降参の事」に、

あづさ弓つゐにはづれぬものならばかねてわが身ぞいるべかりける

とあって、上句と下句の「かねて」「いる」に共通点が見られる。類似和歌といえる。保元物語四類本の『金刀比羅宮本保元物語』（『陽明文庫蔵本保元物語』）では、

あづさゆみはづるべしともおもはぬ（ね）はなき人かずにかねているかな

とあって、ここでは下句が延慶本の表現に一致してくる。既によく知られているのは、『太平記』巻第二十六「正行吉野へ参る事」（本文は日本古典文学大系により適宜改める）の、

正行、正時、和田新発意、舎弟新兵衛、同紀六左衛門子息二人、野田四郎子息二人、楠将監、西河子息、関地良円以下今度ノ軍ニ一足モ引カズ、一処ニテ討チ死ニセント約束シタリケル兵百四十三人、先皇ノ御廟ニ参リテ、今度ノ軍難儀ナラバ、討チ死ニ仕ルベキ暇ヲ申シテ、如意輪堂ノ壁板ニ各名字ヲ過去帳ニ書キ連ネテ、其ノ奥ニ、

返ラジト兼ネテ思ヘバ梓弓ナキ数ニイル名ヲゾトドムル

ト一首ノ歌ヲ書キ留メ、逆修ノ為ト覚敷クテ、各鬢髪ヲ切リテ仏殿ニ投ゲ入レ、其ノ日吉野ヲ打チ出デテ、敵陣ヘトゾ向カヒケル。

がある。大系本の補注には、如意輪堂の記事は説話上の虚構であるとされ、上に引いた、保元物語、また延慶本の本文を紹介し、『三国伝記』巻七の卅「武州入間川ノ官首道心ノ事」の内容に合わせ、

梓弓ハツルベシトハ思ハネハ無キ人数ニカネテイルカナ

の和歌を引いている。結論として「これ等の説話は何か人を勧進するような者が管理した説話であったかと思うが、ともかく正行の辞世歌が史実でない事だけは言えよう」と記している。

また、早くに簗瀬一雄氏は「梓弓の歌の伝承」（『説話文学研究』所収）で、『太平記』の正行の和歌の伝承性を論証するために、『参考保元物語』巻二「為義降参事」及び延慶本の宇佐神官の娘、『三国伝記』その他を引いて、これらを、歌を中心とする発心説話型の伝承中のものと見る時はじめてその成立について正当な理解を得ることの出来るものであった、とされた。また『三国伝記』『発心集』の説話比較から、『太平記』より成立の下る『三国伝記』の内容に古い形態を見いだされている。

今その前後の判定には及ばないが、「過去帳に入る女性信仰」の説話として、類似の説話や和歌の収まる文献の実情から、鎌倉時代前半期に流布した説話とは見なし難く、十三世紀も終わり近く、延慶書写本の作成された時代直前頃から、応永本の書写される期間、つまり十三世紀末近くから十四世紀にかけての説話として受け止めることが出来る表現、内容、構成と見なすのが適当ではないかと推

察している。「後鳥羽」という天皇表記もそうした後代性を反映しているのではあるまいか。
この説話には最後にもう一首「ヲレチガフ」の和歌が入り、「御情ニ集ニ入リシ女也」という、謎の一文が加わるが、「歌」「集」ともにその背景を解明するには至っていない。以上、安楽寺に始まり、宇佐神官の娘に終わる、かなり長大な一連の記事は、多分に編纂物としての傾向をあらわにする合成的記事群として認識され、現存延慶本の「第四」の巻の編著活動の全体的な特異性とその成立条件において大いに関連があるものといえよう。

註

（1）新日本古典文学大系『たまきはる』（三角洋一氏校注）は、「この御方にもおはします」については、後白河院が八条院の常盤殿にも御幸になった、とする通説を疑問とし、後白河院が「法住寺に戻られた八条院のもとにもお見えになる」との説を掲げている。八条院の御所と平家都落ち前後の動静については なお考証の余地を残す。
（2）五味文彦氏著『平家物語、史と説話』所収（平凡社選書、一九八七年十一月）
（3）水原一氏著『延慶本平家物語論考』第四部「歴史的関連」所収（加藤中道館、一九七九年六月）

三　帰らぬ旅人——隠岐院

はじめに

流刑は旅か。須らく空間移動を旅とよぶなら、流刑は文字通り流されゆく刑罰という旅である。死後、直後に顕徳院と諡され、数年後後鳥羽院と改称され、在世中の最後の頃には、都人に隠岐院と呼ばれていた上皇が、承久動乱の罪状を負って流刑地隠岐国に連行される道中を、文学的修辞を伴う表現であるが比較的早期の叙述と見なされる『六代勝事記』は、「城南の行宮より海辺の旅宿まで」と、たしかに「旅宿」と表現している。都人にはそれは紛れもなく「旅の宿り」の認識であった。

本稿の目的は幾つかの文書に残る隠岐院の流刑への過程、諸文献によるその記録のされ方の確認と、やがて帰らぬ旅人となった隠岐院が今度は遺骨となって都に運ばれ葬られ、その御霊が鎌倉に迎えられるに至る経緯の、言わば「身と骨と霊」の離島流刑・本土帰還、つまり「形あるもの」と、「形なきもの」の空間移動の経緯の追尋にある。少し時代が下がると、京の支持者による隠岐院怨霊の宣揚、鎌倉の為政者たちの隠岐院怨霊処遇という、論じ尽くされた話題の言説化が発生するが、本稿の関心はそうした隠岐院怨霊説にあるのではない。それらの前提となる隠岐院の「身と骨と霊」の史的実態の、時代に密着した記録史料に基づく復元にある。

一　文献資料に見る上皇の離洛と、「西御方」の隠岐往還

『百練抄』は承久三年七月十三日条に、「一院、鳥羽殿より、隠岐国へ遷御す云々」とある。当日に記されていたはずの元資料の表現の踏襲であろうが「遷御」と美化する。『百練抄』は以後、旅程はおろか十九年後の延応元年二月二十二日条に「隠岐法皇崩御春秋六十」と撰録するまで、隠岐での動静を一切収録しない。徹底した黙殺である。離洛の年、上皇は生年四十二歳である。

『愚管抄』第二「皇帝年代記」は承久三年条に、

> 今年天下ニ内乱有リ、是ニヨリテ俄ニ主上執政易世ノ人迷惑云々。一院遠流セラレ給フ。隠岐国。七月八日、鳥羽殿ニ於テ御出家、十三日御下向云々。但ウルハシキヤウニハナクテ令首途給フ云々。御供ニハ俄入道清範只一人、女房両三人云々。則義茂法師参リカハリテ清範帰京云々。土御門院并ビニ新院（順徳）、六条宮、冷泉宮、皆流刑ニ行ハレ給フ云々。新院同月廿一日佐渡国。冷泉宮同廿五日備前国小嶋。六条宮同廿四日但馬国。土御門院ハ其頃過ギテ同年閏十月土佐国へ又流刑サレ給フ。其後同四年四月改元、五月頃阿波国へウツラセ給フ由聞コユ。三院、両宮皆遠国へ流サレ給へドモ、ウルハシキ儀ハナシトゾ世ニ沙汰シケル。

とある。慈円は「内乱」「世人迷惑」と記して「一院遠流」という。「ウルハシキヤウニハナクテ」「ウルハシキ儀ハナシ」と、儀式なき首途を前後二回も評している。従者は俄入道の清範一人が付されたが、途中で義茂（能茂）法師に交替して清範は帰京し、女房は「両三人」と人数だけ記して名前は残さなかった。慈円の心証は冷淡である。一院の挙動を案じて『愚管抄』を著述したと言う説もあるが、九条家から将軍を出している慈円が、一院の対幕府戦闘開始を危惧したのであって、戦闘を開始してしまって、今や敗者となって遠流に処される戦争責任者に同情しているとは言えない。『新古今和歌集』において、歌数の上では西行に次ぐ評価を下した上皇に対してではあったが。なお慈円は上皇の在俗の実子四人、即ち土御門、順徳、六条宮、冷泉宮には「流刑」という語を用いてその遠流を記している。

『吾妻鏡』は七月十三日条に、「上皇、鳥羽の行宮より、隠岐国に遷御す」とある。後述するが『百練抄』『愚管抄』『吾妻鏡』すべて五日前の鳥羽殿での落飾を記している。この旅人はすでに形の上では法体の身である。「鳥羽の行宮」「隠岐国に遷御」とこれも虚言を弄している。続いて、首途の様は「甲冑の勇士御輿の前後を囲む」と、幕府方の威力の誇示がある。従者は、

御共は女房両三輩、内蔵頭清範入道なり。但し彼の入道、路次より俄に召し返さるるの間、施薬院使長成入道・左衛門尉能茂入道等、追って参上せしむと云々。

とある。『愚管抄』とは逆に女房への言及が先行する。清範の帰洛は何者かの指示による召喚であっ

たらしい。交替には施薬院使長成と能茂が加わる。共に入道すなわち法体である。

ここまでの三文献はいずれも随伴の女性の名前を記さない。

その一人について、参議民部卿平経高の日記『平戸記』寛元三年（一二四五）十月二十四日条に次のように見える。

説法念仏日々の如し。但し今日密々後鳥羽院侍女、故信清公女、冷泉宮母儀なり、西御方法皇御遠行の時、御供の為に隠州に参候。崩御の後帰洛、旧好に依り今渡さるなり。密々渡御有り、聴聞の為なり。（中略）説法の後、今日礼讃行ふ。西御方聴聞の為に日中にこれを行ふ。

この記載により、随伴の女性の一人は、隠岐院没後に帰洛して七年目のこの日にも健在であった「西御方・信清女」であったことが証される。

平経高の当日の記述に「信清女、冷泉宮母儀」とあり、『本朝皇胤紹運録』及び『皇帝系図（前田家本）』によると、「頼仁親王（無品、号冷泉宮、又児島宮）、母内大臣信清女」と傍書のある女子である（なお、『尊卑分脈』の「信清の女子」には「後鳥羽院女房、号坊門局、嘉陽門院（礼子内親王）幷仁和寺宮（道助法親王）母」とあり、第三子「冷泉宮頼仁親王母」の記載を欠く。また、『本朝皇胤紹運録』『皇帝系図（前田家本）』ともに、嘉陽門院には第二皇子の道助を立てて「母同道助」とある）。

『平戸記』はこれより前、寛元二年二月二十六日条にも「後鳥羽院女房西御方（冷泉宮母儀）」の訴訟の記事を記している。『平戸記』の著者は「西御方」をここでも冷泉宮母儀としている。冷泉宮は

『愚管抄』で指摘しておいたように、流刑に処されその地名によって「児島宮」とも称される頼仁親王である。『平戸記』の著者は、今は法親王の道助を退けもっぱら冷泉宮の母儀としてこの坊門局を認識する。

「西御方信清女」が後鳥羽上皇の第二皇子長仁（後の仁和寺御室道助法親王）を産するのは『仁和寺御伝』及び『明翰抄』によると建久七年（一一九七）十月十六日で、他方「範季卿女重子」が第三皇子守成親王（順徳天皇）を産するのは翌建久八年九月十日である。第二皇子長仁と第三皇子守成は、同時に今上（土御門）の皇弟として正治元年（一一九九）十二月十六日に、親王宣旨を下され、重子腹の第三皇子守成親王（順徳天皇）が四歳で正治二年四月十五日に、皇太弟となって立坊される（『猪隈関白記』）。

「西御方信清女」は正治二年（一二〇〇）に上皇第二皇女礼子内親王（嘉陽門院）を産し（『女院記』及び『女院次第』）、礼子は元久元年六月二十三日に内親王とされ同日に賀茂斎院となる（同じ年の十二月、坊門局の姉妹が実朝室として鎌倉に下る）。一方の重子は正治二年九月に二人目の雅成親王（六条宮）を産し、引き続き元久元年四月に三人目となる皇子寛成（尊快法親王）を産する。重子腹は第三子にして初めて法親王となる。

「西御方信清女」は建仁元年（一二〇一）七月、二人目の皇子頼仁（冷泉宮）を産し、十一月七条院御所で百日の儀が催されている。七条院はいうまでもなく後鳥羽院生母殖子の御所で、殖子は「西御方」の父信清の二歳年上の姉である。[1]「西御方」は伯母に当る上皇生母の後見によって後宮女房として三人まで天皇の子供を産したのである。同じ月に長仁親王は六歳で仁和寺道法法親王の元に入室する。「西御方」腹の子女は、第一子、第二子が共に幼くして神仏に仕える生涯を用意され、結果的に長仁は法親王として承久の災いを免れ、三人目の頼仁親王は流刑され母親は流人後鳥羽院の同伴者に指名される。「西御方坊門局」が流人の同伴の指名を受けたのは、上皇直々の采配か、実朝夫人を通した幕府の指金か、上皇生母の配慮か不明である。道中並びに離島での物資の調達という観点から、上皇生母の後見が作用したことは疑いない。兄弟の権大納言坊門忠信が処刑を免れ、越後流刑を経て帰洛した経緯は、姉妹の実朝室の幕府への働きかけの成果としてよく知られている。[2]

なお、藤原定家は大日本史料所引『明月記』嘉禄元年（一二二五）九月条（前文欠文により正確な年次不祥）に、「親兼卿女民部卿局（乱以後、高倉と号す）、去る二十二日出京、隠岐に参る云々。本人（西御方）、病に侵され、宮仕へに堪えざる故云々」と記し、同じく『明月記』は四年後の寛喜元年（一二二九）六月十七日に、「隠岐西御方、同種の病を発し帰京せらる云々」と記している。「同種」とは、直前に佐渡の督典侍（通忠朝臣母）の病による上洛が記されていることを承ける。『明月記』の記録よると「西御方」は承久三年渡海後に病に罹ったことがわかる。男性とは異なり、体力を鍛える機会の少なかったであろう都の女性には、長旅と渡海と離島の生活がいかに苛酷であったかを、「西御方」の経緯は語る。しかし最初に引いた『平戸記』の「崩御の後帰洛」は比較的に直前の記録であるから、「西御方」は都で療養の後、再度隠岐院の元へと旅したか、しかもそうであれば、「西御方」の使命感の強さの裏付けとなろうが、途中で一旦帰洛という『明月記』記事については誤報とする説(3)もあるが根拠はない。

代役に隠岐に旅立った「民部卿局号高倉」の父、親兼卿は承久の乱で一旦捕縛された後に赦免された上皇近臣の一人であった。親兼女は『尊卑分脈』に一人、太政大臣源通光室・後に藤原親秀再嫁があるが、「民部卿局号高倉」には該当しない。

諸記録の上で正確に分かる同伴の女性は、先ずは「西の御方信清女」で、後日の渡海者として「親兼卿女民部卿局号高倉」がある。

二　慈光寺本『承久記』の叙述と、武蔵太郎時氏の流刑宣告

慈光寺本『承久記』の成立は、『吾妻鏡』『百練抄』の原資料の成立期は別として、その編集成立段階には先行するものと見なされる。慈光寺本は見てきたような流刑決定の経緯をどう叙述しているか。出来事は六月十五日、六波羅に到着した武蔵守泰時が、父義時に書き送った鎌倉からの指示を仰ぐ書簡に始まる。前半は入京に至るまでの、主として渡河作戦の苦闘の戦況報告と戦績に応じた勧賞要請で、後半は入京後の朝廷方の処遇についてである。

「又、院ニハ誰ヲカ成シマヰラスベキ。御位ニハ誰ヲカ附マヰラスベキ。十善ノ君ヲバ何クニカ

入レ奉ルベキ。宮々ヲバ、イカナル所ヘカ移シマヰラスベキ。公卿・殿上人ヲバ、イカガハカラヒ申スベキ。条々、能々計ヒ仰セ給フベシ」

この文面では、十善の君・後鳥羽上皇は「何クヘカ入レ奉ルベキ」とあり、宮々には「イカナル所ヘカ移シマヰラスベキ」とある。武州泰時は上皇を「入レ奉ル」即ち「収監申し上げる」建造物を尋ね、宮々は「移ス」即ち配流先を問うものと解される。上皇の処遇は頭の中では「幽閉」止まりと考えていたとも受け取れる。しかし鎌倉の父義時からは、

「サテ、本院ヲバ、同ジ王土トイヘドモ、遥ニ離レタル隠岐国ヘ流シマヰラスベシ。宮々ヲバ武蔵守計ヒテ流シマヰラスベシ」

との返書が届いた。この時点で上皇は三人いたから「本院」と呼び、配流先を「隠岐国」と指定してきたのである。「同ジ王土トイヘドモ、遥ニ離レタル隠岐国」という表現に、本院に対する幕府の並々ならぬ決意が示されている。可能なら「同ジ王土」内には置きたくはなかったのである。今日で言えば国外追放の道を探ることを意味する。「宮々」を泰時の裁定に任したという、いわばその他大勢の処置と、上皇の処置との対比からも、上皇に対する鎌倉の空気の厳しさが浮かぶ。

この間の鎌倉の動向を『吾妻鏡』はどう編集しているか。武州泰時の十六日付け飛脚が鎌倉に到着したのは七月二十三日。

合戦無為・天下静謐の次第、委細の書状を披き、公私の喜悦喩を取るに物無し。即時、卿相雲客

の罪名以下、洛中事の定あり。大官令禅門（大江広元）、文治元年の沙汰の先規を勘じ、是を相計ひ、事書を整ふ。

会議は大江広元の主導で展開している。「文治元年の先規」とあるが、文治に皇族の処遇は行われていない。翌廿四日に、安東新左衛門尉光成が「事書」を帯して関東を出発する。義時が「京都に於いて沙汰あるべき条々」を直接光成に示し含めたとある。光成の京都到着は旅程六日を費やして二十九日で、「洛中洛外の謀叛の輩、断罪せらるべき条々、具に是を申す」とある。北条時房・泰時が関東事書を披き、三浦義村・毛利入道季光をして評議がなされた。翌七月一日、「合戦張本の衆、公卿以下の人々、断罪すべきの由」は、関東下向の預かり人の面々が下知され、五日には今度の張本、卿相以上は、洛中斬罪と記されるが、泰時の計らいで城外が望ましいということになった。上皇その他の処置についての文言は出てこない。六日に上皇が四辻の仙洞御所から鳥羽殿に移る。実氏・信成・能茂の三人が騎馬にて車の後ろに供奉したと記され、

洛中の蓬戸、主を失ひて扉を閉じ、離宮の芝の砌、兵を以て籬と成す。君臣共に後悔腸を断つものか。

との文飾を施した評言を盛り込む。「君臣共に」とあるから、『鏡』は鳥羽殿に入る上皇の「後悔」を「断腸」に匹敵するものと見ている。処遇の厳格さと招来した結果状況の苛烈さを当事者たちに成り代わって認識し評する一句である。八日上皇の落飾を記し、これに先立ち、信実による模影と母七条

院の面謁が記されている。この後『鏡』が上皇の動静を記すのは、最初に引いた十三日、鳥羽行宮から隠岐国への出発である。一体誰がどこで隠岐国配流を告げたのか、『鏡』は肝心のことを記そうとはしない。鳥羽殿入りに付された「後悔腸を断つ」はその暗喩的表現であろう。

そこでもう一度慈光寺本『承久記』の叙述に戻る。書簡が鎌倉を往復している間に上皇は、「甲陽院殿」から押小路の「泉殿」へ、更に「四辻殿」から「鳥羽殿」へと四回も居所を変えている。移動の経緯は『鏡』よりこの方が詳細である。当節の都の動向を詳細に把握した者の構成と言える。この間まだ出家には至っていない。上皇への通達は七月十日、鳥羽殿に踏み込んだ泰時の嫡男武蔵太郎時氏によってもたらされる。慈光寺本はここに対照的な二つの時氏伝承を鮮烈にかたどる。二つながら上皇相手である。(4)

同十日ハ、武蔵太郎時氏、鳥羽殿ヘコソ参リ給ヘ。物具シナガラ南殿ヘ参給ヒ、弓ノウラハズニテ御前御簾ヲカキ揚テ、「君ハ流罪セサセオハシマス。トクトク出サセオハシマセ」ト責メ申ス声、気色、閻魔ノ使ニコトナラズ。院、トモカクモ御返事ナカリケリ。

「物具シナガラ南殿ヘ」には大役を負う青年時氏の、上皇を者ともしない覇気を描出し、「弓ノウラハズニテ御前御簾ヲカキ揚テ」は、後に『平治物語』（九条家本）に類似表現を生む（出来事としては『平治』が先行する。よって表現もまた『平治』先行説も当然有り得る）。この作品では時氏の「君ハ流罪セサセオハシマス」「トクトク出サセオハシマセ」が、上皇の耳にした最初の流罪宣告として設定されている。よってこの年若い使者の「責メ申ス声」「気色」を作者は「閻魔ノ使ニコトナラズ」と評する。院の絶句は「流罪宣告」の衝撃の現れである。「院、トモカクモ御返事ナカリケリ」は、向き合った両者のやや長い沈黙の時を捉える。時氏が再び口を開く。

武蔵太郎、重ネテ申サレケルハ、「イカニ宣旨ハ下リ候ヌヤラム。猶謀反ノ衆ヲ引籠テマシマスカ。トクトク出サセオハシマセ」ト責メ申シケレバ、今度ハ勅答アリ。

最初の物言いも「責メ申ス」であったが今回もまた「責メ申ス」である。その要点は三つ、初めにこの度の「挙兵宣旨」の実態詰問で、第二はなお鳥羽殿に匿っているおそれのある謀叛の一味の摘発であり、最後は流刑執行に当たる「トクトク出サセオハシマセ」の反復である。つまり鳥羽殿からの「追い立て役」という使命行使の言葉である。時氏はここでも徹底的に威圧的である。上皇は今日ただ今まで、他者からこのような物言いで対面を迫られた経験は皆無であろう。叙述された著作の文言としても画期的表現と評すべきである。上皇はここでようやく口を開く。

「今、我報ニテ、争カ謀反ノ者引キ籠ムベキ」

最初に口にした「報ニテ」は短いので解釈は困難であるが、仏教の前世の行為に対する今生の因果の果報という意の「報い」がこの時代の基本的用語である。宗教的には実意を伴うが、現実的には観念的認識の域を出ない。が、現実に犯した己が行為へのいわゆる罪に対する罰の意が無かったとは言えない。現代にいう戦争責任に相当する自己認識の表明である。そう解釈とすると、続く「争カ謀反ノ者引キ籠ムベキ」は時氏の第二の責め、「謀反ノ衆」への返答として、この期に及んで謀叛者を匿う意はないと言う、潔い態度表明となる。しかし読み方によっては配下は容赦なく見捨てられたのである。言葉はなお続く。

「但、麻呂ガ都ヲ出ナバ、宮々ニハナレマヰラセン事コソ悲シケレ」

上皇はここで初めて「都ヲ出る」、即ち配流の現実を言葉にする。後白河院にも多い自称「麻呂」は一般例に同じ。しばしの沈黙がもたらした罪状受容の決意である。その瞬間に崇徳院のたどった先例を想起したかもしれない。作者はこの時、彼の心を支配したのは共に幕府に反旗を翻した「共謀者」たちのことではなく「宮々」との別離であったとする。しかし上皇が「宮々ニハナレマヰラセン事」と「宮々」との別離を口にしたのは、先に鎌倉からの「宮々ヲバ、武蔵守計ヒテ流シマヰラスベシ」という指示に内容的に呼応するので、上皇の真性の言葉伝承と解するには疑義がある。乱の勃発当初に、この作品では「中院（土御門）・新院（順徳）・六条宮（雅成親王）・冷泉宮（頼仁親王）」と並べ、乱後処理でもこの四人の配流先を詳述しているので、作者の頭の中には、「宮々」即ち「雅成親王（母藤原重子）・頼仁親王（母藤原信清女・西御方）」を意味していたものと解される。しかし作品以前の言葉伝承の採録であったとすれば、上皇にとっては、父高倉院の死は生後わずかに六月目の丁度その日で、よって実父は無いに等しく、祖父後白河院の死もまた十三歳の春で、複雑な境遇を生きた同母兄はあったが、上皇がここで実子たちとの離別を嘆じたとするのは、この人の生い立ち、境遇を写す数少ない心情吐露であったということになる。

が、「宮々」との離別にもましてこの人を嘆かせたのは行願寺の堂別当の子・伊王左衛門能茂との別離で、この場面の第二の核心をかたどる。

「就中、彼堂別当ガ子・伊王左衛門能茂、幼クヨリ召シツケ、不便ニ思食レツル者ナリ。今一度見セマヰラセヨ」ト仰セ下サレケル。

左衛門尉能茂は先に『愚管抄』『吾妻鏡』で確認したように、上皇の配流の途中から、清範と入れ替わって随行する。しかし慈光寺本では、出家の上で上皇との対面を許され、上皇の出家の動機となり、そのまま鳥羽殿出発に「御供」することになる。この能茂との対面への橋渡しが北条時氏にまつわる第二の逸話として、先の「閻魔の声」とは対照的に描出される。

其時、武蔵太郎ハ流涙シテ、武蔵守殿（父泰時）へ申シ給フ事、「伊王左衛門能茂、昔、十善君ニイカナル契ヲ結ビマヰラセテ候ケルヤラム。『能茂、今一度見セマヰラセヨ』ト院宣ナリテ候ニ、都ニテ宣旨ヲ下サレ候ハン事、今ハ此事計ナリ。トクトク伊王左衛門マヰラサセ給フベシト覚候」ト御文奉給ヘバ、武蔵守ハ「時氏ガ文御覧ゼヨ、殿原。今年十七ニコソ成候ヘ。是程ノ心アリケル、哀ニ候」トテ「伊王左衛門、入道セヨ」トテ出家シテコソ参タレ。

六波羅の泰時は、上皇の最後の願いに配慮する時氏の気配りに感嘆する。文中十七歳と設定された時氏は実年齢十九である。二歳の幼年化を仕組んで時氏の並々ならぬ心想の麗しさを強調する。第一の時氏の言葉伝承は「閻魔の使い」という比喩からも都人の伝承の採録と見なされるが、第二の伝承は泰時の「是程ノ心アリケル」という感銘ぶりから見て当然鎌倉人の伝承と見なされる。年齢が二歳若く伝わり、泰時の感銘ぶりと共に、これらの伝承は恐らく時氏の早世と関係があろう。二つの時氏伝承はともに時氏の行動を敬語「給フ」をもって語る。

時氏はこれより九年後、寛喜二年六月、次期執権の期待も空しく四歳の嫡男時頼を残して二十八歳で病没する。泰時は四年前の嘉禄三年六月に十六歳の次男時実を家人に殺害されるという悲運に見舞われている。泰時の回想の中で時氏の承久の活躍の美化が進み、慈光寺本の記事となる。嫡男時頼が執権を襲うのは父親没後十六年後、二十歳の春からであるが、上皇の霊魂はその翌年鎌倉鶴岡の北方の新宮に迎えられる日がくる。

三　慈光寺本と古活字本『承久記』の二人の女性

慈光寺本の本文は、鳥羽殿での北条時氏との対面後、

去程ニ、七月十三日ニハ、院ヲバ伊藤左衛門請取リマヰラセテ、四方ノ逆輿ニノセマヰラセ、伊王左衛門入道御供ニテ、鳥羽殿ヲコソ出サセ給へ。女房ニハ、西ノ御方大夫殿、女官ヤウノ者マヰリケリ。

と続く。慈光寺本の叙述の仕方では、鳥羽殿に移動したのは六日であったからここで七泊、この間に

十日に時氏からの流罪宣告があり、十一、十二日の両日に伊王左衛門入道能茂との対面、西御方坊門殿を母とする第二皇子、仁和寺の道助法親王を招き寄せて戒師として出家、母七条院への髻送献、信実を呼び寄せての肖像画作成があったことになる。鳥羽殿での最後の二日は目まぐるしく多用ということになる。しかし既に触れたように『愚管抄』では出家は七月八日で、時氏との対面以前、つまり隠岐流刑の宣告以前の剃髪であった。慈光寺本は時氏の宣告の衝撃を強調して、上皇の出家の自発性を結果的に弱めることになったのである。自発性の意図として推察できることは、出家による減罰にあろう。減免効果を意図する出家とすれば、上皇はその段階では未だ隠岐国流刑の通達を受けていないことになる。

やがて「四方ノ逆輿」の人となり、伊王左衛門入道を供として鳥羽殿を出発する。慈円が「ウルハシキ様ナク」と二度まで筆にしたその光景とは、「逆輿」という峻厳を極める扱いの逆説的表現であった。慈円は「四方ノ逆輿」を聞き及んでいて「ウルハシキ云々」と記したのであろう。伊王左衛門の随伴も諸記録とは違い、当初からという設定である。これは『承久記』という作品が両人の一身同体、かつ精神的紐帯の強調を意図したものと解される。

後半に随伴の女性に言及する。『百練抄』『愚管抄』『吾妻鏡』が明記しなかった女性の名前を、慈光寺本『承久記』は初めて「西御方大夫殿」と明記し、「女官ヤウノ者」と続ける。新日本古典大系の本文校訂は、「西ノ御方・大夫殿・女官ヤウノ者」と三人に区切り、脚注で「大夫殿」を未詳とする。が、影印に見る限り「西ノ御方大夫殿」に付された人名朱は一名扱いである。早くに刊行された新撰日本古典文庫の校訂「女房ニハ西ノ御方・大夫殿、女官ヤウノ者」は「西ノ御方・大夫殿」を一人とし、並べて「女官ヤウノ者」で合計二人扱いということになり正確な翻字である。「西の御方坊門殿」が「大夫殿」と呼称されていたという文献資料は未見ながら、「西の御方信清息女」は「修理大夫信隆の孫娘」であったから、「修理大夫信隆」没後の出仕とはいえ当初は祖父の極官により「大夫殿」と呼ばれていたとしても不都合ではない。この一門の後宮への登竜の仕方としてはこの方が順当といえる。『愚管抄』の慈円は坊門流の女房を無視したが、慈光寺本の作者は、この坊門流の女性の存在については明記しておきたかった立場にある。

　もう一人の女性は「女官ヤウノ者」と、蔑視の含みをもって表記し、名前は分かっているが記すまいとしている。が、この場面を古活字本『承久記』は、

　御供ニハ、殿上人、出羽前司重房、内蔵権頭清範、女房一人、伊賀局、聖一人、医師一人参リケリ。

と記す。「女房一人」とあるのはおそらく「西ノ御方大夫殿」を前提とする「一人」という表記で、「女官ヤウノ者」の方は「伊賀局」に特定されている。実名への関心が入れ替わったのである。ここでは「坊門流」の女房への無関心と入れ替えに「伊賀局」への関心の拡張が図られている

「伊賀局」は元舞女「亀菊」の女房名で、慈光寺本は物語の冒頭近くで、承久の争乱の原因となっ

た「長江の庄」の占有を巡る上皇の院宣問題で名指しで記されてあった。つまり「女官ヤウノ者」が「亀菊」であるなら、既に物語に登場していた人物の朧化表現ということになる。作者にはその素性を把握していたので、「女官ヤウノ者」という蔑称を敢えて採択したと言える。しかし一つの作品内で、事件の発端人物が、その人物故に迎えた結末で、当事者の人名が伏せられて明示されないという物語構成は不可解である。よって慈光寺本の「女官ヤウノ者」が「伊賀局」を指すとは断定できない。これを「伊賀局」に置き換えたのは古活字本の、考証の成果か伝承の採択かもしくは単なる解釈であろう。しかし通説では古活字本に依拠して同行者の一人を「伊賀局」とする。室町時代の編纂と見なされる『皇代暦』（巻四）には、随伴の記録として「女房、舞女亀菊従ヒ奉ル」が採択されている。古活字本の表記と同態である。「亀菊」は、この争乱の原因人物であり、それ故に一身の保全上、当人の志願としての「同行」であったと推察される。「西ノ御方」には複雑な存在というべきであるが、踏み込んだ解釈を示唆する文献は残らない。

四　旅程と和歌

『吾妻鏡』は、本稿冒頭に引く七月十三日条の鳥羽出発以降、同月二十七日条の「出雲国大浜の湊到着」まで、その旅程については記事の収録がない。大浜からの乗船を「御船に遷坐」と表記する。ここで「御共の勇士等」は「暇を給はり、大略以て帰洛す」とある。帰洛の勇士の「便風に付けて、御歌を七条院（母殖子）、ならびに修明門院（順徳院・雅成親王・寛成親王母、藤原範季女、重子）に献ぜらると云々」とある。和歌二首は、

たらちめの消えやらで待つ露の身を風よりさきにいかでとはまし
しるらめや憂きめをみをの浦千鳥泣く泣くしほる袖の景色を

であった。慈光寺本『承久記』はかなり詳細で、鳥羽殿出発に際し、女房三人に続けて、

又、何所ニテモ御命尽キサセマシマサン料トテ、聖ゾ一人召シ具セラレケル。

とある。「召シ具セラレ」たのは上皇である。覚悟の出発を仕組んだのである。

「今一度、広瀬殿ヲ見バヤ」ト仰セ下サレケレドモ、見セマヰラセズシテ、水無瀬殿ヲバ雲ノヨソニ御覧ジテ、明石ヘコソ著カセ給ヘ。其ヨリ播磨国ヘ著セ給フ。

鳥羽殿出発に臨んでの「広瀬殿」であるから、かつて永万の頃、後白河院が鳥羽殿御遊に際し、住吉大明神の影向のあったという「州浜殿」を指すかと想定される。この影向を契機に「住吉殿」とも呼ばれることになったと、延慶本『平家物語』（第一末廿一「成親卿流罪ノ事、付ケタリ鳥羽殿ニテ御遊ノ事、成親備前国へ着ク事」）にある。広瀬殿も水無瀬殿へも立ち寄ることは許可されなかった。

「明石」到着の場面で、古活字本は、

サテ播磨国明石ニ著セ給テ、「ココハ何クゾ」ト御尋アリ。「明石ノ浦」ト申シケレバ、
都ヲバクラ闇ニコソ出シカド月ハ明石ノ浦ニ来ニケリ

又、白拍子ノ亀菊殿、

月影ハサコソ明石ノ浦ナレド雲居ノ秋ゾ猶モコヒシキ

の二首の和歌を持ち込む。後者は「白拍子の亀菊殿」となる。この女性の呼称は古活字本では承久の乱の原因を語る場面で「白拍子亀菊」とあったので、二回目になるが、今回は「殿」が付く。鳥羽殿出発では「伊賀局」であった。古活字本以外にこの女性の随伴を証する同時代史料は一切見当たらない。下句「雲居ノ秋ゾ猶モコヒシキ」は宮廷人の発想とすれば穏当であろうが、皇子を産したとはいえ「白拍子亀菊」或いは「舞女」として宮廷に近仕した人物の使用する表現としては僭越で例もない。

播磨国から慈光寺本は、

其ヨリ又、海老名兵衛請ケ取リ参セテ、途中マデハ送リ参セケリ。途中ヨリ又、伯耆国金持兵衛請ケ取リマヰラスル。十四日許ニゾ出雲国ノ大浜浦ニ著セ給フ。風ヲ待チテ隠岐国ヘゾ著キマヰラスル。

とあって、伯耆国、出雲国を経て隠岐国へと道中を国名で記し、出帆の港を「大浜浦」とする。受け渡しの役人の名前の記載は丹念になされている。護衛の厳格さを表現したかったのであろう。道中発病の様を次のように叙す。

道スガラノ御ナヤミサヘ有リケレバ、御心中イカガ思食シツヅケケム。医師仲成、苔ノ袂ニ成リテ御供シケリ。哀、都ニテハ、カカル浪風ハ聞ザリシニ、哀ニ思食レテ、イトド御心細ク御袖ヲ

紋リテ、

都ヨリ吹クル風モナキモノヲ沖ウツ波ゾ常ニ問ヒケル

伊王左衛門、

スズ鴨ノ身トモ我コソ成リヌラメ波ノ上ニテ世ヲスゴス哉

医師の同行については『吾妻鏡』に「施薬院使長成入道・左衛門尉能茂入道等、追って参上せしむと云々」とあり、遅れての随伴であったことが分かる。「哀、都ニテハ、カカル浪風ハ聞ザリシニ」は、上皇の心内語が地の文に直叙されたものであるが、「ト」で受けたとしても「聞ザリシニ」は上皇の行為表現としては自敬語不足である。「哀ニ思食レテ、イトド御心細ク御袖ヲ紋リテ」で語り手の表現に戻るが、「イトド御心細ク」は対象表現としては不適当である。「医師仲成、苔ノ袂ニ成リテ御供シケリ」は比較的に客観的に叙述されているので、上皇の和歌に続く伊王左衛門の和歌の収まり方から、後に生還する能茂の回想談を元とする叙述であったかも知れない。母七条院の返歌も併せて記しておく。

御母七条院へ此御歌ドモヲ参セ給ヘバ、女院ノ御返シニハ、

神風ヤ今一度ハ吹カヘセミモスソ河ノ流タヘズハ

次に『吾妻鏡』が上皇を記すの七月二十七日の条である。

上皇、出雲国大浜の湊に著御、この所より御船に遷坐す。御共の勇士等暇を給はり、大略以て帰

洛す。かの便風に付け、御歌を七条院幷に修明門院等に献ぜらると云々。

　たらちねの消えやらで待つ露の身を風より先にいかで問はまし
　知るらめや憂き目をみをの浦千鳥島々しほる袖の景色を

和歌だけが出雲と都を往還したのである。

五　隠岐院の帰還問題と隠岐での最期

文暦二（嘉禎元）年（一二三五）二月二十一日、摂政左大臣九条教実が胸部発病（『玉蘂』）に陥り、諸種の平癒祈願に加えて非常の赦が実施される。同じ年正月から五月にかけて、元関白九条道家は重病の嫡男と合名で、固辞する幕府評定衆中原師員を説き伏せて鎌倉に派遣し、隠岐院・佐渡院の帰還の許諾を幕府に提案する。この提案は、『玉蘂』『明月記』の伝える、やや入り組んだ経緯を背後に控える密事であったが、結果は幕府の峻拒とも言える却下で、期待した人々には空しく終息した。泰時の返書は到来したが、道家の子・将軍頼経からはこの件への応答はなかった。頼経は時に十八歳、鎌倉下向が二歳の秋であったから既に将軍職を踏むこと十七年になる。意見開陳の機会は与えられなかったのである。あまつさえ派遣された中原師員は帰洛せず、事件の流れを受けて妻子を都から鎌倉に引き上げさせるという予期せぬ事態を招来した。幕府には穏やかならざる反応が支配的であったのであろう。実父実兄の提案への無反応は、将軍の立場上の困惑の表れであろう。

鎌倉の返書の到来は三月十八日、病中の教実は、祈願空しく三月二十八日に二十六歳の若さで他界する。かつて九条廃帝（仲恭天皇）の摂政の任にあった道家は、嫡男の早逝を受けてここに幼帝四条の摂政の再任となり、教実の嫡男七歳の忠家の養育の任に当たることにもなる。文暦二年（一二三五）三月に九条家の道家・教実・忠家三代に訪れたこの悲劇は、先に取り上げた、五年前の北条泰時・時氏・時頼三代を襲った悲劇のいわば九条家版の始まりであった。泰時は時頼の執権就任をみることなく、仁治三年（一二四二）六月、六十歳で他界し、他方道家もまた忠家の関白就任を見る事なく、建長四年（一二五二）二月、六十歳で世を去る。北条執権は泰時没後四年にして嫡流時頼の執権時代に入ったが、九条家の場合は道家没後、摂政関白の座は実に二十一年間、近衛、二条、一条、近衛、鷹司、二条、一条、近衛、鷹司を経て漸く九条忠家のものとなる。が、忠家がその座を保ち得たのは僅かに一年余であった。

隠岐院の死は、『百練抄』延応元年（一二三九）二月二十二日条に、「隠岐法皇崩御春秋六十、去承久三年以後一九年に及ぶ。天下貴賤誰か傷哀せざらむや」と収録した。『吾妻鏡』は同年三月十七日条に、六波羅使者の報として、「去ぬる二月廿二日、隠岐法皇遠島に於いて崩御。御年、六十。同廿五日、葬り奉ると云々」とある。

遺骨の都への旅は『一代要記』に、四十九日を満了した四月十二日に順風を得て出雲国へ渡り、五月二日出雲国を出立して十四日に水無瀬殿に到着、十五日大原西林院御堂に入ったとある。「但し宮城を過ぎ、大原へ入れ奉りこれを安置」とある。同じ出来事は、『皇代暦』四条天皇項、延応元年五月十四日条に、「隠岐院仙骨、大原に斂め奉る。その路京都に入奉らず。是御平日御帰京無き故なり」と記している。遺骨といえども都城通過は許されなかったのである。時に西林院門主は、修明門院（範季女）の産した尊快法親王（寛成）であった。十九年を経て実父の遺骨と対面したのである。直後の二十日から入道摂政道家の発病があり（『門葉記』他）、『皇代暦』にはこの病間の奇特により道家は「隠岐院追号」の着想を得、『百練抄』は、二十九日には「顕徳院」の追号を記す。「式部大輔為長卿勘じ申す」とある。

『吾妻鏡』は五月にこうした隠岐院関係の情報は一切記さない。むしろこの四月には前武州泰時の「にはかの違例」、五月には、将軍家頼経の「いささかの御不例」、先述の禅閤九条道家の「御不例」が丹念に記され、六月それぞれの快癒を記している。

延応二年は改元あって仁治元年、仁治二年と幕府方の記録に「顕徳院」の記事は見えず、都で顕徳院の諡号が後鳥羽院と改められた年、即ち仁治三年は、『吾妻鏡』欠巻につきその実情の幕府方反応を把握することはできない。

都では仁治二年二月八日に西林院から移して大原法華堂に顕徳院の納骨供養があった。この法華堂は水無瀬殿を解体移築したものであったことが『華頂要略付録』『増鏡』等に記されている。後嵯峨天皇時代に入った仁治三年二月に安楽心院で仏事があり、『平戸記』は四月十六日に、法華堂補修の記事を止めている。この年七月に、「顕徳」の尊号を秘して、世俗には「常に御在所《おはしますところ》を以て、追号を「後鳥羽院」となす旨」の改称（『和長卿記』『皇年代暦記』等）があった。

翌年、寛元元年（一二四三）二月、都ではその忌日恩赦の実施があり、寛元二年二月に、月忌として安楽心院で御八講が開始された。

六　前将軍頼経の後鳥羽院追善供養

鎌倉で後鳥羽院の追善供養が公式に実施されるのは、将軍職を降ろされた頼経の発願に始まる。寛元二年四月に七歳の新将軍頼嗣の就任があって、六月四日、前大納言家頼経は後鳥羽院追善供養を催す。『吾妻鏡』は次のように記す。

前大納言家（大殿）の発願として、後鳥羽院御追善の奉意に、日来法華経百部を摺写せらる。この形木は、彼の震筆（勅筆）を彫らるる所なり。因りて今日供養を遂げらる。大蔵卿僧正良信導師たり。請僧七口。（布施取は坊門少将清基、水谷左衛門大夫重輔等と云々）――以上括弧内は『吾妻鏡』同年の「抽書」により補う。

当日用意された法華経の摺写は、同じく『吾妻鏡』によると、将軍在任中から頼経が密かに営み、前年寛元元年閏七月二日に、持仏堂に奉納されてあったものであることが次の記事によって分かる。坊門の少将清基(5)が鎌倉に下って布施取の奉仕に当たっている。

御持仏堂供花結願なり。将軍家日来手づから書写し給ふ所の法花妙典、供養を遂げらる。導師は
岡崎僧正（道慶）。布施物等過差至極なり。諸人嘱目すと云々。

将軍頼経のこの供養の目的が諸人に必ずしも開示されたものではなかったらしいことが「布施物等過差至極なり」の評語と「諸人嘱目す」から推察される。幕府内でただ一人頼経は後鳥羽院の晩年の存在の仕方、そしてその他界後の在り方にも意を配っていたのである。

続いて寛元二年九月、同じ持仏堂で後鳥羽院の追福のため摺写法華経の奉読が開始される。この時は定親法師がその任にあたっている。

翌寛元三年六月三日には久遠寿量院で、これも後鳥羽院追福のために右筆招集による一日中に五部大乗経の書写供養。続いて十日、これもまた後鳥羽院の菩提訪いのために、幕府は「金泥法華経五種供養」を催す。七月、前将軍頼経は久遠寿量院で出家する。『吾妻鏡』はその理由を、「これ、年来の御素懐の上、今年春の比、彗星、客星異変を示し、また御悩等重畳するの間、思し召し立ち給ふ」と記している。

後鳥羽院の御霊を幕府が鎌倉に勧請するのは、死後八年を経た、宝治元年（一二四七）四月二十五日である。『吾妻鏡』はその日次の記事を収録している。

今日、後鳥羽院の御霊を鶴岡の乾の山麓に勧請し奉らる。これかの怨霊を宥め奉らんがために、
日来一宇の社壇を建立せらるる所なり。重尊僧都をもつて別当職に補せらると云々。

社壇建立は日ごろの「御霊勧請」の意図の実現であるが、「かの怨霊を宥め奉らんがため」という意図が建立の時点で伴っていたと言える状況は把握しがたい。『鏡』はこれまで、「後鳥羽院の怨霊」という表現は一度も盛り込んではいない。もう少し時代の下る『鏡』編纂時代の解釈が持ち込まれたのではないか。もう少し時代の下がるとは、『吾妻鏡』後半の編纂期、同時に『五代帝王物語』成立期の十四世紀前葉で、その『五代帝王物語』は、よく知られる次の文章を書き記している。天福元年（一二三三）九月の後堀河院の中宮（藻壁門院）の出産死と、翌年の後堀河院死去に付加された作者の言説である。

> 上皇も此御嘆のつもりにや、同二年八月六日、かくれさせ御坐す。御年廿三。をしかるべき御齢也。代々の帝王短祚に御坐す例のみ多かれども、女院の御事、打つづき此御事のいできぬる、いかにも子細ある事也。後鳥羽院の御怨念、十楽院僧正などの所為にやとぞ申しあひける。或人の申侍しは、誠にやありけむ、かかる事は虚言のみ多かれば、偏に信べきにあらねども、書付侍り。

「天魔」「精霊」に関心のある作者で、世の風説を書き込んではいるが、最後に「かかる事は虚言のみ多かれば、偏に信べきにあらねども、書付侍り」と冷静な判断を持ち込む。後鳥羽院の死去から七、八十年を経た十四世紀の都人の一人であった『五代帝王物語』の作者は、歴史物語の語り手として「偏に信べきにあらねども」と、既にこういう話題展開を「虚言」として退け得る客観的認識の姿勢を確立する人であったことが分かる。

鎌倉における「御霊勧請」の時期と、『吾妻鏡』の文章成立期、『五代帝王物語』成立期は、後者二つは比較的に接近するが、前者が先行する。

九条家から出た将軍頼経が、都の父道家の介入を通して、隠岐院、後鳥羽院の「形ある存在」にも、また「形なき存在」に対しても深く拘泥する立場を生きねばならなかったと言えるのではないか。隠岐院の後半生は、物心ついた藤氏将軍頼経の心の重荷としてその後半生を支配したといえよう。

註

（1）『平安時代史事典』「資料・索引編」所載「日本古代後宮表（歴代皇妃表）」（角川書店）

（2）『吾妻鏡』承久三年八月一日条。慈光寺本『承久記』等。

（3）「七条院殖子」の母を、『尊卑分脈』は親輔と同じ「家の女房」とし、信清の母を「大蔵卿通基女」とするが、『山槐記』等同母とする資料もある。

（4）目崎徳衛氏著『史伝後鳥羽院』は、水無瀬離宮段階の上皇はまだ隠岐国流刑を知らないとする。慈光寺本によると解される。

（5）「少将清基」は後鳥羽院生母・七条院殖子の兄弟隆清（母・清盛女）の孫、後に「基輔」と改名、左中将、従三位に至る（『尊卑分脈』道隆流・号坊門）。

第Ⅲ章　軍記物語を流れる念い

一　望郷の系譜

はじめに

「今日も暮れゆく　異国の丘に　友よつらかろ　切なかろ」――太平洋戦争がやっと終わって、少年期の私の耳に、ラジオから流れてこびりついた、流行歌の一節である。自己のささやかな体験を通しても、先の大戦は悲惨の一語を外して回想することは適わない。終わった戦をどう回想して作品化するかは、戦中戦後の立場によって見解を異にするが、にもかかわらずそこに、一筋流れる共通の念いがあるように思う。その「念い」とは、流離する敗残の悲哀をやる瀬なく集約する「望郷」の思念である。

ここに手繰り寄せようとするのは、日本中世の、戦後文学としての軍記物語、とりわけ前期軍記に鬱々として流れる寂寥の念い、名付けて「望郷の系譜」である。

紛争の解決を、武力に訴えて決着に挑んだ、或いは覇権の野心を内に隠して武器を手にした、戦というものに不可避の、追う者と追われる者、勝った者と負けた者、生き残る者と死に絶える者。作品は常にそれらの後者たちに寄り添おうとするところに発生し、明暗を分かつなどという比喩を拒む、寄る辺なき悲惨の情念の赴くところは、ひたすらに、彼らのこころ一つに変わらざる「郷土」であった。ここにその念の「表現史」をたどっておこうとする。

さて、日本中世の戦後文学としての軍記物語、特にその前期軍記というとき、当然、軍記史の時代区分が問題になる。定説が確立しているわけではないが、通説化している諸見解をまとめて、よりどころとして一つの試論を提示し、かつ、「望郷の系譜とその表現史」、この観点からするこれら試論の妥当性の再検証もまた併せて課題としておかねばならない。取り扱おうとする前期軍記の範囲とは、一応は左記のような軍記史の区分を前提としている。

[軍記史の時代区分試論]

初期軍記（平安中期から院政期）――『将門記』『陸奥話記』『純友追討記』『今昔物語集』（巻二十五）等……①「草創期」

前期軍記（鎌倉・南北朝・室町初期）―『保元物語』『平治物語』『平家物語』『承久記』から『曽我物語』『太平記』『義経記』等……②「開花期」

後期軍記（室町中期から近世初期）

室町軍記（室町中期、八代義政時代まで）――『明徳記』から『応仁記』まで……③「展開期」

戦国軍記（室町後期から近世初期あたりまで）―『長享年後畿内兵乱記』あたりから

『信長記』『太閤記』等……④「拡散期」

晩期軍記（近世前期）――『天草軍記』とその類い……⑤「終息期」

断っておくが、これはこれまでの諸説を整理して並べただけであって新説ではない。もし新味があるとすれば、これまで必ずしも位置づけのはっきりしなかった『天草軍記』の類いを、晩期軍記として独立させ、初期の関東地方の争乱に対応する、晩期の九州地方の争乱として、軍記史の終息期に位置づけたところであろう。[1]

「望郷の系譜」をたどって問題として浮かび上がる課題は、前期と後期の境界、端的に言えば『太平記』の所属である。一群の前期軍記の諸作品と、必ずしもその表現史を一にしない。

次に「望郷の系譜とその表現史」というとき、「望郷」の概念の特定とその表現の輪郭確認が不可欠となる。対象の曖昧化を避けるためである。

例えば成語の一つに、「首丘」（丘に首す）という言葉がある。古例として『礼記』（檀弓・上第三）から読み下し文で引く。

太公（望）、（周の武王より、斉の）営丘に封ぜらる。五世に及ぶ比まで、皆反りて周に葬る。君子曰く、楽は其の自りて生ずる所を楽しみ、礼は其の本を忘れず。古人言有りて曰く、狐の死するとき正しく丘に首するは仁なり、と。
（新釈漢文大系・括弧内は筆者の補註）

『礼記』のこの巻は、「服喪・埋葬」に関する記事や史話を集めた項である。太公望自身は斉の営丘に封ぜられた後も周に止まって政務に携わりそこで没する。かくて後継者たちは、五代に及ぶまで、葬りの場所は故国の周であったという史実に添えて、「礼は其の本を忘れず」と説き、その例示のひとつとして、「首丘」即ち「死に臨んで狐は生まれ育った丘に頭を向ける」という、狐の本性論を持ち出し、これをそのまま人間に当てはめると、人間の本性としての「仁」に通うと説く。この「本を忘れ」ぬこと、即ち人間には「仁」に当たると説かれた「首丘」を、屈原は『楚辞』（四・九章の三「哀郢」即ち、楚の都・郢を懐い哀しむ）で、一歩踏み込んで、次のような場面で活用している。

乱（結語）に曰く、余が目を遠くして、以て流観し、壱たび反らんと冀ふも之れ何れの時ぞ。鳥は飛んで故郷に反り、狐は死して必ず丘に首す。信に吾が罪に非ずして棄逐せらる。何ぞ日夜にして之を忘れん
（新釈漢文大系）

更に洪興祖撰の『楚辞補注』はここに『淮南子』の「鳥飛反郷、狐死正丘首、各哀其所生」「狐云々、念旧居也」を引いて『礼記』を掲げている。鳥も狐もその生まれた所を哀い、旧居を念うというのである。屈原の故郷を慕う念いが、表現としては「鳥は飛んで故郷に反り、狐は死して丘に首す」に託されてある。つまり人間は鳥・獣と同様に、本性として「郷に反る」心を備え、それが念いとして表

白されようとするとき「望郷」となり、表現は次第に定形化を求める。念いは表現であり、表現においてはじめて念いは念いとして成り立つことになる。よって本稿は軍記における、「望郷の念い」の多様な「表現」を「表現史」として追いかける。戦後に特有ともいえる人間の本性の表白として。

なお、私は先に「軍記物語を貫くもの」として、主人公たちの「野心」に着目し、その系譜をたどり、「野心」に、一作一作の軍記の、出来事の始発をかたどる、主人公たちのこころに胚胎した欲望とその糾弾を集約させて追いかけた。いわば事件の出発点から把握しようとする「作品発生の原点」確認であった。これに対して、本稿は、「望郷」に、出来事の終着点を彩る、主人公たちのこころに揺曳する情念とその共感を収束させて追いかけようとする、いわば「作品発想の原点」追尋作業である。「望郷の念い」は、事件の終着駅に漂う、人間の悲嘆の吹きだまりであり、物語の熱源である。「野心」は「軍記物語を貫く意志」であり、「望郷」は「軍記物語を流れる情念」である。「意志」と「情念」と、人間のこの二つの営みは、ともに悲劇の影を背負って、軍記文学を貫流する。

一　『将門記』――将門の望郷とその表現

本稿の対象は前期軍記であるが、これに先立つ初期軍記の事例ひとつを『将門記』に確かめておく。事例は一箇所であるが、後続の表現史の形・質のすべてを蔵している。将門が一旦上洛して、承平七年の恩赦で帰国の途につかんとする場面である（「望郷」の表現には、次第に固定化、類型化していく典拠のある語句が使用されることが多い。通し番号を付して、典拠のある場合はなるべくこれを明示しつつ論述を展開することにする)。

将門幸ニ此ノ仁風ニ遭ヒテ、承平七年四月七日ノ恩詔ニ依リ、罪ニ軽重ナク、悦ノ靨《エクボ》ヲ春花ニ含ミ、還向ヲ仲夏ニ賜フ。忝クモ①燕丹ノ遑《イトマ》ヲ辞シテ、②終ニ嶋子ノ墟《サカヒ》ニ帰ル。[(以下、割り注)伝ニ言フ。昔燕丹秦皇ニ事《ツカヘマツッ》テ遥カニ久年ヲ経、然ル後、燕丹暇ヲ請ヒ古郷ニ帰ラムトス。即チ秦皇仰セテ言フ。縦ヘバ烏ノ首白クナリ、馬角生ズル時ニ、汝ノ還ルヲ聴サム者《テヘリ》。燕丹嘆キテ天ヲ仰ゲバ、烏之ガ為に首白クナリ、地ニ俯セバ馬之ガ為ニ角ヲ生ズ。秦皇大ニ驚キ乃チ帰ルコトヲ許ス。又嶋子ハ幸ニ常楽ノ国ニ入ルト雖モ、更ニ本郷ノ墟《サカヒ》ニ還ル。故ニ此ノ句アルナリ。子細ハ本文ニ見ユルナリ]。所謂③馬ニ北風ノ愁ヒアリ。鳥ニ南枝ノ悲シミアリ。何ゾ況ムヤ、④人倫思ヒニ於テ何カ懐土ノ情無カラムヤ。仍テ同年五月十一日ヲ以テ、早ク都洛ヲ辞シテ弊宅ニ着ク。

(『将門記』「恩赦にあい帰国するの事」)(東洋文庫・底本は名古屋真福寺本・梶原正昭氏校注の訓読文による。一二五頁)

作者は、恩赦に与かって故郷に向かう将門の内心の悦びを、四つの故事成語を援用してかたどっている。

先ず①「燕丹ノ遑ヲ辞シテ」「（割り注）烏ノ首白クナリ、馬角生ズル時ニ、汝ノ還ルヲ聴サム」（典拠は『史記』、『燕丹子伝』）は、いわゆる燕丹の「烏頭馬角の変」の故事である。[2] 将門の心に懐かしい故郷は、いうまでもなく関東である。軍記は『将門記』という始発点において、在京者にとっての郷土志向を、「燕丹」という中国の故事に表現を借りて形象を開始したのである。「燕丹」は、一度郷里を後にした者の帰郷の極めて困難なることを告げる故事である。将門はその僥倖を手にしたと見る。加えて作者は以下にみるように、三つの成語を投入して将門と郷土の密着感を暗示しようとする。

②「終ニ嶋子ノ墟《サカヒ》ニ帰ル」は、「（割り注）嶋子ハ幸ニ常楽ノ国ニ入ルト雖モ、更ニ本郷ノ墟《サカヒ》ニ還ル」（典拠は『釈日本紀』巻十四、雄略天皇条所引の『丹後風土記』所載の、伊予部馬養撰という『浦島子伝』。『和歌童蒙抄』は「延喜三年浦島子伝」を引く。延喜二十年『続浦島子伝記』。外に『日本書紀』『万葉集』等）である。[3]『将門記』の作者にとって、将門の帰郷の悦びをかたどるのに、「燕丹」だけでは不足であった。日本の事例の表現として「浦島子」を投入する。形式的に対応させると、将門は「常楽の都」を捨てても、「本郷」への帰還を悦びとしたのである。これこそが『将門記』の将門の郷土である。

更に③「馬ニ北風ノ愁ヒアリ。鳥ニ南枝ノ悲シミアリ」（典拠は『文選』「古詩十九首」の「道路阻ニシテ且ツ長シ、会面安ゾ知ルベケムヤ。胡馬ハ北風ニ依リ、越鳥ハ南枝ニ巣フ」＝「北方の胡国から産出した馬は、北風の吹くごとに故国を慕って嘶き、南方の越国から渡って来た鳥は、故郷を思ってそれに近い南向きの枝に巣を作る習性があることを言ったもので、故郷の忘れがたいことをたとえた句」）（他の用例として『尾張国郡司百姓解文』に「馬風鳥枝之愁嘆」とあり）を用いて、郷土を離れた人間の「愁い」と「悲しみ」に思いを馳せる。

最後に④「人倫思ヒニ於テ何カ懐土ノ情無カラムヤ」（『論語』里仁第四「子曰く、君子は徳を懐ひ、小人は土を懐ふ」）（典拠として『漢書』叙伝上に「懐土ノ情」あり）（外に『続日本紀』宝亀十一年冬十月丙辰条「他郷ニ流離スルモノ、懐土ノ心有リトイヘドモ、遂ニ法ヲ懼レテ返ルコトヲ忘ル」）（『丹後国風土記』に曰く「忽ちに土《くに》を懐ふ心を起し、独り親を恋ふ」）。ここで『論語』に見える「懐土」を引いてこれを「人倫」の本性として指摘してこの「情」に肯定の眼差しを注ぐ。しかし『続日本紀』に見るように、「懐土ノ心」の実現は多くの困難に阻まれ、「独り親を恋ふ」という悲愁が待つ。都から故郷へ、今日から見れば実に当たり前な将門の古里志向は、しかし後述するように、軍記史における「望郷の系譜」の上では実に異例でありかつ健康であった。

二　『保元物語』――崇徳院の望郷とその表現

四部合戦の書はさながら望郷の物語である。追う者と追われる者の関係を、結局は追われた側に身を寄せて語る、敗者の文学である。敗者の極致を最初に体現するのは、『保元物語』の崇徳院である。都を追われて讃岐に送られた崇徳院叙述から検討したい。

院ハ讃岐ニ付セ給テ、習ヌ鄙ノ御住、只推量リ奉ルベシ。公家、私、事問人モナカリケリ。僅ニ候祗候ノ女房共モ、臥沈泣クヨリ外ノ事ゾナキ。秋モ夜深ク成行バ、イトゞ物ゾ悲キ。松ヲ払風ノ音モハゲ敷テ、叢毎ニ鳴虫ノ音モ弱リ、折ニ触レ、時ニ随テハ、只⑤ウカリシ都ノミ忍ル、涙ニ、ヲサウル袖ハ朽ヌベシ。

新院思食ツゞケサセ給ヒケルハ、「我天照御神ノ苗裔ヲ請テ、天子ノ位ヲフミ、太上天皇ノ尊号ヲ蒙テ、枌楡ノ居ヲシメキ。先院御在世ノ間也シカバ、万機ノ政事ヲ取行ズト云共、久ク仙洞ノ楽ミニ誇リキ。思出無キニアラズ。春ハ花ノ遊ヲ事トシ、秋ハ月ノ前ニシテ、秋ノ宴ヲ専ラニス。或ハ金谷ノ花ヲ翫、或ハ南楼ノ月ヲ詠メテ、卅八年ヲ送レリ。過ニシ事ヲ思バ、昨日ノ夢ノ如シ。何ナル罪ノ報ニテ、遠キ島ニ被放テ、カヽル住ヲスラン。馬ニ角生、烏ノ頭ノ白ナラムモ難ケレバ、帰ルベキ其年月ヲ不知。⑥外土ノ悲ニ堪ズ、⑦望郷ノ鬼トコソ成ンズラメ。昔、嵯峨天皇御時、平城先帝、内侍尚侍ガ勧ニテ、世ヲ乱リ給シカ共、則、家ヲ出給シカバ、遠ハ流レ給ズ。我又謬ナシ。『兵ヲ集テ、可被責』ト聞ヘシカバ、禦シ計也。昔ノ志ヲ忘レ給テ、辛罪ニ当給ハ心憂」トテ、御自筆ニ五部大乗経ヲ三年ニアソバシテ、御室ニ申サセ給ケルハ、「後生菩提ノ為ニ、五部大乗経ヲ墨ニテ如形書集テ候ガ、貝鐘ノ音モセヌ遠国ニ捨置カン事ノ不便ニ候。御免候ハゞ、八幡ノ辺ニテモ候へ、鳥羽カサナクハ長谷ノ辺ニテモ候へ、都ノ頭ニ送置候ハゞヤ」ト申サセ給テ、御書ノ奥ニ御歌ヲ一首アソバス。

浜千鳥跡ハ都ニ通ヘ共身ハ松山ニネヲノミゾ鳴

（半井本『保元物語』下『保元物語六本対観表』に依る。寛永整版本の章段名では「新院血ヲ以テ御経ノ奥ニ御誓状ノ事、付ケタリ崩御ノ事」の章に該当する。新大系を参照し、適宜送り仮名を補う）

現存本では最も原作に近いと思われている半井本『保元物語』で、崇徳院の讃岐を「習ヌ鄙ノ御住」と推量し、女房たちの心に⑤「ウカリシ都」を忍ばせる。「鄙」にあって「都」を念う。しかもそれは単純に「懐かしい都」ではない。将門にとって「望郷」はひたすら「懐かしい郷土」への「望郷」であり得たが、崇徳院の一行には「憂かりし都」への「望郷」であり、しかも「鄙」は自筆の「五部大乗経」を「捨て置く」にさえ値しない「遠国」に他ならず、「都」は如何に「憂かりし都」であろうとも、そのほとり即ち「八幡」「鳥羽」、「長谷」でさえ、「都のほとり」としての価値を湛えた「故郷」なのであった。

かくて『保元物語』に始まる「四部合戦の書」において「望郷」とは、「都を念う」ことと同義となる。しかしその念いも、「馬ニ角生、烏ノ頭ノ白ナラムモ難ケレバ、帰ルベキ其年月ヲ不知」と、『将門記』で用いた「燕丹説話」の故事を引いての、帰洛の不可能宣告を受けねばならない。「帰洛不可能宣告」に続くのは⑥「外土ノ悲ニ堪ズ」である。(4)「外土」は「都を遠く離れた土地」の意で、都を遠く離れること自体が既に「悲しみ」であった。その悲しみの極みは⑦「望郷ノ鬼」である。その

典拠は、『白氏文集』「新豊折臂翁、辺功（辺疆征戦の功）を戒む也」の詩による。(5)

新豊県にあって齢八十八を迎えた老翁は、問われるままに、かつて二十四歳の日、雲南の戦への参戦を拒んで石をもって密かに右肘を打ち砕き、萎えた片腕をぶら下げて今日まで生きてある思いを次のように語る。

此の臂を折りてこのかた六十年、一肢廃れたりと雖も一身全し。今に至り風雨陰寒の夜、直に天明に到るまで痛んで眠られず。痛んで眠らざるも終に悔いず、且つ喜ぶ老身の今独り在ることを。

己が身を砕いても武器を握ることを忌避した青年の、悔いなき生涯の回想を謳って、唐代の文人は、更に言葉を畳み掛けて戦場の苛酷な現実に思い巡らせる。

然らずんば、当時濾水の頭に、身死し魂飛んで骨収めず。応に雲南望郷の鬼と作つて、万人塚上に哭すること幼々たるべし。

「身死し魂飛んで骨収めず」―冒頭に引いた「異国の丘」に至るまで、われわれの二十世紀もまた繰り返して来た厳粛な戦場の事実である。飛び去るしかなかった「魂《こん》」は、寄る辺なき「鬼《き》」と化してひたすらに「望郷」の塊となってさすらう。『保元物語』半井本の作者は、未だ生きてある崇徳院に、白楽天の呼び覚ました雲南の「望郷の鬼」を重ね、書き換えに忙しい後代の『保元』の改作者たちも最後まで崇徳院からこの表現を奪い去ることはしない。鎌倉本『保元物語』における「望郷」の念いの増幅の実態を見ておこう。長文に及ぶが前後を含めて引いておく。

新院は又、遥なる島にしほれ侘させ御す。国司を始としてあやしの民に至迄、恐を成て事問参人も無。物さびしさ、実にさこそは渡せ在けめ。去共つながぬ月日成ば、憂ながら、秋も漸深行ぬ。さらでだに秋は哀の尽せぬを、況習ぬひなの御すまひ、更に為方無ぞ思食。浦路を渡小夜千鳥、松を払秋の風、磯辺に打浪の音、草村にすだく虫の音、何も哀を催し泪を流さずと言事なし。只尽せぬ物思にむすぼゝれ、見しにかはらぬ空の月の光を詠じつゝ、明し暮させ在す。さる任には、只憂かりし都のみこそ尽せずおほし被レ出ける。彼⑧井底の魚の江河をこひ、籠の中の鳥の天を恋るに異ならず。

〈ここに蓮如の白峰訪問譚が入る〉

かくしつゝ年月を過させ在に、我御身の御事は前世の事ぞかしな共、思食延る方もありけるに、女房達は何の願にも及ず。明暮はたゞ都のみ恋悲給事斜ず。去は落泪は紅にも変し、押ふる袖は朽はてぬとぞ見えし。此有様を御覧ずるに、万御心弱く成て、相構て申宥らるべき由、御人わろく関白殿え度々仰事有けれ共、御返事もなかりけれは、「口惜事也」とぞ思召す。

「我天照大神の苗裔を受て、天子の位をふみて、太上天皇の尊号を忝うして、紛陽の居を卜き。春は春の遊を催し、秋は秋の宴を催し、韶陽の花を翫て、長秋の月を詠じてき。先院御在所の間成しかば、万機の政と雖レ不レ現、久仙洞の楽にも誇き。思出なきにしも非。いかなる罪の酬にて、遥なる島に放て、かかる悲を含らむ。⑨境南北に非れば、鴈翅に事をかけむ謀をも知ず。政陰陽の変をわかざれば、馬に角生、烏の頭白成ん期をも知難し。懐土の思忍難し。徒に望郷の鬼とこそ成んずらめ。天竺震旦より吾朝に至迄、位を諍、国を競て、伯父甥合戦を致し、兄弟軍を発に、果報の勝劣に随て、叔父も負、兄も負。然而時移事去て、罪を謝し讎を宥るは、王道の恵み、無偏の情也。去は奈良の先帝、内侍の督の勧に依て、世を乱らむとし給たりしか共、出家せられにしかば流罪には及ばざりき。況是は可レ被レ攻之由聞えしが、其難遁る方もやと拒し計也。去とも是程に罪深かるべし共覚ず。かく程の有様にては、帰上ても何にかはせむ。命生ても又何の益かあらむ」とて、御髪をも召ず、御爪をも切れず、柿の頭巾柿の御衣を召つつ、御指より血をあやして五部大乗経をぞあそばしける。

（鎌倉本『保元物語』「新院御経沈めの事、付けたり崩御の事」に該当。『保元物語六本対観表』による）

鎌倉本の新たに加えた表現は、⑧「井底の魚の江河をこひ、籠の中の鳥の天を恋るに異ならず」であるが、これは本来は「籠鳥恋雲の思い」（『本朝文粋』巻第六平兼盛）の意で、囚われ人が自由の境地を希求する気持ちの表現である。崇徳院を捕囚に準えて、続く⑨「境南北に非れば、鴈翅に事をかけむ謀をも知ず。政陰陽の変をわかざれば、馬に角生、烏の頭白成ん期をも知難し」は、『六代勝事記』の「さかい南地にあらねば、雁のたまつさもたよりをうしなひ、政陰陽の変をはからざりしかば、烏のかしらの白ならむも期待しがたし。なくなく故郷をのぞめば、雲海沈々として眼うげ、むなしくそなたのやまをまほれば、青黛みどりうすくして、おもひをいたましむ」（内閣文庫本「後鳥羽院配流の場面」）を典拠とし、更に続く「懐土の思忍難し」も『六代勝事記』の「土御門院土佐国配流の場面」から「さては隠岐の国へもすきさせ給しあとなれは、仙院懐土の御心のうちまでおもひしり給へり」を借りたものである。崇徳院の望郷を叙して、鎌倉本は『六代勝事記』の後鳥羽院、土御門院配流の場面の叙述を借用して、崇徳院の境遇を、後に発生した後鳥羽院の隠岐配流の事実に表現において準えたのである。後に発生した出来事の叙述を借りて、歴史の事実を遡らせて解釈するのは、後に発生した出来事が、先行する歴史の事実の再現と再解釈を求めるからである。後鳥羽院・土御門院の出来事、即ち承久の乱が発生して、初めて崇徳院の出来事の意味したものと、配流された崇徳院の心情に思いを致し得たということではないか。

半井本は続けて、

八年ト申シ長寛元年八月廿六日、御歳四十五ト申シニ、讃岐国府ニテ御隠レアリヌ。当国之内、白峰ト云所ニテ、薪ニ積ミ籠奉ル。⑩煙ハ都ノ方ヘゾ靡キヌラムトゾ哀レ也。

と、「鬼」と化した崇徳院の荼毘の果てを、⑩「煙ハ都ノ方ヘゾ靡キヌラム」と、都に勝手に連れ戻す。半井本作者のそれは勝手な自己安堵のための着想である。「哀れ」なのは「鬼」でもましてや「煙」でもなく、語り手と重なる在都の作者である。鎌倉本「その煙は都へぞなびきける」はそのまま継承している。自分は都に留まって、都を追われた人間の身悶える「望郷」の心中を、「鬼」化させ、そうあらねば済まないものとして想像して復元するという叙述行為は、一種の加虐趣味である。崇徳院はこうして屠られた聖なる子羊となる。崇徳院へのそれは免罪符に似ている。その手続きの徹底が、鎌倉本の「西行白峰詣で」の次の場面である。

仁安三年の冬の比、西行と聞えし者の、諸国修行し行けるが、四国の遍路を巡見せしが為に、讃岐国へ渡り、弘法大師の聖跡、善通寺、曼陀羅寺、志度の道場など拝廻りける次に、彼御墓所へ参にけり。（中略）。

昔は十善万乗之主、輝二錦帳於北闕之月一。
今は懐土望郷之魂、混玉躰於南海之繕給。（繕ママ、浪カ）
払レ露尋レ跡、秋草泣添レ涙、
向レ嵐問レ君、老檜悲傷レ心。
仏儀不レ見、只見二朝雲夕月一、
法音不レ聞、只聞二松響鳥語一。
軒傾暁風猶危、甍破春雨難レ防。

昔今の御有様とかく思合るに、不覚の泪押へ難かりければ、かくぞ思つづけける。

よしや君昔の玉の床とてもかからむ後はなにゝかはせむ

対象に「懐土・望郷之魂」と呼びかける。慰める対象は徹底的に「懐土、望郷の魂」でなければならないのである。悲惨なのは、慰めを被るために、最後まで、徹底的に「懐土、望郷の魂」たらねばならない崇徳院の「魂」である。金刀比羅宮本『保元物語』もまたこの西行白峰詣での場面で、この鎌倉本の発想をしっかり継承している。

西行小硯を取出し、辺の松をけづりて書付ける。

昔十善万乗主、輝錦帳於北闕之月。

今懐土望郷魂、混玉躰於南海之浪。

（以下略、鎌倉本に同じ）

しかし、「異国の丘」の「魂」は「異国の丘」など歌いはしない。「望郷」の「郷」が「都」と同義となったときから、「都の戦後文学」は「望郷の歌」を先ず本人に歌わせ、続いて西行に反復させる。本稿に課題とする表現史は、単に出典考証を楽しむためではない。半井本の作者は『白氏文集』から表現は借りたが精神は写していないのではないか。白氏の「望郷の鬼」は、かつて出陣を拒否した翁が、戦場に駆り出されて戦の庭に白骨と化した故国の被害者たちの、悲惨を想像し再現し、再現することによって、読者に戦の実態の直視を迫る批判的思想を宿す。が、『保元』の崇徳院は、戦の立場上の張本人であり当事者である。『保元』では戦の当事者の口に入れて「望郷」を呻かせ、追いかけるように、当代随一の詩人をして「望郷の詩」をなぞらせる。目的は当事者の「呻き」の慰撫にあり、それは取りも直さず当事者としての桎梏からの解放を意味していよう。その意味で「望郷」は免罪符に似ている。典拠の場合と、似て非なるとはかかる現象であろう。

三　『平治物語』――頼朝の望郷とその表現

『平治物語』は源氏哀史の文学である。その中で『平治物語』という作品は、ただ一人あの頼朝にだけ「望郷」のこころを許している。そのことは、この作品の、あるいはこの作品にとって頼朝の存在の、どういうことを意味しているのだろうか。その問にはゆっくり答えるとして、先ずは頼朝の望郷の実情の確認から入ろう。頼朝伊豆流罪の場面である。

> 皆人はながさるるを嘆けども、兵衛佐は悦けり。理かな、きらるべき身がながさるれば。され共、都の余波、せんかたなし。所々に馬をひかへ、頻に跡をぞかへり見ける。内の蔵人にても有しかば、雲上のまじはりも思出給ふ。宮の司にてもありしかば、其余波もわすられず。「父にも母にも身をよせぬ（松平本―よしみおはせぬ）池殿に、たすけられ奉る。心ざしあつく、恩ふかき人をも、今は見奉らむ事、有難し」と思ひつづけて、敵陣の六波羅さへ、名残おしくぞ思はれける。
>
> 胡馬、北風に嘶ひ、越鳥、南枝に巣をかくる。畜類の無レ心だにも、故郷は忍ぶ心あり。
>
> ⑪東平王といひし人、旅にてはかなく成しかば、其塚上なる草も木も、故郷のかたへぞなびきける。
>
> ⑫遊子は神となりて、巷を過る人をまもり、杜宇は鳥となりて、旅なるものをかへれとなく。

これらは⑬長途に命をおとし、他郷に屍をとめしが、望郷の魂浮かれて、外土の恨をあらはししたぐひ也。兵衛佐が心も、さこそとおぼえて哀也。

（学習院大学蔵本『平治物語』下、寛永整版本の章段名「頼朝遠流の事、付けたり盛康夢合せの事」）（新日本古典文学大系）

その表現としては、先ず『将門記』に既出の「胡馬、北風に嘶ひ、越鳥、南枝に巣をかくる」を用いており、典拠の『文選』（二十九、古詩十九首の第一首）については先に指摘しておいたが、この語句は外にも『玉台新詠』（一、枚乗雑詩第三首）の句に同文があり、また『本朝文粋』（十三、慶滋保胤の願文）、『源氏物語』（「須磨」の『河海抄六』注）にも引かれるように、広く人口に膾炙した句である。よって新鮮味に乏しく、学習院本の『平治』はこれに新たに、⑪「東平王」の故事を持ち込み[6]、更にその上に⑫「遊子」[7]、「杜宇」[8]等々の典拠のある表現を多数投入して、⑬「長途に命をおとし」「他郷に屍をとめ」た「望郷の魂」「外土の恨をあらはししたぐひ」に思いを馳せる。典拠ある語句の投入は事柄の叙述の強調点でなされる。『平治』で都を後にしたのは頼朝だけではない。しかし作中で堂々と「望郷の念い」を表明してはばからないのは、否、この作品の中で、登場人物の心中に望郷に念いを宿させたのは頼朝だけであり、彼のその念いに「さこそとおぼえて哀也」との同情の言葉を添える。『保元』が崇徳院の望郷の物語であるとするなら、『平治』は本来は頼朝の望郷の物語であると解することができる。しかも事情も意味も異なるがともに都には帰らぬ人であった。

金刀比羅宮本『平治物語』では頼朝の望郷の表現は、

同三月十五日に、官人ども相具して、都をいで給ひけるが、粟田口に駒をとどめて、都の名残をおしまれけり。越鳥南枝に巣をくい、胡馬北風にいばへ、畜類なを故郷の名残をおしむ。いかにいはんや人間にをひてをや。人はみながさるるをばなげけども、兵衛佐殿はよろこび也。

（日本古典文学大系）

と、「越鳥南枝に巣をくい、胡馬北風にいばへ、畜類なを故郷の名残をおしむ」のみに簡略化され、「人はみながさるるをばなげけども、兵衛佐殿はよろこび也」が、せっかく述べられた頼朝の、都を後にする切々たる心情を帳消しにしてしまい、この章段の意図を後退させる結果を招来している。こういう点は金刀比羅宮本を達成本とする評価をためらわせるものがある。

四　『平家物語』――成親・康頼の望郷とその表現

平家物語は望郷の文学である。望郷の念いの表現において、この、一般的には軍記物語と呼ばれる作品の、内質の理解の変更を求めさえする。軍記の表現場面の中心が、戦闘場面にあると考えるなら、この作品が心情面において中心をおいているのは、必ずしも戦闘場面の叙述にはなく、むしろ多くの場合事後に展開する敗者たちの望郷の念いの吐露にこそ、あるいはそれらへの共感的叙述の内にこそこの作品の内核はあるかもしれない。

ところで、「望郷の念いの吐露」に焦点を絞ってこの物語の流れを把握するとき、前後に二つの大きな山のあることが分かる。前半の山場は鹿谷事件の結末部であり、後半の山場は都落ち後の平家一門の心情である。

始めに存分に望郷の念いの吐露を許される、鹿谷事件の結末を負う成親と康頼の場合から考察する。成親流罪の場面は次の通りである。延慶本の本文を使用する。

「サバカリ不便ニ思召レタリツル君ヲモ離レ奉リ給テ、少キ者共ヲ振捨テイズチトテユクラン。今一度都へ帰テ、妻子ヲ見ン事有ガタシ（中略）」ト、天ニ仰ギ地ニ臥テ、ヲメキ叫給ヘドモ甲斐ナシ。（中略）日数経ママニハ、都ノミ恋シク、跡ノ事ノミゾ穴倉思給ケル程ニ、備前小嶋ト云所ニ落着給ヘリ。（第一末廿一「成親卿流罪事、付ケタリ鳥羽殿ニテ御遊ノ事、成親備前国へ着ク事」）

ここには特に目新しい表現が持ち込まれているわけではないが、見てきた「都」「故郷」に加えて初めて「成親―望郷―妻子恋着」の構図が持ち込まれることになる。望郷の系譜における新展開は家族恋慕のモチーフの導入である。成親の側に宿るこの「望郷―妻子恋慕」の構図をそのまま引き継いで、物語は子の成経の父恋い物語を仕組み、ここに⑭「迦留大臣・燈台鬼」説話を持ち込む。

昔迦留大臣ト申ス人ヲハシキ。遣唐使ニシテ、異国ニ渡テ御ワシケルヲ、何ナル事カ有ケン、物イハヌ薬ヲクハセテ、五体ニ絵ヲ書テ、額ニ燈蓋ヲ打テ、燈台鬼ト名テ、火ヲトモス由聞ケレバ、其御子ニ弼宰相ト申ス人、万里ノ波ヲ凌ギ、他州ノ雲ヲ尋テ見給ケレバ、燈鬼涙ヲ流シテ、手ノ指ヲ食切テ、カクゾ書給ケル。

我是日本花京客　汝即同姓一宅人
為父為子前世契　隔山隔海恋情辛
経年流涙蓬蒿宿　遂日馳思蘭菊親
形破他州成燈鬼　争帰旧里棄斯身
（第一末廿五「迦留大臣之事」）

「迦留大臣・燈台鬼」は『宝物集』巻一に引かれ、或いは「天燈鬼」と題する建保三年（一二一五）の康弁作の木造彫刻が興福寺に現存している。「燈台鬼」は父子間の恩愛恋慕の説話である。鹿谷陰謀の結末部は、こうして成親の「妻子恋慕」から成経の「父恋い」へ、更には康頼の「望郷―母恋い」へと展開する。

康頼入道ハ日ニ添テ、都ノ恋サモナノメナラズ。中ニモ母ノ事ヲ思遣ニ、イトド無為方。
（第一末廿八「成経康頼俊寛等油黄嶋へ流サルル事」）

成経・康頼・俊寛の三人は同じように油黄嶋に流されるが、物語で「望郷の念い」を吐露することが出来るのは成経・康頼の二人で、俊寛はこの枠組みから外されている。

其時又不思議ノ瑞相出来タル。⑮コロハ秋ノ末ツ方ノ事ナレバ、タノムノ雁ノマレナルベキニハナケレドモ、東ノ方ヨリ雁三飛来テ、一ハ俄ニ谷ノ底へ飛入テ、又モミヘズ。今二ハ此人々ノ上ヨリ取返シテ、東ノ方へゾ飛帰ケル。康頼入道此ヲ見テ、

⑯白波ヤ立田ノ山ヲ今日越テ花ノ都ニ帰ルカリガネ
ト読テ、各立テ帰雁ヲ七度ヅツ礼拝シタリケリ。其上少将ハ、判官入道ヲモ七度礼シ給タリケレバ、入道、「此ハ何ニ」ト問奉ルニ、少将、「入道殿ノ御計ニテ、十五度ノ参詣モ遂ヌ。神ノ御利生ニテ再都ニ帰ラム事、併ラ入道殿ノ御恩ナルベシ」トテ泣給ヘバ、入道モ「穴哀ヤ」トテ泣ク。

（中略）

「（前半略）次ニ新宮ハ、是、本地東方ノ教主、浄瑠璃浄土ノ主也。十二大願成就ノ如来、衆病悉除ノ願、世ニ越エ玉ヘリ。憑シキ哉、伊王善逝、人間八苦ノ中ニハ、病苦尤モ勝レタリ。何ノ衆生カ病患ヲ受ケザル。誰家ニカ渇仰ノ頭ヲ傾ケザラム哉。悲シキ哉、聖照等ガ当時ノ心中、躰、更ニ身上ノ病患ニモ過ギタリ。願ハクハ、和光同塵ノ光、速ニ左遷流罪ノ闇ヲ照シマシマシテ、将ニ⑰故郷恋慕之胸ノ病ヲ助ケ玉フベシ。（後半略）」　（第一末卅「康頼本宮ニテ祭文ヲ読ム事」）


この場面は、後半はいわゆる「康頼祝詞」であるが、前半の題材は⑮「帰雁」である。望郷表現としてここに初めて「帰雁」が持ち込まれたのである。軍記物語と望郷のモチーフにおける「蘇武」との出会いと言えるが、ここではまだ「蘇武説話」そのものには届かない。延慶本では三羽の雁が飛来し、その内の一羽が谷底に落下して姿を消し、残る二羽が東に飛び帰るという、俊寛悲劇の予告として仕組まれている。この後に「祭文」が置かれるが、彼ら二人の帰洛は既に雁によって予告されている。

次に持ち込まれる「望郷表現」は⑯「花ノ都」そして⑰「故郷恋慕之胸ノ病」で、「花ノ都」はこ

の後「福原落ち」でも

平家ハ保元ノ春ノ花ト栄シカド、寿永ノ秋ノモミジトナリハテテ、花ノ都ヲ散々ニ、月ト共ニゾ出ニケル。

と叙される歌語表現で、勅撰和歌集では初出が『後拾遺』の五首という、本来は都賛美の表現である。『平家』では望郷と回想の詩句として活用されることになる。ちなみに『後拾遺』の歌は上東門院中将の「長楽寺に侍りける頃」に始まる詞書をもつ

にほふらん花の都の恋ひしくてをるにもの憂き山桜かな

に初登場で、『金葉集』では二首、『詞花集』では一首、『千載集』一首、『新古今集』一首と細々と続くのは、平安京という「花の都」の全盛から衰退への移行を暗示するがごとくである。軍記物語では慈光寺本『承久記』の順徳院の長歌に継承されるが、この方は後に触れることにする。

⑰「故郷恋慕之胸ノ病」は国会図書館本『浦嶋子伝』に「故郷之恋慕」と見えるがこれに「胸ノ病」が加わる表現の先例は未詳である。

二人の祈願物語はここから、

楢ノ葉ノ二、康頼入道ガ膝ニ散リカカリタリケルガ、虫ノクヒタル姿ニテ、アヤシカリケレバ、入道是ヲ取リテ打返シ打返シヨクヨクミルニ、文字ノスガタニゾ見ナヒタル。一ニハ「帰雁二」ト虫食ヒタリ。「アラ不思議ノ事ヤ」ト思テ、少将ニ見セ奉リケルニ、「ゲニ不思議ノ事哉」トテ

居タルニ、今一ヲ取テ見ルニ、是モ又文字ノ躰ト見成シテ、「是御覧候へ」トテ少将ニ奉ルニ、一首ノ歌ニテゾ有リケル。

チハヤブル神ニ祈ノシゲケレバナドカ都へ帰ラザルベキ

余ニ思事ハ、カク程ナク叶ケルモ哀也。（第一末卅一「康頼ガ歌都へ伝ル事」）

（卒都婆流し―略）

へと接続して、再び「帰雁」の予兆が、今度は「虫食い楢の葉」による予言へと展開する。物語はこうして「蘇武説話」の全体を呼び込み、⑱「王昭君」⑲「李陵」⑳「蘇武」の三人の主役のそれぞれの「望郷」の念を切々と叙する。

⑱「王昭君」―帝京ヲ離テ謫居シテ、徒ニ胡城ニ臥セル夜ハ、昔ノ事ヲ夢ニ見ル。夢ニ泣ケル涙ハ、闌干トシテ色深シ。楓葉荻花ノ風ノ音、索々トシテ身ニシミ、遠波曲江ノ月ノ影、茫々トシテ心澄ム。五陵ノ時ヨリ翫ビ、手ナレシ琵琶ニタヅサヒテ、泣ヨリ外ノ事ナシ。家留リテハ空ク漢ノ荒門トナリ、身ハ化シテ徒ニ胡ノ朽骨トナラム事ヲ、朝夕嘆給キ。

⑲「李陵」―故郷ヲ隔テ、只異類ヲノミ見ル事ノ悲キ。

⑳「蘇武」―大将軍ヲ始トシテ、宗トノ者卅余人生捕ラレヌ。蘇武其内ナリケレバ、皆片足ヲゾ折ラレケル。即死スル者モアリ。又二三日四五日ニ死スル者モアリ。或ハ甲斐ナキ命生テ、年月ヲ送ル者モアリ。古京ノ妻子ノ恋キ事、日夜旦暮ニ忘ズ。――秋ノ田面ノ雁モ、他国ニ飛行ケド

モ、春ハ越地ニ帰ル習アリ。是ハイツヲ期スルトシナケレバ、只泣ヨリ外ノ事ナシ。
帰ル雁隔ル雲ノ余波マデ同ジ跡ヲゾ思ツラネシ
――イカニモシテ胡王単干ヲ滅シテ、古京へ帰ラムト思ヘドモ、力及バズ過シケリ。
――蘇武ハ胡国ニ入テ、賓雁ニ書ヲ繋テ、再ビ林苑ノ花ヲ翫ビ、康頼ハ小嶋ニ栖テ、蒼波ニ歌ヲ流テ、遂ニ故郷ノ月ヲ見ル。彼ハ漢明ノ胡国、是ハ我国ノ油黄、彼ハ唐国ノ風儀ニテ思ヲ述ル詩ヲアヤツリ、是ハ本朝ノ源流ニテ、心ヲ養フ歌ヲ詠ズ。彼ハ雁ノ翅ノ一筆ノ跡、是ハ卒都婆ノ銘ノ二首ノ歌。彼ハ雲路ヲ通ヒ、是ハ浪ノ上ヲ伝フ。彼ハ十九年ノ春秋ヲ送リ迎ヘ、是ハ三ケ年ノ夢路ノ眠リ覚タリ。李陵ハ胡国ニ留リ、俊寛ハ小嶋ニ朽ヌ。上古末代ハカハリ、境ヒ遼遠ハ隔レドモ、思心ハ一ニシテ、哀ハ同ジ哀也。（第一末卅二「漢王ノ使ニ蘇武ヲ胡国へ遣ハサルル事」）

延慶本の類比では、李陵—俊寛、蘇武—康頼の構図を描き、今成氏は早くに平家物語の蘇武の人物像を、〈辛苦〉〈持節〉〈智謀〉から〈望郷〉〈恩愛〉のモチーフへ変質と読み解かれる[9]。いずれにしても、『平家』は俊寛に「望郷」を持ち込まない。最も「望郷」に追い込まれてしかるべき俊寛に、『平家』の作者たちは、「望郷」の念いの吐露を認めないのである。この意味で『平家』の作者は俊寛に極めて残酷である。

延慶本には第一末卅六・卅七に崇徳院の望郷と西行の白峰訪問譚が入るが、鎌倉本『保元物語』と同文関係に立ち、既に詳述したのでこれを省略する。また頼朝挙兵に接続して、「忘恩」のモチーフ

を前提に「燕丹説話」が引かれ、

燕丹、八十ニ余ル老母ヲ見ムト思志深カリケレバ、始皇ニ暇ヲ乞フ。始皇、嘲テ曰ク、「烏頭白ク成リ、馬ニ角生ヒタラン時、汝帰ラム時ト知レ」ト曰ケレバ、（第二中卅六「燕丹之亡ビシ事」）

という奇瑞が語られる。更に「北陸合戦」に接続して「折臂翁」が引かれる。

昔、天宝ニ兵ヲ徴ス。駈向テ何ノ処ニカヤル。五月万里ノ雲南ニ行ク。彼ノ雲南ニ瀘水アリ。大軍歩ヨリ渡ル時、水湯ノ如シ。未ダ戦ワザルニ、十人ガ二三ハ死ヌ。村南村北ニ哭スル声悲シ。児ハ娜嬢ニ別レ、夫ハ妻子ニ別ル。前後蛮ニ征クモノ、千万ニ一人モ返ラズ。新豊県、雲南ノ征戦ヲ怖レツツ、歳廿四、夜深ケ人定テ後、自ラ大石ヲ抱、臂ヲ鎚折リキ。弓ヲ引キ、旗ヲアグルニ共ニタエズ。右ノ臂ハ肩ニアリ、左ノ臂ハ折レタリト云ヘドモ、是ヨリハジメテ雲南ニ征事ヲ免カレヌ。シバラク郷土ニ帰ム事ヲエラビ、退ケラルルトイヘドモ、骨砕ケ筋傷レテ、悲シカラズト云事ナシ。

サレドモ、臂折レテヨリ以来六十年、一支ハ廃レタリト云ヘドモ、一ノ身ハ全シ。今ニ至ルマデ、風吹キ、雨降リ、陰リ塞ル夜ハ、天ノ明ルマデ痛ミテ睡ラズ。痛テ睡ラザレドモ終ニ悔ズ。喜ブ所ハ老身也。当初ミ、雲南ニ征マシカバ、彼ノ瀘水ニ没シテ、雲南望郷ノ鬼ト作テ、万人塚ノ上ニ哭クコト幼々トゾアラマシ。ヨワイ八十八、首ハ雪ニ似タリト云ヘドモ、玄孫ニ扶ケラレテ、店ノ前ニ向テ行ク命アリケレバ、カカル事ニモ遭ヘリケルニヤ。

一枝ヲヲラズハイカニ桜花八十余リノ春ニアハマシ

平家今度（北陸合戦）シカルベキ侍共、カズヲツクシテ下シツカワス。其外諸国ヨリモ馳向タル兵、幾千万ト云事ヲ知ラズ。行キテ再ビ帰ラズ、谷一ヲウメテケリ。サレバ、彼ノ雲南万里ノ瀘水ニ違ハザリケル物ヲヤト哀也。（第三末十四「雲南瀘水事、付ケタリ折臂翁事」）

「雲南望郷ノ鬼」（白楽天の「新豊折臂翁」）は『保元物語』で取り上げたのでここでは再論をひかえる。(10)

五　『平家物語』――一門都落に始まる望郷の叙情表現

平家ハ、或ハ磯辺ノ波ノ浮枕、八重ノ塩路ニ日ヲ経ツツ、船ニ棹ス人モアリ。（中略）男山ヲ伏シ拝テハ、「南無八幡大菩薩、今一度都へ帰シ入給へ」トゾ泣泣申シケル。誠ニ故郷ヲバ一片ノ煙ニ隔テ、前途万里ノ浪ヲワケ、何ニ落付給ベシトモナク、アクガレオチ給ケム心ノ中ドモ、サコソハ有ケメトヲシハカラレテ哀也。（第三末廿八「筑後守貞能都へ帰リ登ル事」）

「故郷ヲバ一片ノ煙ニ隔テ」はこれより常套句として平家の人々の念いの表現となり、

「忠度今ハ西海ノ浪ニ沈トモ、此世ニ思置事候ワズ。サラバ入セ給へ」トテ、涙ヲノゴイテ帰ニケリ。俊成卿感涙ヲヲサへテ内へ帰入テ、灯ノ本ニテ彼巻物ヲ見ラレケレバ、秀歌共ノ中ニ、(21)「古京ノ花」ト云題ヲ、

サザナミヤシガノミヤコハアレニシヲムカシナガラノ山ザクラカナ

（第三末廿九「薩摩守道ヨリ返テ俊成卿ニ相給事」）

では、初めて㉑「古京ノ花」という表現を持ち込んで、

人はいさ心も知らず古里は花ぞ昔の香ににほひける――――『古今集』紀　貫之

故郷は花こそいとど忍ばるれ散りぬるのちは訪ふ人もなし―『千載集』藤原基俊

に通う叙情を誘って、先ず忠度の西海漂流における古里志向の情を形象する。二人目に呼び出されるのは経正である。

「（経正）今日都ヲ罷出デ候テ、西鎮ノ旅泊ニ漂ヒ、八重ノ塩路ヲ漕隔候ナム後ハ、帰京其期ヲ知ラズ（以下略）」　（第三末卅一「経正仁和寺ノ五宮御所ヘ参ズル事、付ケタリ青山ト云琵琶ノ由来事」）

「帰京其期ヲ知ラズ」は初出未検索であるが、特に典拠のある表現とは言えないであろう。忠度の「西海ノ浪」、経正の「西鎮ノ旅泊」「八重ノ塩路」は、これより開始される一門の漂白の行程を先取りして、思郷の情を拡幅している。

誠ニシバシト思旅ダニモ、別ハ哀レナルゾカシ。是ハ心ナラズ立別、都ニ捨置所ノ妻子モオボツカナク、住ナレシ宿モ恋ケレバ、若モ老タルモ、後ヘトノミ見カヘリ、先ヘハ進ザリケリ。（中略）平家ハ保元ノ春ノ花ト栄シカド、寿永ノ秋ノモミジトナリハテテ、花ノ都ヲ散々ニ、月ト共ニゾ出ニケル。八条ノ蓬壺、六波羅ノ蓮府等、風塵ヲアゲ、煙雲焰ヲワケリ。竜頭鷁首ヲ海中ニ浮テ、波ノ上ノ行宮閑ナラズ。磯辺ノ躑躅ノ紅ハ、袖ノ露ヨリサクカト疑ヒ、五月ノ苔ノ雫ハ、

古郷ノ簷ノシノブニ謬マタル。月ヲ浸ス湖ノ深キ愁ニ沈ミ、霜ヲ負ヘルアシノハノ脆キ命ヲ悲ム。洲崎ニ騒グ千鳥ノ声ハ、暁ノ恨ヲソヘ、旅泊ニカカル梶ノ音、夜半ニ心ヲ傷ム。白鷺ノ遠樹ニ群居ヲ見テハ、夷ノ旗ヲ靡スカト疑ヒ、夜雁ノ遼海ニ鳴ヲ聞テハ、又兵ノ船ヲ漕カトオドロク。青嵐膚ヲ破テ、翠黛紅顔ノ粧ヒ漸ク衰ヘ、蒼波ニ眼ヲ穿テ、㉒懐土望郷ノ涙抑タガタシ。須磨明石ハ名ヲ得タル名所ナレバ、水益ノ船、司天ノ月ヲ穿ツ。㉓菅家昔被遷鎮西へ給時、一句ノ詩ヲ詠ジテ其志ヲ顕シ、㉔源氏ノ大将ノ駅ノ長ニ孔子ヲ待ケムマデモ思遣レテ、人々感涙難押。

（第三末卅二「平家福原ニ一夜宿事、付ケタリ経盛ノ事」）

ここでの初出の表現は、㉒「懐土望郷ノ涙」㉓「菅家一句ノ詩」（「駅長驚くことなかれ、時の変改、一栄一落は是春秋」『菅家後集』巻第十三、『大鏡』第二巻、時平の条）㉔「源氏ノ大将ノ駅ノ長ニ孔子ヲ待ケムマデモ思遣レテ」（「むまやの長に、口詩とらする人もありけるを、まして、おちとまりぬべくなむ、（五節は）思ひける」『源氏物語』「須磨」）である。「波ノ上ノ行宮」「磯辺ノ躑躅」「洲崎ニ騒グ千鳥」「旅泊ニカカル梶ノ音」等々はいずれも瀬戸内漂泊に不可欠の歌語的常套句の投入であり、一門の人々をして思郷へと駆り立てる舞台装置である。

（八月）十七日、平家ハ露ノ命ヲ待チ、船ニ棹指テ、何クト定ネドモ、多ノ海山隔テ、都ニ雲居ノ四方トナル。在原業平ガ染殿后ニ名ヲ立テ、東ノ方へ流サルトテ、㉕角田河ノ辺ニテ、都鳥ニ見合ツツ、

名ニシヲハバイザ事問ハム都鳥我思フ人有ヤ無ヤト（略）
旧都ヲ思出テ、修理大夫経盛カクゾ詠給ケル。
スミナレシ古キ都ノ恋シサハ神モ昔ヲ忘給ワジ（第四・五「平家ノ人々安楽寺ニ詣デ給フ事」）

㉕『伊勢物語』「角田河―都鳥」による「旧都恋慕」はここで初めて登場する。和歌的、物語的用語による「望郷表現」は、軍記史の流れの上では、こうして平家都落ち以降に活用されることになる。それ以前はもっぱら漢詩的漢文的用語が主流であった訳である。

サレバ経盛、㉖昔ノ御事ヲ思出シ奉テ、「フルキ都ノ恋サハ」ト詠メ給ケルナルベシ。（第四・六「安楽寺由来ノ事、付ケタリ霊験無双ノ事」）

㉖「昔ノ御事」即ち「北野天神の出来事」も先の「菅家一句ノ詩」と共に、軍記作者たちによってようやくに想起された道真の「望郷」である。

（山鹿城にて）

サルホドニ九月中旬ニモ成リニケリ。深行秋ノ哀ハ何ニモト云乍、旅空ハ忍難ニ、海辺旅泊珍シクゾ覚ケル。海人ノ苫屋ニ立煙、雲居ニ昇ル面影、朝マノ風モ身ニシム心地シテ、我カラ音ヲゾ泣カレケル。十三夜ハ名ヲ得ル月ナレドモ、殊ニ今宵ハサヤケクテ、都ノ恋サモ強ナリケレバ、各一所ニ指ツドヒテ、詠ジ給ケル中ニ、薩摩守カクゾ詠ジケル。

月ヲ見シ去年ノ今宵ノ友ノミヤ都ニ我ヲ思出ラム（忠度）

恋シトヨ去年ノ今宵ノヨモスガラ月見シトモノ思出ラレテ（経盛）
君スメバ是モ雲居ノ月ナレド猶恋キハ都ナリケリ（時忠）
名ニシ負フ秋ノ半バモ過ヌベシイツヨリ露ノ霜ニ替ラム（行盛）
ウチトケテネラレザリケリ梶枕今宵ゾ月ノ行ヘミムトテ（大臣殿）
（豊前国柳にて）
サリトモト思フ心モ虫ノ音モヨワリハテヌル秋ノユフグレ（大臣殿）
都ナル九重ノ内恋クハ柳ノ御所ヲ春ヨリテミヨ（忠度）
（第四・十二「尾形三郎平家於九国中ヲ追出事」）

これらは一門の人々が和歌に心情を託した望郷表現である。[11] 和歌的表現に際しては特に典拠ある表現を持ち込むことはしていない。追い詰められた平家を最後に待ち受けた壇ノ浦合戦を叙述して、作者は再び中国の詩文に依拠して状況を批評的に再現する。

元暦二年ノ春ノ暮、何ナル年月ナレバ、一人海中ニ沈給ヒ、百官波上ニ浮ラン。一門ノ名将ハ千万ノ軍俗ニ囚レ、国母采女ハ東夷西戎ノ手ニ懸テ、各ノ故郷ヘ帰サレケン、心ノ中コソ悲シケレ。㉗買臣ガ故郷ニハ錦ノ袴ヲ着ヌ事ヲ嘆キ、昭君ガ旧里ニハ再帰ラン事ヲ喜ブ。思合ラレテ哀也。
（第六本十六「平家男女多ク生虜ラルル事」）

㉗「買臣ガ故郷ニハ錦ノ袴ヲ着ヌ事ヲ嘆キ」（『漢書』朱買臣伝、「富貴にして故郷に帰らざるは繡を衣て

夜行くが如し」『唐物語』）と、既出の「王昭君」を平家に当てはめている。生存者たちは上洛の途上、明石浦にて和歌を詠ずる。帥典侍、大納言典侍の和歌を収めて、

故郷へ帰リタリトテモ、空キ跡ノミ涙ニ咽ム事モ心憂シ。只ココニテイカニモナリナバヤトゾ思食ケル。

都モ近クナルママニ、ウカリシ波ノ上ノ古里、雲居ノヨソニナリハテテ、ソコハカトモミヘワカズ。（第六本十七「安徳天皇事、付ケタリ生虜共京ニ上ル事」）

との感慨を吐露し[12]、関東下向の宗盛父子は、

尾張国熱田宮ニモ着レニケリ。此ノ明神ハ昔景行天皇ノ御代ニ、此砌ニアト垂給ヘリ。一条院御宇、㉘大江匡衡ト云博士、長保ノ末ニ当国守ニテ下タリケルニ、大般若経書写シテ、此宮ニテ、供養ヲ遂ケル願文ニ、

「我願既［已］満、任限亦足［満］、欲帰故郷其［之］期（今）不幾」ト書タリケン事マデ思連ラレ給テ、鳴海潟ニモ懸ヌレバ、磯部ノ波袖ヲヌラシ、友無千鳥音信ワタリテ、二村山ヲモ打過、三河国八橋渡リ給ニ、㉙「在原ノ業平ガ杜若ノ歌ヲ読タリケルニ、皆人干飯ノ上ニ涙ヲ落ケル所ニコソ」ト思合ラレ給ニモ、尽ヌ物ハ御涙計也。（第六本卅「大臣殿父子関東へ下給事」）

と㉘「大江匡衡の願文」（寛弘元年十月十四日「於尾張国熱田社、供養大般若経願文」）や㉙『伊勢物語』

（業平・八橋・杜若）に依拠して故郷への思いを語り、

本三位中将ヲバ、南都ノ大衆ノ中ニ出シテ、頸ヲ切テ奈良坂ニ係ベシトテ、源三位入道子息、蔵人大夫頼兼ガウケタマハリニテ具シテ上ラル。「京ヘハ入奉ルベカラズ」トテ、醍醐路ヲスジカエニ南都ヘオワシケルニ、サスガニ故郷モ恋クテ、遥ニ都ヲ見亘テ涙グミテ、木幡山ノ手向ヘ打出トシ給ヘル所ニテ、三位中将、守護ノ武士ニ宣ケルハ

（第六本卅五「重衡卿日野ノ北方ノ許ニ行事」）

と、重衡の故郷への思いを叙し、物語は最後近くで建礼門院の、

「（六道語りの第五・地獄道）（大宰府落ちのくだり）平大納言時忠卿ト門脇宰相教盛ト二人計ゾ、直衣ニ矢負テ供奉セラレタリシ。陸ヨリ夜中ニ筥崎津トカヤニ行シ程ニ、折節降雨イトハゲシク、吹風モ砂ヲ上ル計也。白鷺ノ遠樹ニ群居ヲ見テハ、夷ノ旗ヲ靡カトアヤシミ、夜鷹ノ遼海ニ鳴ヲ聞テハ、兵ノ船ヲコグカト驚ク。青嵐膚ヲ破リ、白波魂ヲ消ス。翠黛紅顔ノ粧漸ク衰ヘ、蒼波ニ恨受テ、懐土望郷ノ涙弁ヘガタシ。（中略）

昔、右大臣ノ都ヲ出サセ給テ、西海ニ趣キ給トテ、都ノ跡ヲ思出テ、

㉚東風吹バ匂ヲコセヨ梅ノ花アルジナシトテ春ナワスレソ

去年今夜侍清涼　　秋思詩篇独断腸

ト詠ゼラル。王昭君ガ王宮ヲ出テ、胡国ニ趣テ十九年マデ嘆ケムモ、我身ニテコソ思知ラレ侍レ。

捨ガタカリシ都へ再立帰タレドモ昔ノ様ニ不覚。七世之里ニ帰リケム人モカクヤ便無侍ケム。弓削ノ以言ガ伊予国ヨリ帰リテ、都ノイタク荒レニケルヲ見テ、

青衫昔見猶花麗　白首今帰蓋黍籬

ト書タリケムモ、理ト覚テ、既浦島ガ子ノ箱ノ様ニ明晩ハ悔ク覚侍テ（以下略）」

（第六末廿五「法皇小原へ御幸成ル事」）

という長大な述懐を投入して、「懐土望郷ノ涙」㉚「菅家―東風吹バ」と「去年今夜」「王昭君―建礼門院」「浦島ガ子、七世之里」「弓削ノ以言、伊予国ヨリ帰リ―青衫昔」（『宝物集』―都の荒廃を嘆く、『詩経』）と、かなり多面的な引用語句を用いて、流離の日々の心を展開する。

平家物語は巻七の平家都落ちを境に、望郷の思いはそれ以前の漢詩文から和歌・物語の表現へと移行し、作品の特質もまた叙事から叙情へと質的転換を遂げることになる。また望郷の許される人々も、初めに「平家」と全体を指定して、続くは忠度・経正・経盛・時忠・知盛・師典侍・大納言典侍・宗盛・重衡・建礼門院と、主要メンバーはほぼ総出となる。和歌や物語表現を借りた彼らの望郷の念いの吐露は、作者たちが都にあって想像した瀬戸内流離の日々の平家の人々の心中であり、帰郷後の生存者たちの折りに触れて漏らした感懐に形を付与したものに違いない。現地で詠まれたという和歌も、多くは既製の和歌の改作で、実作と言えるものは少ないであろう。物語の作者は、望郷の心情を作成して彼らの心に押し込み、望郷に苛まれる平家の人々を叙することによって、過ぎ去った戦が何であ

ったかを痛切に認識したのである。戦は人々に故郷喪失を齎し、人々をして望郷の餓鬼と化す。第二次世界大戦から半世紀を経た現代にも、なお世界の各地に展開する武器を握る戦争は、人間に故郷喪失を齎し、人々をして望郷の餓鬼と化す。軍記文学としての平家物語が、叙事から叙情への質的転換を図りつつ、この悲惨を見落とすことなく、余すところなく語る姿勢は、この作品の主要な特性の一つとして認識されてよいであろう。

六　慈光寺本『承久記』における後鳥羽院の望郷の念いとその表現

慈光寺本『承久記』はその性格が十分に解明されたものとして読むことのできる作品ではない。よって、盛り込まれている題材や表現に、いろいろな角度から考察を加えて、作者の、作中事件や人物に対する評価や心情をあぶり出すという手続きは、その性格を割り出すために当面必要な作業であろう。その一つとして、作中人物の「望郷の念いとその表現」に焦点を絞って、作者が登場人物の誰々に「望郷」を許したか、その「念い」はそれぞれにどのような質の表現に塗り込められてあるか、それらはまた作者の彼らに対する共感度測定材料たりえるか、本書第Ⅱ章と重複するところもあるが、そうした課題を控えつつ観察を始めてみたい。

『承久記』第一の敗者は後鳥羽院である。院方と幕府方の合戦の決着が着いた時、入京した嫡男北条泰時から、後鳥羽院とその宮たちの処遇を問われて、鎌倉の北条義時は「サテ、本院（後鳥羽院）

ヲバ、同王土トイヘドモ、遥ニ離レタル隠岐国へ流シマヰラスベシ」「宮々（六条宮雅成親王と冷泉宮頼仁親王）ヲバ武蔵守（北条泰時）計ヒテ流シマヰラスベシ」と京へ返書を書き送っている。後鳥羽院とその子息の宮たちを「流ス」、すなわち「流罪」の判決がいとも簡単に下されたのである。保元の乱の敗者崇徳院の讃岐国配流の前例を踏襲して、しかも「中流」から「遠流」にこれを切り替えたのである。「遥ニ離タル隠岐国へ」にその判決の重さが滲み出ている。「流シマヰラスベシ」と謙譲語を使用している。

父泰時と共に入京していた、時に十九歳（本文では十七歳に設定）の嫡男北条時氏には、これを実行に移す使命が課された。後鳥羽院の滞在する鳥羽殿にやって来ると、

物具シナガラ南殿へ参給ヒ、弓ノウラハズニテ御前御簾ヲカキ揚テ、「君ハ流罪セサセオハシマス。トクトク出サセオハシマセ」ト責メ申ス声、気色、閻魔ノ使ニコトナラズ。院、トモカクモ御返事ナカリケリ。

と、臆する事なく「流罪」を通告し、都からの即刻退去の命を下している。応答のない院に、武蔵太郎（時氏）は再び、

重ネテ申サレケルハ、「イカニ宣旨ハ下リ候ヌヤラム。猶謀反ノ衆ヲ引籠テマシマスカ。トクトク出サセオハシマセ」ト責メ申シケレバ、今度ハ勅答アリ。

と迫り、後鳥羽院の応答を引き出すことに成功する。後鳥羽院が初めて「都ヲ出」るということを口

にする場面である。

「今、我報ニテ、争カ謀反ノ者引キ籠ムベキ。但、麻呂ガ都ヲ出ナバ、宮々ニハナレマヰラセン事コソ悲シケレ」

後鳥羽院の言葉直接引かれて、「都ヲ出」ることについての最初に訴えた悲しみは、「宮々」との別れである。就中、最愛の「伊王左衛門能茂」との最後の面会を所望し、この所望を若き時氏は後鳥羽院のする「都」での最後の「宣旨」として許容したいと父泰時に仲介の労を執り、剃髪の「伊王左衛門」が後鳥羽院に見えることになる。伊王に接して後鳥羽院の言葉が再び引かれて、

「出家シテケルナ。我モ今ハサマカヘン」

との決断へと事態は進展する。能茂の出家姿が後鳥羽院の出家の動機づけに働く。「替リハテヌル御姿、我床シトヤ思シ召サレケン」という文は後鳥羽院の心内の作者の推察で、似絵の名手藤原信実を召して肖像画を描かせることになる。

御覧ズルニ、影鏡ナラネドモ、口惜シク、衰ヘテ長キ命ナルベシ。

この一文は、自らの肖像画を見た後鳥羽院の心内語のようではあるが、「影鏡ナラネドモ、口惜シク」は作者の目から見た後鳥羽院の心内で、「衰ヘテ長キ命ナルベシ」は結局作者からの突き放した感想になっている。

後鳥羽院の道行きは「四方ノ逆輿ニノセ」「伊王左衛門入道」を御供にして、女房三人、「何所ニテ

モ御命尽キサセマシマサン料トテ、聖ゾ一人召シ具セラレケル」とある。幕府方は道中の死亡をも予測したのである。当人は「今一度、広瀬殿ヲ見バヤ」と所望したが勿論聞き入れられず、水無瀬の離宮にも立ち寄ることなく、場面は明石、播磨国となり、海老名兵衛から途中、伯耆国の金持兵衛にリレーされて出雲国の大浜浦から出帆となる。「道スガラノ御ナヤミサヘ有リケレバ、御心中イカガ思食シツヅケケム」とある。道中の健康は優れなかったので、作者はまたしてもその心内を推し量ろうとする。ここで医師仲成（長成）が入道して同行していたことが明かされる。

　　哀、都ニテハ、カカル浪風ハ聞ザリシニ、哀ニ思食レテ、イトド御心細ク御袖ヲ絞リテ、

　　都ヨリ吹クル風モナキモノヲ沖ウツ波ゾ常ニ問ヒケル

伊王左衛門、

　　スズ鴨ノ身トモ我コソ成リヌラメ波ノ上ニテ世ヲスゴス哉

後鳥羽院の心内はここでも「哀、都ニテハ、カカル浪風ハ聞ザリシニ」と叙述主体の不明確な表現で把握され、「哀ニ思食レテ」とここで「思召」という敬語が入り、「イトド御心細ク御袖ヲ絞リテ」と「絞ル」には敬語がなく、「都ヨリ吹クル」の和歌となる。「都ヨリ吹クル風」は、都を離れた後鳥羽院の初めての、そしてただ一回だけ許された望郷の念いの吐露である。後鳥羽院にとっての「望郷」は文字通り「都」であった。しかし慈光寺本は新しい表現を開発することには全く意を注いではいない。

先に剃髪した伊王左衛門能茂が後鳥羽院に同道を許されていたことは、「スズ鴨ノ」の歌の併記によって読者には初めて分かる。新大系本でこの後十三頁続くが、後鳥羽院のその後が叙述されることはない。隠岐到着の後鳥羽院は勿論出てこない。後鳥羽院関係の最後の記事は、

御母七条院へ此御歌ドモヲ参セ給へバ、女院ノ御返シニハ、

神風ヤ今一度ハ吹カヘセミモスソ河ノ流タへズハ

の和歌による応答のみである。「神風」を持ち出す発想は、武力でもなく、政治力でもなく、超現実の発想による院の帰還願望であって、実作であるか否かは別として、後鳥羽院宮廷全体の日頃の思考法の現れと読むことが出来る。

古活字本『承久記』の場面増幅の問題は、慈光寺本『承久記』の後鳥羽院描出の問題から逸れることになるが、『承久記』の「望郷の念」という観点からはどうしても触れておく必要があるので、取り上げておく。鳥羽殿への移送の場面で、「弓ノハズニテ御車ノ簾」を掲げた描写に続いて、

射山、仙宮ノ玉ノ床ヲサガリ、九重ノ内、今日ヲ限ト思シ召ス、叡慮ノ程コソヲソロシケレ。東洞院ヲ下リニ御幸ナル。朝夕ナリシ七条殿ノ軒端モ、今ハヨソニ御覧ゼラル。

慈光寺本でみ「都」を離れる感慨は宮たちとの別離の嘆きとして叙述されたが、古活字本は「九重ノ内」との別れの歎きを増幅し、母七条殿への恋慕の念いを加えている。

サテ播磨国明石ニ著セ給テ、「ココハ何クゾ」ト御尋アリ。「明石ノ浦」ト申シケレバ、

都ヲバクラ闇ニコソ出シカド月ハ明石ノ浦ニ来ニケリ

又、白拍子ノ亀菊殿、

月影ハサコソ明石ノ浦ナレド雲居ノ秋ゾ猶モコヒシキ

美作ト伯耆トノ中山ヲ越サセ給フトテ、向ノ岸ニホソミチ有。「何クヘ通フ道ゾ」ト御尋有ケレバ、「都ヘ通フ古キ道ニテ」ト申ケレバ、

都人タレ踏ソメテ通ヒケン向ノ路ノナツカシキカナ

慈光寺本に「女房三人」とあった一人として「白拍子亀菊殿」が設定される。後鳥羽院の和歌では、「都ヲバ」「都人」と重ねて「都」が歌われ、「都ヘ通フ古キ道」という新しい表現が持ち込まれて、流人となった後鳥羽院の念いがひたすらに「都」にあったと叙述される。しかし全体の流れから見ると、『承久記』は事件の中心人物であったはずの後鳥羽院の望郷の念いには、叙述面では改作過程の最後まで冷淡である。この物語の発生の経緯にかかわる現象と言えよう。

七　『承久記』の土御門院配流と順徳院の望郷の念い

後鳥羽院の第三皇子として、兄土御門天皇の位を奪うように皇位に就いた順徳院は、承久の乱直前に皇位を実子、後の九条廃帝に譲って父の挙兵に全面的に同調したが、慈光寺本の順徳を描く描き方には謎がある。土御門の母は源通親の養女在子（承明門院）で、順徳の母は藤原範季の娘重子（修明

門院）である。順徳に入る前に、土御門配流の記事に目を通しておこう。

十月十日、中院ヲバ土佐国畑ト云フ所ヘ流シマイラス。御車寄ニハ大納言定通卿、御供ニハ女房四人、殿上人ニハ少将雅俊、侍従俊平ゾ参リ給ヒケル。心モ詞モ及バザリシ事ドモナリ。此君ノ御末ノ様見奉ルニ、天照大神、正八幡モイカニイタハシク見奉リ給ヒケム。

土御門配流記事はこれで総てである。本人の心情には言及ぜず、作者の心情として「心モ詞モ及バザリシ事ドモナリ」とある。「此君ノ御末ノ様見奉ルニ、天照大神、正八幡モイカニイタハシク見奉リ給ヒケム」については解釈が、土御門上皇の晩年の不遇説と、土御門の皇子後嵯峨天皇即位説とに分かれ、新大系の脚注でも両説を掲げている。解釈の決め手を作品の中から引き出すことは難しい。

但し、古活字本『承久記』がこの記事を巻末直前に移動させ、随行者に続けて、慈光寺本の「心モ詞モ及バザリシ事ドモナリ」が無くてその代わりに「御道スガラモ哀ナル御事共多カリケリ」と述べて、以下に長文を増幅している。その一端を引く。

須磨、明石ノ夜ノ波ノ音、高砂、尾上ノ暁ノ鹿ノ声、神無月十日余ノ事ナレバ、木々ノ梢、野辺ノ叢、霜枯行ク気色ナルニ、御袖ノ上ニハ秋ヲ残シテ露深シ。

道行きの情景文である。この文は配流地に下る土御門の心情を美文に託したものである。続けて、

讃岐ノ八島ヲ御覧ズレバ、安徳天皇ノ御事ヲ思シ召シ出サレ、松山ヲ御覧ジテハ、崇徳院御事押シ計ラセ給ヒテ、何事ニツケテモ、今ハ御身一ツノ御事ニ思シ召シ沈マセ給フゾ哀ナル。

とあって、「何事ニツケテモ、今ハ御身一ツノ御事」と、瀬戸内を下った二人、安徳と崇徳の運命を我が身に引き付けて想起している。これより、一旦は土佐国に入り、「御栖居チイサキ由申セバ、阿波国へ移ラセ給フ程ニ」両国の境で大雪に遭遇する。ここで和歌が先ず一首詠まれている。

浮世ニハカカレトテコソ生マレケメ理リシラヌ我涙カナ

『続古今集』や『増鏡』にも見える歌である。やがて火を焚いて夜を明かし、阿波国入りを果たし、

浦々ニヨスル白浪事問ハンヲキノコトコソ聞カマホシケレ

の二首目の和歌が入る。既に指摘されているように、順徳院の和歌説もあり、この方は史実性は揺れるが、古活字本の作者の意図は、土御門院の心情として、隠岐院を思いやった歌として趣向している。

ここに古活字本の土御門院配流を長々と引用したのは、他でもない慈光寺本の解釈の分れる一文の手掛りを、古活字本の長い増幅部分に求める為である。古活字本の作者が慈光寺本を参照して本文を作成したという確証は提示し難いが、少なくとも、本文流動の経緯の中で、時代の下がる本文が、後嵯峨天皇の即位に繋がる描出を土御門配流に全く導入していない様相は、慈光寺本の本文「此君ノ御末ノ様」を、あくまで土御門院の運命の哀れとして解釈する道筋を暗示しているもののように思われる。なお土御門院その人の望郷の念いは、慈光寺本は勿論のこと古活字本に至るまで、決して強調される描出にはなっていない。

これに対して順徳院の場合はどうか。

新院ヲバ、佐渡国へ流シ参ラス。廿日ニ国へ移シマヰラセ給フ。夜中ニ岡崎殿へ入ラセ給フ。御供ニハ女房二人、男ニハ花山院ノ少将宣経、兵衛佐教経ツケリ。少将宣経病ニ煩ヒ帰リ給ヘバ、イトド露打チハラフベキ人モナシ。「秋ヤオソキ」ト、鳴キテ過グル初雁モ羨マシク思シ召サレテ、少将ニ付ケテ「奏セヨ」ト思シ召ス。

逢坂ト聞モ恨シ中々ニ道シラズトテカヘリキネコン（第五句存疑）

少将宣経の発病と帰京という事態が発生して、時は十月、「鳴キテ過グル初雁」が着目され「逢坂」の歌が詠まれて新帝への奏上を期待することになる。

もう一人の従者、兵衛佐教経も発病して帰ってしまう。「又ト契ラセ給ヒタリケレドモ、墓ナク成リテ参ラザリケレバ、イトド憂世モ今更ニゾ思シ食サレケル」とある。二人の従者に去られて、「憂世」が身に染みたのである。こうして順徳院の望郷の思念はその条件を整え、

サテ渡ラセ給ヒ付キタル所ハ、草ノ戸ザシ、風モタマラヌホドニ、都ノ事、露モ御忘レナシ。

本文に「都ノ事」と直叙されて、その対比は「草ノ戸ザシ」である。「風」「露」の描写と表現によって、歌に秀れた順徳院の佐渡国での有り様を、ひたすら思いを都に向かわせる流離の人としての造形をたどる。続いて

御母女院（修明門院重子）・中宮（東一条院立子、良経の娘）ナドへモ、御使参サセ給フ。

とあり、その内容は示されないが母女院と中宮に文を届ける行為そのものが順徳院の望郷の念いの具

体的表現となっている。歌や文の内容は二の次といえる。順徳院の和歌そのものが直接示されるのは、「サテ又、前摂政殿（道家）ヘノ御文ニハカクナン」に始まる道家宛のものである。七十六句からなる長歌であり、道家もまたこれを凌ぐ長さの返歌を届け、慈光寺本はその全文を収録している。

天ノ原　空行月日　クモラネバ　清キココロハ　サリトモト　タノムノ雁ノ　ナクナクモ　花ノ都ヲ　タチ放レ　秋風吹バト　チギルダニ　越路ニオフル　クズノハノ　帰ラン程ハ　サダメナシ（中略）雲ノ上ニテ　見シ秋ノ　過ギニシカタモ　忘ラレズ（中略）ソレニ付ケテモ　故郷ノ人ノ事サヘ　数々ニ　シノブノノキヲ　吹キ結ブ（中略）

ナガラヘテタトヘバ末ニカヘルトモウキハコノ世ノ都成ケリ

「タノムノ雁」「花ノ都」「雲ノ上」「故郷ノ人ノ事サヘ」と、長歌は都への思いを畳み掛けるように言葉にしている。道家の返歌を合わせ収録している。慈光寺本はなぜこのように順徳院に限ってその望郷の思念の吐露を許し、前摂政の返歌を収めたのか。その成立経緯は推察の域を出ないが、軍記物語における登場人物に対する表現としての望郷が、それらの作者の登場人物に対する心情の距離を表明していると見るなら、そして平家物語の場合、その蓋然性が高かったという観点から、順徳院とその周縁に焦点を当ててこのテキストを考察する意味は無駄ではあるまい。「御物思ノツモリ、日ニソヘテノミ、ナヤマセ給ヘバ」と作者は佐渡の順徳院を書く。「物思」は望郷の思念であろう。作者は順徳院に望郷を許すのである。後鳥羽院には許そうとしなかった望郷を、順徳院にこうして縷々、和歌に心情を託させた作者の意図は、順徳院を受難者と見る承久の乱観によるであろう。出来事の被害者の位置に立つ者には、こうして故郷思慕を許そうとするのが、軍記物語に一貫する作者の心情なのである。古活字本『承久記』になると「乱後処理」に入って、

（公卿六人）此人々ノ跡ノ嘆、譬ン方モ無ケリ。座ヲ双ベ袖ヲ連ネシ月卿雲客ニモ遠ザカリ、枕ヲカハシ衾ヲ重ネシ妻妾・子弟ニモ分レツツ、里ハアレ共人モナク、宿所々々ハ焼払ハレヌ。徒ラニ山野ノ嵐ニ身ヲ任セ、心ナラヌ月ヲナガメテ、故郷ノ空ハ遠ザカリ、切ラルル事ハ近クナレバ、只悲ノ涙ヲ流テゾ下ラレケル。

と、こうした故郷を思う気持ちは、敗者に共通の思念として、特定の人物に限る事なく表現されるようになる。

八　真名本『曽我物語』の望郷表現

真名本『曽我物語』（巻第七）「兄弟、箱根路へ向かう」（東洋文庫）に、曽我兄弟の次のような場面が描かれる。

さて、二人の殿原は桑の原田畝に打出でて、我が故郷を見返りつつ、十郎、

今日出でていつか見なまし故郷のあかぬ別れの跡の朝霧

五郎も手綱を引返して故郷を見返しつつ、

立ち出づる跡は雲井にへだつれども空かぬ別れは袖ぞ露けき

（中略）

打つ程に、十郎は湯坂の手向にて跡の方を返り見ければ、曽我の里の朝まだき、煙も未だ晴れ遣らず。佐河・古宇津・高礼寺の山の方遥々と見送るに付けても、飽かぬ別れの大磯の宿、年来馴染みし夫婦の事、思ひ出でられて悲しかりければ、「あれ見給へ、五郎殿、あの煙の見ゆる里こそ、我ら幼少の時より住み馴れし処なれ。只今この山打越えなん後は、いづれの生にてまたも見るべき」と云て涙を流せば、五郎これを聞て、「殿は古里をも詠め給へ、新里をも詠め給へ（中略）」。十郎申しけるは、「や、殿、五郎殿。助成もその義を知らぬにはあらず。生ある者の古里を恋ふる事は助成一人に限らず。昔より今に至て、人畜倶に替る事なし。されば、古詩にも『胡馬北風に嘶え、越鳥南枝に巣を食ふ』と云ふ本文あり。これは唐土十四代の内、秦の代の始めの帝は秦の始皇と申す。この帝の御時、北の国胡国より馬を奉たりければ、この馬北へ向く度ごとに黄なる涙を流して嘶えければ、日々に痩せ衰へけり。故に馬をば北向きには立てずと云へり。越鳥とてまた南の国より鳳凰と云ふ鳥をば奉たりければ、皇帝喜びて飼はせ給ふ程に、来る年ごとに左近の桜に巣を食ふとては、必ず南枝にぞ移りける。されば、鳥畜そら古京を恋ふる思ひあり。況んや人倫においておや。晋の東平王は、旅の道にて墓なくなり給ひしかば、陵を築てその骨を収めてけり。故郷を恋しく思ふこと切にて、その塚の草は必ず西へ靡くと伝へたり。

ここには、『将門記』に始まる、漢籍を典拠とする望郷表現の伝統が踏まえられて「胡馬北風、越鳥南枝」と「東平王」を投入している。真名本『曽我物語』はいかにも都の軍記物語とは表現構造を異にしているようではあるが、主人公の望郷の念いの表現は、類型の継承に余念がない。もう少し例を引こう。

真名本『曽我物語』（巻第九）には次のような場面がある。

五郎、畏て硯、筆を乞ひければ、「疾く、疾く」とて賜びにけり。五郎これを賜て、四方を急と見けるが、一首の詩、一首の歌をぞ書たりける。

　故郷に母有り、仲夏の涙　冥途に友無し、中有の魂

と書てその下に、

　富士の根の梢もさびし古里のははその紅葉いかが嘆かん

「古里のははその紅葉」は歌語の投入である。あるいは、真名本『曽我物語』（巻第十）

かくて、湯坂の手向に打登り跡の方を返り見て、虎、「あれ、御覧侍へ。この人々の打登り給ひける時も、只今の如くあの古郷を返り見て、いかばかり心細く思はれつらむ。今また見ても心憂し」とて泣きければ、母も袖をぞ捶られける。

これは兄弟の母と虎との後日の回想場面である。

九　『太平記』の望郷表現

『太平記』では、前期軍記物語という括りの中に位置づけてこの作品を理解することをためらわせる程に、望郷への関心は希薄になる。最早作者は、故郷への愛着の念の表現に高い精神的価値を見いだしてはいない。その理由は定かではないが、少なくとも軍記物語史は鎌倉時代の真名本『曽我物語』と『太平記』とでは、時代区分は変える方が適切である。今、その実情に目を注いでみよう。

古活字本『太平記』巻第十六「将軍筑紫へ御開ノ事」（大系本）に足利尊氏を次のように叙する。

建武三年二月八日、尊氏卿兵庫ヲ落給ヒシ迄ハ、相順フ兵僅七千余騎有シカ共、備前ノ児嶋ニ著給ケル時、（中略）筑前国多々良浜ノ湊ニ著給ヒケル日ハ、其勢僅ニ五百人ニモ足ズ。矢種ハ皆打出・瀬川ノ合戦ニ射尽シ、馬・物具ハ悉ク兵庫西宮ノ渡海ニ脱捨ヌ。気疲レ勢尽ヌレバ、轍魚ノ泥ニ吻キ、窮鳥ノ懐ニ入ン風情シテ、知ヌ里ニ宿ヲ問ヒ、狎レヌ人ニ身ヲ寄レバ、朝ノ食飢渇シテ夜ノ寝醒蒼々タリ。何ノ日カ誰ト云ン敵ノ手ニ懸テカ、魂浮レ、骨空シテ、天涯望郷ノ鬼ト成ンズラント、明日ノ命ヲモ憑レネバ、アジキナク思ハヌ人モ無リケリ。

ここには、「魂浮レ、骨空シテ、天涯望郷ノ鬼ト成ンズラント」（『白氏文集』「身死し魂飛んで骨収めず。応に南雲望郷の鬼と作って」）が引かれて、軍記物語の伝統表現の継承がみられる。尊氏にとって生まれ故郷としての郷土である。あるいは古活字本『太平記』巻第二十一「先帝崩御事」に、南朝ノ年号延元三年八月九日ヨリ、吉野ノ主上御不予ノ御事有ケルガ、次第ニ重ラセ給。（中略）「朕則早世ノ後ハ、第七ノ宮ヲ天子ノ位ニ即奉テ、賢士忠臣事ヲ謀リ、義貞義助ガ忠功ヲ賞シテ、子孫不義行ナクバ、股肱ノ臣トシテ天下ヲ鎮ベシ。コレヲ思フ故ニ、玉骨ハ縦南山ノ苔ニ埋ルトモ、魂魄ハ常ニ北闕ノ天ヲ望ント思フ。（以下略）」

という有名な「魂魄ハ常ニ北闕ノ天ヲ望ン」が見える。精読の上で結論づけるものではないがこの二箇所が、この作品の主人公たちの望郷表現を代表するものであって、これだけ全国的な騒乱を描写しつつも、郷里を離れて遠征した武者たちに望郷の念いを吐露する機会はほとんど与えられていない。その意味で『太平記』の主人公たちは故郷を喪失している。そうでなければ、この作者はそこに登場する諸国の武者たちに故郷のあったことに思い至らない。同じ時代に『平家物語』は琵琶法師によって相当盛んに語られているが、なぜ同じ武者の所業を語って、いや叙述してかく、故郷の概念を喪失した人物たちを描出したのか。これは『太平記』作者の精神的基盤の、今後に解明されねばならない課題である。

十　仏教説話集の場合

ここで視点を変えて説話集の故郷観に目を通しておく。同じ中世の故郷観を相対化するためである。『発心集』（寛永十年刊平仮名整版本八巻本）の第一の三「平等供奉、山を離れて異州に赴く事」に末尾文は次のように結ばれて入る。

> 今も昔も実に心を発せる人は、かやうに古郷をはなれ、見ずしらぬ処にていさぎよく名利をば捨てて失するなり。菩薩の無生忍を得るすら、もと見たる人の前にては、神通をあらはす事難しと云へり。況や今発せる心はやんごとなけれど、未だ不退の位に至らねば事にふれて、乱れやすし。古郷にすみ、しれる人にまじりては、いかでか一念の妄心おこらざらむ。

ここで主人公は、「古郷にすみ、しれる人にまじりては、いかでか一念の妄心おこらざらむ」と「一念」重視の姿勢を貫こうと「故郷」を離れる決意を示し、同じく『発心集』第三の八「樵夫独覚の事」には、場所は近江の池田、樵の息男の言葉として、

> 此の男の云ふやう、「（前略）今、よはひ盛なりと云へども、たとへば、夏の木の葉にこそ侍るなれ。つひに紅葉して散らん事、疑ひなし。いかに況や、木の葉は色づきてこそ散るなれ。人は若くて死ぬるためし多かり。やや木の葉よりもあだなりと云ひつべし。さらに古郷へ帰るべからず」と云ひければ、哀れに思ひたり。「さらば、いとうれしき事」とて、人もかよわぬ深山の中に、ちいさき庵二つ結びて、それにひとりづつ朝夕念仏してぞ過ぐしける。

と親と子の同じ思いを述べて「さらに古郷へ帰るべからず」との言葉を息男の口に入れる。この人たちは皆、故郷を離れ、故郷を忘れる潔さに徹して信仰の道に己が人生の最後を預けている。この人たちにとっては「故郷」は忘れるためにある。

ここでは『発心集』のみの例示に止めるが、軍記物語の主人公たちと時代を共にした、そして多くの軍記物語の主人公たちも、同じように剃髪という選択に生の終着点を見いだした人たちであったはずであるが、しかしこのいわゆるジャンルを異にする作品群の登場人物たちにとっては、「故郷」の意味するものは正反対の方向において認識されている。

軍記物語はしばしば「説話」を包摂し、「説話」から多くの養分を吸い取って、自らの内実を豊かにしてきたはずであるが、しかしその主人公たちは最後まで「故郷」に執着する人たちとしての姿勢を崩すことはしない。潔く故郷を捨てたときから、軍記の主人公の資格を失う。「軍記」と「説話」は隣合わせの兄弟文学のように存在しながら、その人間理解、人物造形の根底で見つめている方向性を異にしている。今、「説話」における望郷表現の検証は極めて不十分であるので、これ以上の言及は控えねばならないが、「望郷」という面から眺めるなら、軍記は「執心の文学」と呼ぶことができ、説話は「悟脱の文学」と規定することができよう。今後の課題としたい。

まとめ

軍記における望郷とその表現については、次のようにまとめることができる。

一　地方郷里型（将門、曽我兄弟、尊氏など少数派）と都即故郷型（多数派）に分かれるということ。

二　裁きと断罪としての「野心」に対して、許しと免罪としての「望郷」と捉えることができるということ。

三　表現史としては、『千載佳句』『古今六帖』『本朝麗藻』『和漢朗詠集』（古京一首、古宮三首あり）等の漢詩の部類書や勅撰和歌集が、部立に「望郷」をなぜか立項していないという経緯と、そのことがかえって多種多様な表現の派生を生んだであろうと考えられるということ。

四　類型化過程――漢詩漢文依存型から和歌依拠型・散文化型へと推移しているということ。

五　軍記を「執心の文学」とするなら説話を「悟脱の文学」ととらえることができるということ。

註

（1）後期軍記の下位分類として「戦国軍記」を立てる発想の論文は、笹川祥生氏の「戦国軍記序説（その一）―令名の記録―」（京都府立大学学術報告・人文、第二〇号、一九六八年十月）に始まる。それより三十年を経て今日はすっかり定着した。なお、氏は戦国軍記を承ける近世の軍記については、当時の類書の呼称に従って「近世軍書」という作品群を設定される（『時代別日本文学史事典』近世編、及び『戦国軍記の研究』参照）。

（2）今成元昭氏著『平家物語流伝考』（後篇第二章「説話の受容」「燕丹説話」の項参照）（『史記』『燕丹子伝』『ちょう玉集』『史記索隠』（唐・司馬貞）『漢書五四』「李広蘇建伝第二十四」）（『将門記』『今昔物語集』十巻卅九、『注好選』上第七十二、『平家物語』延慶本第二中「燕丹ノ亡シ事」）等の指摘がある。

（3）今井源衛氏「漢文伝の世界」（『国語と国文学』三六巻四号、一九五九年四月）

(4) 例えば『将門記』に「外土の毒のやまかがち」という表現で「外土」の語が見える。
(5) 増田欣氏「保元物語と漢詩文」(「軍記と語り物」六号、一九六八年十二月)
(6) 『本朝文粋三』「松竹・対、藤原広業」に「東平王之思旧里也、墳上之風靡西」とあり、漢の宣帝の第四子劉宇は東平国を与えられ、東平思王と称された。常に都に帰ることを望んだ為に、死後、塚の上の松柏が西に靡き都の方を向いたという(新大系脚注)。
(7) 黄帝の子、また旅人のこと。(『文選二十』祖餞注「黄帝之子、遠遊を好み、道路に死す。故に祀り、以て道神と為し、以て道路の福を求む」)(『江談抄六』「黄帝子四十人有り。其の最末子、旅行の遊を好む」以下略)
(8) 蜀王杜宇、望帝と号す。後、化して杜鵑となるという。よって杜鵑の異名(『華陽国志』『成都記』『琵琶記』)。
(9) 今成元昭氏著『平家物語流伝考』(第二章「説話の受容」「蘇武説話」の項)
(10) 増田欣氏「新楽府『新豊折臂翁』と平家物語―時長・光行合作説に関連して―」(「中世文芸」四〇号、一九六八年三月)。依拠関係の指摘と、延慶本の形成過程における光行「新楽府和歌」参照説。
(11) 他に次のような望郷表現がある。
「世乱タリシカドモ、都ニテハサスガニカクハナカリシ物ヲ」ト恋シクゾ思食レシ。(第五本二「平家八嶋ニテ年ヲ経ル事」)
東路ヤ半臥ノ小屋ノイブセサニ如何ニ古郷恋シカルラム(侍従ト云ヘル遊君)
古里モ恋シクモナシ旅ノ空イヅクモ終ノ棲ナラネバ(重衡)(第五末八「重衡卿関東ヘ下給事」)
十月、又冬ニモ成リヌ。住馴レシ都ノ方ハ余所ナガラ袖ニ波越ス磯ノ松風(知盛)(第五末卅二「平家屋嶋ニ落留ル事」)

屋嶋ニハ隙行駒ノ足早クシテ、正月モ立ヌ、二月ニモナリヌ。春ハ花ニ憧ル昔ヲ思出シテ日ヲ暮シ、秋ハ吹変ル風ノ音（第六本一「判官平家追討ノ為ニ西国へ下事」）

(12) 岡田三津子氏「建礼門院と八条院の周辺―女性たちの世界―」（『軍記文学研究叢書』6所収、「帰洛前の不安・帰洛後の落魄・変わり果てた都」、一九九八年十月）

二　軍記において「和平」ということ

――平家物語を中心に――

はじめに

「戦争と平和」という二項対立は、トルストイの同名小説によってもよく知られ、今日でも一般に通用する明確な概念として普遍的であるが、一度始まってしまった「戦争」は、どうすれば「終結」して、あるいは「終結」させ得て「平和」と呼べる状態を回復しうるのか。多くのスポーツのように「勝敗」を決するまで続行して、すくなくとも「戦争」状態でない状況に到達するしかないのだろうか。そうではなく、つまり「戦争と平和」ではなく、また「勝敗」を決するという、一方が敗れるという「敗北終戦」ではなくて、戦争を途中で終わらせるための「戦争と和平」という発想は、日本中世の軍記という作品群の中ではどのように意識されていたのだろうか。この問いかけは、一度始まってしまった「戦争」の前では、あたかもこれに相対する設定は「平和」ではなく、用意されねばならないのは「和平への道」をいかに切り開くか、この問いかけであることを意味している。中世の軍記は、どのようにそうした「和平」という発想を内在させて「いくさ」や「合戦」を把握し、その物語の中のいくさを語り初めていたのだろうか。

軍記愛好の一翼に「武具好き」「武家好き」「合戦好き」の傾向が混在し、この側面は軍記研究にも反映して好事に直結する要素を抱え、多分に「いくさ」礼讃型の軍記論への傾斜を孕むが、その反対に「いくさ」忌避、回避型の軍記観も用意されていてよいように思われる。一見、「いくさ」の前での「無力」の肯定は、軍記論そのものに無用にみえるが、多く「戦闘状態」の記録のゆえに、逆にその中での「無力」の「力」の探求は逆説的な意義をもつとともに、積極的には今日的意義を秘める。本稿にいう「和平」とは、一面では中世の軍記にときどき顔をのぞかせる「無力化」の「力」の発掘に通ずる。そういう人間の存在の仕方や思想の発掘、位置づけ方の問題である。

ここで対象とする作品は、当然一つ一つが固有の思想世界を内蔵する軍記であるが、今回はやや大局的に軍記総体の中に、あるいは軍記作者の観念として、こうした「和平への道筋」と呼べるような具体的指向がどのように表現されているかを探索することにしたい。主として扱うのは『保元物語』『平治物語』『平家物語』と、やや発想を異にする『承久記』である。

なお、いわゆる現代の戦争論には多くの「和平問題」への論評の積み重ねのあることは心得ているが、ここでは対象を日本中世の軍記に限定するので、そうした近現代的発想と直結して論ずる以前に、作品に内在する素朴な発想とその表現に論点を絞ることにしたい。その意味で本稿は、私が軍記研究にかかわってきて抱き続けた疑問の答を、作品の内側にたずねた結果の報告書といえる。作者たちは、世を治めるのは誰の役目と考えているか、あるいは朝家の枠組みと武家の位置づけをどう認識していたか、最終的には「戦に拠らない解決」という発想はあったか否か、こうしたいくつかの疑問を背景に控える問題提起である。

一　「平穏尊重」と「兵乱者批判」の思想

『保元』『平家』ではいずれも物語の前提として、「四海」の平穏を尊重する理念を盛り込んでいる。『保元』は巻頭で、鳥羽院在位の十六年を、

海内シヅカニシテ天下ヲダヤカナリキ。風雨時ニシタガヒ、寒暑ヲリヲアヤマタズ。（半井本上「後白河院御即位」）

と評価し、その鳥羽院崩御に際して、

雲上ニハ星ノ位シズカニ、海中ニ浪ノ音和也ツル御世ノ、角切テ次ダル様ニ、サハギ乱ルル事ノ悲シサヨ。（同前「新院御謀叛思シ召シ立ツ事」）

と「世の乱れ」を嘆いている。鳥羽院崩御の後に兵乱は発生したと見る認識は、『平家物語』も同然で、

鳥羽院御晏駕ノ後ハ、兵革打チツヅキ、死罪、流人、解官、停止、常ニ行ハレテ、海内モ静カナ

ラズ、世間モ落居セズ。
（延慶本第一本八「主上上皇御中不快之事、付ケタリ二代ノ后ニ立チ給フ事」）

という見解を盛り込んでいる。漢語による定形表現であるが「海内静カ」は、海に囲まれた日本列島の地勢認識を含むであろう。また、「風雨時ニシタガヒ、寒暑ヲリヲアヤマタズ」は自然界の「平穏無事」を重要な要素とし、これと同様の発想は「雲上ニハ星ノ位シズカニ、海中ニ浪ノ音和也」に認識できる。いずれも物語の冒頭近くにおかれるこういう叙述は本来は典拠のある表現であるが、そういう表現を借りてでも、物語作者は「平穏尊重の思想」を持ち込んでおきたかったものと把握して間違いではなかろう。

これらの「乱世の始まり」と「武者の世の到来」の認識は、『愚管抄』（巻四）の有名な

保元元年七月二日、鳥羽院ウセサセ給ヒテ後、日本国ノ乱逆ト云フコトハヲコリテ後、ムサノ世ニナリニケル也ケリ。

と見解を同じくしている。慈円はこの事態を「日本国の乱逆」と把握している。

物語では、こうした「平穏」の崩壊を嗟嘆し、「平穏の破壊者」への批判の言説を盛り込むことになる。兵乱者の野心の意図はどこにあれ、「世の乱れ」を惹起したものは批判の対象として語り継がれる。事新しく引くまでもないが、『平家物語』序章の、

遠ク異朝ヲ訪ヘバ、秦ノ趙高、漢ノ王莽、梁ノ周異、唐ノ禄山、是等ハ皆旧主先皇ノ務ニモ従ハ

ズ、民間ノ愁ヒ、世ノ乱レヲ知ラザリシカバ、久シカラズシテ滅ビニキ。

（延慶本第一本一「平家先祖之事」）

でも「世の乱れ」を強調しており、特にここでは前述の「自然界」ではなく、「民間の愁い」即ち「民の生活」に着目しているところが『保元』と異なる。これに続いて本朝の四人が紹介され、最後に清盛の登場となることはよく知られている。

特定人物のあげつらいが、次にくる『承久記』では後鳥羽院に向けられ、

（後鳥羽院）凡ソ、御心操コソ世間ニ傾キ申シケレ。伏シ物、越内、水練、早態、相撲、笠懸ノミナラズ、朝夕武芸ヲ事トシテ、昼夜ニ兵具ヲ整ヘテ、兵乱ヲ巧ミマシマシケリ。御腹悪クテ、少シモ御気色ニ違フ者ヲバ、親《マノアタ》リ乱罪ニ行ハル。（慈光寺本上）

（後鳥羽院）古老神官、寺僧等、神田、講田倒サレテ、歎ク思ヒヤ積モリケム、十善ノ君忽チニ兵乱ヲ起コシ給ヒ、終ニ流罪セラレ玉ヒケルコソ浅増シケレ。（同前）

と、批判の表現はかなり痛烈になる。「兵具を整え」「兵乱を巧み」「兵乱を起こし」た後鳥羽院の行動を叙述し、最終的に「流罪」に至るその治世の全体を、「浅ましい」と酷評している。その焦点は「十善の君」が「兵乱を起こ」すという異例の事態にあり、「天皇」や「上皇」は自らが武芸を身につけてはならないとする見解が明確に示されている。況んや自らがいくさの発起人になってはいけない。「兵乱」が「悪」であることと、天皇や上皇はいくさの発起人となってはいけないという基本的思想

が作品の前提となっており、彼らがそういう立場に立ったときには、「流罪」という「浅ましい」事態が待ち受けるという見解が容赦なく示されているものと判断される。「天皇」といえども「断罪」は免れない。

二　「文武二道」の思想と、「武の力」の均衡と

兵乱の発生は武家の成立と無関係ではない。源平以前の騒乱にも言及すべきであるが、紙幅の都合でこれを略すとして、例えば『平家物語』の次のような認識は、しかし武家の存在と乱世の発生を常に一つのものとして把握している訳ではなかったということを表明している。

昔ヨリ源平両氏朝家ニ召シ仕ハレテ、皇化ニ随ハズ、朝憲ヲ軽ンズル者ニハ、互ヒニ誡ヲ加ヘシカバ代ノ乱レモ無カリシニ、保元ニ為義切ラレ、平治ニ義朝誅レテ後ハ、末々ノ源氏少々アリシカドモ、或イハ流サレ或イハ誅レテ、今ハ平家ノ一類ノミ繁昌シテ、頭ラヲサシ出ス者ナシ。

（延慶本第一本六「八人ノ娘達之事」）

源平の力のバランスが「世の乱れ」を未然に防止していたと見る。しかし「互いに誡を加える」という加え方は、存在の牽制のみではなく、武家相互間の「武力の行使」もその範囲にはいるであろう。武家の働きは互いの牽制のみではなく、『平治物語』の序に、

いにしへより今にいたるまで、王者の人臣を賞ずるは、和漢両朝をとぶらふに、文武二道を先と

せり。文をもつては万機のまつりごとをおぎのひ、武をもつては四夷のみだれをしづむ。しかれば、天下をたもち国土をおさむること、文を左にし、武を右にすとぞ見えたる。

（古活字本上「信頼、信西不快の事」）

とあるように、「武」は「四夷のみだれ」を鎮圧する働き、即ち「武力」による「辺境民の平定」を役目とし、その上に成り立つ国土不安定期の朝廷政治を肯定的に認識している。今日的に言えば外敵防衛のための自衛の認識である。『平家物語』で頼政が、

「時ヲ量リテ制ヲ立ツルハ、文ノ道也。間《ヒマ》ニ乗リテ敵ヲ討ツハ兵ノ術也。頼政其ノ器ニアラザルニヨツテ、其ノ術ニ迷ヘリトイヘドモ、武略家ニ稟ケ、兵法身ニ伝フ。（以下略）」

（延慶本第二中八「頼政入道、宮ニ謀叛申シ勧ムル事、付ケタリ令旨ノ事」）

と述べて高倉宮に決起を促すとき、「時を量りて」は情勢を察知することで、「制を立つるは」とは「文」による「制度」の確立を意味する。今日の法律や条例の制定を意味するであろう。「間に乗りて」はこれも情勢判断優先で、相手方の弱点を突く兵法を指し、「敵を討つは兵の術也」には、「兵」による「敵の討伐」がその任務と考えられていて、この二つを治政の両翼と考えていることが分かる。いずれにしても「兵」の存在による戦闘状態の発生は避けられない。(1)

三　「同族争い」と「人質策」の発案

武家の誕生は、武家間の敵対関係をも発生させたが、『将門記』に既に明らかなように、敵対関係は武家の内部、即ち同族の闘争をも招来した。同族内の争いをいくさによって解決するか、なるべくいくさは回避するかは見識に因るところが大きい。敵対相手が同族の場合は、いわゆる同士討ちで、朝廷は意図的にこの発生を誘発する政策を採用して、武家の乱暴を抑制してきたが、源平時代になって源氏内部で特にこの状況が多発している。その内特に顕著な対立は、義朝と頼賢、頼朝と行家、頼朝と義仲で、あるいは義経と景時のような場合もある。頼朝から仕掛けられた敵対関係を義仲、義経はそれぞれにどのように切り抜けたか。いくさ回避の発想の一端をここに取り上げておく。

『平家物語』で頼朝と義仲の敵対を最も詳しく語るのは延慶本であるが、最初に兵を動かした頼朝に対して義仲は、

（義仲）「但シ当時、兵衛佐ト義仲ト中ヲタガハバ、平家ノ悦ニテアルベシ。イトドシク都ノ人ノ云フナルハ、『平家皆一門ノ人々ヲモヒアヒテアリシカバコソ、ヲダシウテ廿ヨネン持チツレ。源氏ハ親ヲ打チ、子ヲ殺シ、同士打チセムホドニ、又平家ノ世ニゾ成ラムズラム』ト云フナレバ、当時ハ兵衛佐ト敵対スルニ及バズ」トテ、引キ帰シテ信濃ヘ越ケルガ、又イカガ思ヒケム、ナヲ関山ニヒカヘタリ。

（延慶本第三末七「兵衛佐、木曽ト不和ニ成ル事」）

と述べて、同士討ちの愚を避け、衝突の回避を選択している。その代償として、頼朝の要求に基づき、行家の放出か人質清水冠者義基の派遣か、二者択一に迫られ、止む無く人質派遣に至る。

「(頼朝)『十郎蔵人ノ云ハム事ニ付キテ頼朝ヲ敵トシ給フカ。サモアルベクハ蔵人ヲ是ヘ帰シ給ヘ』ト申サルベシ。『帰ラジト申サバ、御辺(=義仲)ハ公達アマタオワス也。成人シタラム子息一人頼朝ニタベ。一方ノ大将軍ニモシ候ワム。頼朝ハ成人ノ子モ持チ候ハネバ、加様ニ申シ候フ也。カレヲモコレヲモ子細ヲ宣ハバ、ヤガテ押シ寄セテ勝負ヲ決スベシ』」(同前)

頼朝方からは戦闘状態突入も有り得るという条件の提示があり、義仲はその回避を選択している。義仲がその戦闘回避の道を選択したのは、同士討ちの愚を避けたためだけでは無い。かれは一件落着の後に信濃に戻って次のように述懐する。

(義仲)木曽信濃へ帰リテ、キリ者三十人ガ妻共ヲヨビアツメテ申シケルハ、「各ガ夫共ノ命ヲ、清水ノ冠者一人ガ命ニカヘツルハ、イカニ」。妻共手ヲ合ハセテ、ヨロコビテ申シケルハ、「アラカタジケナヤ。カヤウニオワシマス主ヲ、京ツクシノ方ヨリモ見捨テ奉リテ、妻ヲミム、子ヲミムトテ帰リタラム夫ニ名躰合ハセバ、モル日月ノシタニスマジ。社々ノ前ワタラジ」ナムドゾ、口々ニ申シテ、起請ヲ書キテノキニケル。夫共モ是ヲ聞キテハ、面々ニ手合ハセテ悦ビケリ。(同前)

義仲は、頼朝との衝突に因って信濃の「キリ者三十人」の命の失われることを案じたと発言している。

妻たちはこの発言に「手ヲ合ハセ」て喜び感謝したと、この特殊な伝承は報ずる。合戦を忌避して「人質」を提供し、義仲が「清水の冠者一人が命に替えた」と言うとき、義仲には、予想される戦死者の代価を実子の命で代償するという覚悟が用意されていることになる。延慶本にはいまだ「人質」という用語は発生していない。「命に替えた」という表現は「人質」というよりもより直接的代価の提供である。「身代わり」が近いかもしれない。平家物語がこの「人質」となった義基の命運を語らない理由は、このテキストの頼朝造形の問題と関連するであろう。義仲の敗死の後「人質」の生命が奪われるのは、支配構造の不安定な時代の悲劇である。(2)

同士いくさの忌避は、局面的事態であるが義経の場合にも発生する。これもよく知られる「逆櫓」の口論である。

殿原各々申シケルハ、「御方《ドシ》軍セサセ給ヒテ平家ニ聞へ候ハム事、詮無キ御事ナリ。又鎌倉殿ノ聞コシ食サレ候ハム事、其恐レ少ナカラズ。設ヒ日来ノ御意趣候フトモ、此ノ御大事ヲ前ニアテテ、返ス返スシカラズ。何ニ況ンヤ、当座ノ言失聞コシ召シトガムルニ与ハズ」ト、面々ニ制シ申シケレバ、判官モ由ナシトヤ思ヒ給ヒケム、シヅマリ給ニケリ。

（延慶本第六本三「判官、梶原ト逆櫓立論ノ事」）

衝突回避の理由付けは、ここでは当面の対戦相手である平家に聞かれては「詮無し」即ち「無意味な争い」となるという反省と、いま一つは頼朝の耳に入った際の咎め立ての厳しさにある。この場合、頼朝の存在は戦闘忌避に機能している。

四　「源平二氏」の発想に基づく頼朝の「和平提案」

頼朝が同族義仲からの「人質」を確保して、次に矛先を「平氏」に向けるとき、平家物語はこの経緯に言及しないが、一旦は平氏との「和平」の提案に及んだという記録がある。

『玉葉』の養和元年八月一日条は先ず、

伝へ聞く。前幕下（宗盛）、その勢、日を逐ひて減少、諸国の武士等、敢へて参洛せず、近日貴賤の領を奪ひ、勇武の輩に賜ひ先々に万倍す。然れどもその郎従等、忿怨に従ひ、或ひは違背の者あり。凡そその心を得ず。恐らく運報傾くかと云々。

という平家の統制力の減退を記し、続けて、鎌倉から法皇に届いた源平両氏による日本列島の東西の分割的支配の提案である。

又聞く。去る比、頼朝密々院に奏して云はく。「全く謀叛の心無し。偏に君の御敵を伐たんためなり。而れども、若し猶、平家を滅亡せらるべからずは、古昔の如く、源氏平氏相並び、召し仕ふべきなり。関東源氏の進止となし、海西平氏の任意となし、共に国宰に於ては、上より補せらるべし。只東西の乱を鎮めんため、両氏に仰せ付けられて、暫く御試みあるべきなり。且つ両氏孰れか、王化を守り、誰か君命を恐るるや。尤も両氏の翔《ふるま》ひをご覧ずべきなり」と云々。

この提案によるなら、都の平家との戦闘回避の姿勢は顕著である。背後の奥州藤原氏の威圧の問題を抱えて、戦闘無く、先ずは東国支配権を確保しようという魂胆であるが、その魂胆は魂胆として、ここで問題とする戦闘回避という至上命題は達成される貴重な「和平案」である。平家物語は、こうした水面下の政治折衝を物語の題材とはしない。

この状を以て、内々前幕下に仰せらる。幕下申して云はく。「この儀尤も然るべし。但し故禅門閉眼の刻、遺言して云はく。『我が子孫、一人と雖も生き残らば、骸を頼朝の前に曝すべし』と云々。然れば、亡父の誡、用ひざるべからず。仍つてこの条に於ひては、勅命たりと雖も、請け申し難きものなり」と云々。

宗盛は清盛の遺言を戒めとして持ち出し、頼朝の「和平提案」を拒否した。兼実のこの情報の信憑性については、『玉葉』の外に証明する材料を欠くが、後日いかなる展開が待ち受けるとしても、ここに法皇を介在させた「和平案」を、平家側に受け止める姿勢があれば、平家の壇ノ浦の悲劇はもちろん、現在の内容の平家物語という作品も確実に存在しなかったであろう。

清盛の遺言は他に『吾妻鏡』と『平家物語』に記述がある。『吾妻鏡』は編纂時に資料としたであろう京都方の記録があったはずであるが現存しない。『玉葉』は没後半年を経ているが、宗盛の口から出た清盛の遺言伝承であるから、平家一門の伝承をかなり正確に伝えていると判断してよいであろう。

この事、最も秘事なり。人以て知らずと云々。已上の事等、兵部少輔尹明、密語する所なり。件の男、前幕下の辺に祗候する人なり

兼実はこの情報を尹明から聞いており、尹明は壇ノ浦まで平家と命運を共にしている平家の昵懇者であるから、この際の宗盛の言動はかなり忠実に伝えられているものと見なされる。本稿で狙いとする、源平合戦はどこでなら阻止し得たかという課題にとって、この頼朝提案は重視してよい。しかし、この時点の平家一門にとっては、清盛の遺言の如何にかかわらず、頼朝からの和平提案を飲める状況ではなかったことも確実であろう[3]。

五　交渉による「衝突回避」の発想

義仲が戦闘回避の策を選択する場面がもう一つある。入洛直前にその前に立ちはだかる山門との和親交渉である。

（義仲）「抑山門ノ大衆ハ未ダ平家ト一ツナリ。其ノ上、故《コトサ》ラニ頃年ハ弓箭ヲ松扉ノ月ニ耀カシ、戈延《カエン》ヲ蘿洞《ラトウ》ノ雲ニ蓄フ。勇敢ノ凶徒道路ニ遮リ、往還ノ諸人怖畏ヲ抱ク。然レバ則チ学窓ノ冬ノ雪、永ク邪見ノ焔ヲ消シ、利剣ノ秋ノ霜、頻ニ不善ノ叢ニ深シ。各々西近江ヲ打チ上ラムズルニ、東坂本ノ前、小事（現在の雄琴）ナレ、辛崎、三津、川尻ナムドヨリコソ、京へ通リ候ワムズレ。定メテ防キ戦ヒ候ワムズラム。縦ヒ打チ破ラシメテ登リテ候ハバ、平家コソ仏法トモ云ハズ、寺

ヲモ亡シ僧ヲ失ヘ、カヤウノ悪行ヲ致スニ依リテ、是ヲ守護ノ為ニ上ル我等ガ、平家ト一ツナレバトテ、山門ノ大衆ヲ亡サム事少シモ違ワズ、二ノ舞タルベシ。サレバトテ、又此ノ事ヲタメラヒテ、登ルベカラム道ヲ逗留スルニ及バズ。是コソ安大事ナレ。イカガアルベキ
（延慶本第三末十七「木曽都へ責上ル事、付ケタリ覚明ガ由来ノ事」）

ここでは戦闘と宗教の問題が顔を覗かせ、清盛の仏法敵対という悪行を反面教師として、宗教集団との戦闘を回避しようとする義仲の姿勢が把握される。宗教集団の存在が戦争回避に機能する事例として評価される。この交渉を誘導したのは恐らく覚明であったろう。入洛と共にその存在が影を消すのは、義仲の政治手腕を真に必要とするこの時点以降の不可解である。

六　「同盟関係の組み変え」による戦況打開

合戦における同盟関係の組み替えが戦況を大きく動かす場合がある。入洛後の義仲が法皇、鎌倉に追い詰められたとき、西の平家と手を組んで、鎌倉の頼朝と対戦しようと考えるのは、事の成否は別として、少なくとも義仲と平家の武力衝突の回避が選択されている。なりふり構わぬ同盟関係の構築は、不利な戦況を無理やりに打開しようとする最後の足掻きとして着想されることが多い。義仲のこの着想の経緯を確認してみよう。

平家ハ又西国ヨリ責メ上ル。木曽東西ニツメラレテ、為ム方無クゾ思ヒケル。セメテノ事ニヤ、

平家ト一ツニ成リテ、関東を責メルベキ由思ヒ立チニケリ。

（延慶本第四・卅四「木曽、八嶋へ内書ヲ送ル事」）

「東西」に追い詰められて、「東西」の一つ、西の平家と、「やむなく」結託しようとする発想は、「和平」案の一つの選択である。

様々ノ案ヲ廻シテ、人ニ知ラスベキ事ニ非ラネバ、ヲトナシキ郎等ナムドニ云ヒ合ハスルニモ及バズ、「世ニモナキ人ノ手ノ、能書ヤアル」ト尋ネケレバ、東山ヨリ或ル僧ヲ一人、郎等請ジテ来タレリ。木曽先ズ此ノ僧ヲ一間ナル所ニ呼ビ入レテ、引出物ニ小袖二領渡シテ、酒ナムド勧メテ、隔テ無ク憑ミ申スベキ由云ヒテ、文ヲカカス。木曽ガ云フニタガワズ、此ノ僧文ヲカク。

わざわざ能書の僧侶を捜し出す設定は手が込んでいる。恐らくこの段階で既に手書き覚明はもう義仲を見限っていたのであろう。文面は次のとおりである。

二位殿へハ、「ミメヨキ娘ヤオワスル。聟ニ成リ奉ラム。今ヨリ後ハ少シモ後ロメタナク思ヒ給フベカラズ。若シ空事ヲ申サバ、諏訪明神ノ罰アタルベシ」ナムドカカセケリ。惣ジテ文二通カカセテ、一通ハ「平家ノ大臣殿へ」トカカス。一通ハ「其ノ母ノ二位殿へ」ト書カセテ、雑色男ヲ使ニテ西国へ遣シケリ。

『玉葉』『吉記』にも義仲の平家との和平交渉は記されているから、文書の遣わされたことは事実と考えられるが、その文面として引く延慶本の内容はあまりにもお粗末である。この場面の作者の作り出した文書であろう。

此ノ文ヲ見テ、大臣殿ハ殊ニ悦ビ給ヒケリ。二位殿モサモヤト思ハレタリケルヲ、新中納言ノ宣ヒケルハ、「縦ヒ故郷へ帰リ上リタリトモ、『木曽ト一ツニ成リテコソ』トゾ人ハ申シ候ワンズレ。頼朝ガ思ワン所モハヅカシク候。弓矢取ル家ハ名コソ惜シク候へ。君カクテ渡セ御ワシマセバ、甲ヲ脱ギ弓ヲハヅシテ、降人ニ参ルベシト返答有ルベシ」トゾ宣ヒケル。

宗盛と時子の反応と、これらに対する知盛の反対意見はいずれも物語の役割分担を忠実に反映している。「頼朝」を判断の基準に据える発想も延慶本の常道である。『玉葉』『吉記』に依ってこの間の経緯を追うと、

○寿永二年一二月二日。伝へ聞く。義仲使ヲ平氏の許に差し送り（播磨の国室の泊にありと云々）、和親を乞ふと云々。（『玉葉』）

三日。平氏一定入洛すべし云々。（『吉記』）

一二月七日。平氏一定入洛すべき由、能円法眼告送ると云々。義仲と和平するや否や、未だ事切らずと云々。（『玉葉』）

廿日。ある者来たりて云ふ。平氏入洛来たる廿二、五、八日の間必然なり。門々戸々営々。或る説に義仲と和親、或るひはしからず云々。（『吉記』）

寿永三年一月九日。伝へ聞く。義仲平氏と和平の事已に一定。この事去年の秋の比より連々謳

> 歌、様々の異説あり。忽ちに以て一定し了んぬ。去年月迫る比、義仲一尺の鏡面を鋳て、八幡（或る説熊野）の御正体を顕し奉り、裏に起請文（仮名云々）を鋳付けこれを遣はす。これにより和親すと云々。（『玉葉』）

となり、「義仲、和親を乞う」「義仲と和平するや否や」「義仲と和親」「和平の事一定」「和親す」等の用語が両者の日記に頻出する。義仲と平氏の結託は、関東の頼朝との共同戦線であり、真の平和の到来を意味しないが、戦闘状態の解除としての意味は無いとは言えない。

七　「捕虜」による取引、「和平」交渉

「生命担保」という意味で、結果的には「人質」と同類の役割を担うことになるが、出発点が根本的に異なる道筋に「捕虜」がある。「人質」と類似した役割とは、「捕虜」を「人質」として、則ち敵方の「生命」を取引条件にして戦闘状態を有利に終結しようと図る戦略の共通性にある。「生命」の側からみると穏やかならざる構図を示すが、戦闘状態の早期終結という構図からみると極めて穏便な成果を達成しうる場合が考えられる。軍記では「生け捕り」と表記されることが多い。その代表が一谷合戦に始まる「重衡生け捕り」とこれに続く取引の顛末である。

「捕虜重衡」を交渉材料に据える院の庁と源氏に対する平家方の対応ぶりについて、『平家物語』と『吾妻鏡』では相当に開きのある宗盛文書が残る。

『平家』では事の経緯を次のように叙述している。

（定長）院宣ノ趣条々仰セ含ム。「所詮、内侍所ヲ都へ返シ入レ奉ラバ、西国へ帰シ遣ハサン」トゾ有リケル。重衡卿ノ申サレケルハ、「今ハカカル身ニ罷リ成リテ候ヘバ、親シキ者共ニ面ヲ合ハスベシトモ覚エ候ワズ。又今一度見ント思フ者モ候フマジ。若シ母ノ二位ナンドヤ無慚トモ思ヒ候ワム。其ノ外ノ者ハ情ヲ係クベキ者有ルベシトモ覚エ候ワズ。三種ノ宝物ハ神代ヨリ伝ハリテ、人皇ノ今ニ至ルマデモ、シバラクモ帝王ノ御身ヲハナタルル事候ワズ。先帝ト共ニ入ラセ給ハバ尤モ然ルベク候ベシ。サ候ワザラムニハ内侍所計ヲ入レ奉ル事ハ有ルベシトモ覚エ候ワズ。サリナガラモ仰セ下サルル旨カタジケナケレバ、私ノ使ニテ申シ試ミ候フベシ」（延慶本第五末一「重衡卿大路ヲ渡サルル事」）

院の庁の眼目は三種の神器にあった。重衡の返答は、平家の擁する主上（安徳）を「先帝」と呼んでいるから、後世の改作あるいは創作の要素が強い。私の使いとして下された使者への宗盛の応答は、主として二位の尼を説得するための発言である。

内大臣宣ヒケルハ「誠ニ宗盛モサコソ存ジ候ヘドモ、サスガ世ノキキモ云フ甲斐ナク、且ハ頼朝ガ思ワム事モハヅカシク候ヘバ、左右無ク内侍所ヲ返シ入レ進セム事叶フマジ。帝王ノ世ヲタモタセ給フ事ハ内侍所ノ御故也。子ノ悲シキモ様ニコソ候へ。中将一人ニ、余タノ子共、親シキ人々ヲバ、サテ思シ食シ替ヘサセ給フカ」（第五末二「重衡卿院宣ヲ賜リ西国へ使ヲ下サルル事」）

こうした状況の中で執筆されたとされるのが延慶本の宗盛からの返事である。長文に及ぶが、平仮名表記の読み下し文に改め、かつ段落に区切って、番号を付して引く。

「今月十四日の院宣、同じき廿四日、讃岐国屋嶋の浦に到来。謹んで以て請くる所件の如し。

①是に就き、彼を案ずるに、通盛以下当家の数輩、摂津国一谷に於いて、已に誅せられおはんぬ。何ぞ重衡一人寛宥の院宣を悦ぶべきや。

②我君は故高倉院の御譲りを受けましまして、御在位既に四ケ年、其の御失ち無しと雖も、東夷北狄、党を結び群を成して入洛の間、且は幼帝母后の御情殊に深きに依つて、且は外舅外家の志浅からざるに依つて、暫く西国に遷幸有りと雖も、旧都に還幸無からんに於いては、三種の神器、争か玉躰を放ちたてまつるべけんや。

③夫臣は君を以て忠を為し、君は臣を以て躰と為す。君安ければ則ち臣安し。君上に愁ふれば臣下に労はしくす。臣内に楽しまざれば、躰外に悦ぶこと無し。

④爰に平将軍貞盛、相馬の小次郎将門を追討せしめ、東八ケ国を鎮めしより以降、子々孫々に続きて朝敵謀臣を追討し、代々世々に伝へて、禁闕朝家を守り奉る。

⑤然る間、亡父故入道相国、保元平治両度の合戦の時、勅命を重くして愚命を軽くす。偏に君の為にして身の為にあらず。世の為にして命を顧みず。

⑥就中、彼頼朝は、父義朝が謀叛の時、頻りに誅罰すべきの由、相国に仰せ下さると雖も、禅門慈

悲憐愍の余りを以て、流罪を申し宥る所也。しかるを昔の高恩を忘れ、今の芳志を顧みず、忽ちに流人の身を以て、凶党の列に連なる。愚意の至り思慮の誤り也。尤神兵天罪を招き、これ廃跡沈滅を好むの者か。

⑦日月未だ地に堕ちず、天下を照らしてそれ明らかなり。明王は一人としてその法を枉《まが》らず。一旦の情を以てその徳を蔽《かく》さず。君、亡父数度の奉公を思し食したまはずは、早く西国に御幸あるべし。

⑧しからずは、四国九国を始めとして都西の国々の輩を、雲の如く集まり雨の如く遍して、異賊を靡かさむ事、疑ひあるべからず。その時、主上相具し奉り、三種の神器を帯して行幸の還御を成し奉るのみ。

⑨若し会稽の恥を雪めずは、人王八十一代の御宇、浪に牽かれ風に随ひて、新羅高麗百済鶏旦に零ち行きましますべし。終に異国の財と成るべきか。

⑩此れらの趣を以て、然るべきの様に洩し奏聞せしめ給ふべし。宗盛頓首謹みて言上す。元暦元年二月廿八日、前内大臣平宗盛が請け文」とぞ書かれたる。（第五末三「宗盛、院宣ノ請文申ス事」）

要旨は、①重衡の処遇、②主上（安徳）西遷の原因と、三種神器の返還拒否、③君臣論、④貞盛以降の平家の働き、⑤清盛の功績、⑥頼朝助命に至る憐憫の情、⑦法皇の西下要請、⑧西国の平家、やがては都の賊を征伐、⑨万一の場合主上の国外零落と三種の神器海外流出、⑩書簡の宛て先（法皇へ）、である。⑨に既に八十一代の主上（安徳）が「浪に牽かれ風に随ひて」とその流浪を予言し、「新羅高麗百済鶏旦に零ち行きましますべし」という亡命をも予測し、神器が「終に異国の財と成るべきか」と、行く末を悲観的に予告している。宗盛の姿勢は、「源平雌雄を決して後、三種神器を帯しての入洛」で一貫している。しかし、この文書は随所に執筆段階の後日性を推察させるとともに、文書そのものの真性を疑わせる文言がある。

重衡を囮とする三種の神器返還交渉の経緯は、『玉葉』と『吾妻鏡』にそれぞれの立場からする記録がある。『玉葉』には、寿永三年二月十日条に、

定長又語りて云はく。重衡申して云はく。書札に使者を副へ（重衡郎従と云々）前内府の許に遣はし、剣璽を乞ひ取り進上すべしと云々。この事叶はずと雖も、試みに申請に任せ御覧ずべしと云々。

とあり、重衡の「私の使い」として院宣の趣を西国に遣わした『平家』の内容と合致している。この使者の返答について、『玉葉』は二月二十九日条に、

九郎平氏を追討のため、来月一日西国に向かふべき由議あり。而るに忽ちに延引すと云々。何故かを知らず。或る人云はく。重衡前内大臣の許に遣はす所の使者、この両三日帰参す。大臣申して云はく。畏まり承り了んぬ。三箇宝物並びに主上女院、八条殿に於いては、仰せの如く入洛せしむべし。宗盛に於いては参入する能はず。讃岐国を賜はり安堵すべし。御共等帰参清宗を上

洛せしむべしと云々。此れ事実、若しこれに因り追討猶予有るか。

とあり、これは「ある人」からの情報であるが、①宗盛の返答は、「三箇宝物・主上・女院・八条殿（二位尼時子）」の上洛の受諾、②宗盛への讃岐国安堵の要請、③子息清宗の上洛、④上記三項と引き換えに平家追討の猶予、であり、その内容は物語に引く文書の宗盛の姿勢とは全く異なる。『玉葉』の記述によるなら、戦闘回避、和平の実現はあり得たであろう。『玉葉』はなお、翌三十日条にここでは院の側近定能卿からの情報として、

　世上の事を談ず。平氏和親すべき由を申すと云々。

と記し、ここに「平氏、和親すべき由」との文言を連ねている。兼実が、これらの院の庁からの情報を、自己の都合で歪曲して日記に記すという必然性は希薄に思えるから、概ね事態を忠実に記したものであろう。宗盛の、すなわち平家一門にとって「和親」成立の可能性の最も濃厚な時点がここにあった。兼実は翌三月一日条に再び定長からの情報として、

　重衡遣はす所の使者（左衛門尉重国）帰り参り、また消息の返事あり。申し状大略和親を庶幾ふ趣也。所詮源平相並び召し仕はるべき由か。この条頼朝承諾すべからず。然れば治まり難き事なり。但しこの上は別の御使来たる時に於いて子細を奉り、重ねて所存を申すべしと云々。

と記し、平氏が「和親を庶幾」する意の返答を寄越したこと、この平氏の意を、院の庁は「所詮源平相並び召し仕はるべき由か」と解釈していること、しかし「頼朝承諾すべからず。然れば治まり難き

事なり」と、院の庁は「頼朝の判断」を忖度していることを記録している。やがて三月十日に、重衡は頼朝の申請に基づき東国に下向した、と記して、一連の出来事を締めくくっている。頼朝の判断はどのような経緯でもたらされたのか。

次に『吾妻鏡』の寿永三年二月二十日条の記録をみる。長文に及ぶが、ここには、『平家物語』の宗盛の返答とは全く異なる文書が掲載されているので全文を、前者と同様に内容に区分けして番号を付して引く。

去ぬる十五日、本三位中将（重衡）、前左衛門尉重国を四国に遣し、勅定の旨を前内府（宗盛）に告ぐ。これ旧主ならびに三種の宝物を帰洛し奉るべきの趣なり。件の返状、今日京都に到来す。叡覧に備ふと云々。その状に云はく。

以上は送付した院宣の趣意を編者が纏めて記したものである。平氏からの返信の書状は、

去ぬる十五日の御札、今日廿一日、到来。委に承り候ひをはんぬ。蔵人右衛門佐の書状、同じく見給ひ候ひをはんぬ。主上、国母還御あるべきの由、又もつて承り候ひをはんぬ。

との前文があり、

①昨年七月、西海に行幸の時、途中より還御すべきの由、院宣到来す。備中国下津井に御解纜し終はるの上、洛中穏やかならざるによつて、不日に立ち帰ること能はず、なまじひに前途を遂げられ候ひをはんぬ。

②その後、頗る洛中静謐に属せしむるの由、風聞あるによつて、去年十月、鎮西を出御し、漸く還御の間、閏十月一日、院宣を帯すと称して、源義仲、備中国水嶋に於いて、千艘の軍兵を相率して、万乗の還御を禦き奉る。しかれども官兵をして、皆凶賊等を誅伐せしめをはんぬ。

③その後、讃岐国屋嶋に著御して、今に御経廻、去月廿六日、又解纜して、摂州に遷幸し、事の由を奏聞す。院宣に随つて近境に行幸す。かつは去ぬる四日は、亡父入道相国の遠忌に相当たり、仏事を修せんがために、船を下ること能はず、輪田の海辺を経廻するの間、

④去ぬる六日、修理権大夫（坊門親信・七条院殖子叔父）、書状を送りて云はく。「和平の儀あるべきによつて、来る八日に出京し、（院の）御使として下向すべし。勅答を奉《うけたまは》りて帰参せざるの以前に、狼藉あるべからざるの由、関東の武士等に仰せられをはんぬ。又この旨をもつて、早く官軍等に仰せ含めしむべし」てへれば、この仰せを相守り、官軍等もとより合戦の志なき上、存知に及ばず。院使の下向を相待つのところ、

⑤同じき七日、関東の武士等、叡船の汀に襲ひ来る。院宣限りあるによりて、官軍等進み出づる事能はず。おのおの引き退くといへども、かの武士等勝つに乗りて襲ひ懸り、たちまちにもつて合戦し、多く上下の官軍を誅戮せしめをはんぬ。この条何様に候ふ事ぞや。子細もつとも不審なり。若し官軍の心を緩めんが為に、たちまちにもつて奇謀を廻らさるるか。つらつら次第を思ふに、迷惑恐嘆、未だ朦霧を散ぜず候なり。自今以後のため、向後将来のために、もつとも子細を承り

存ずべく候なり。只賢察を垂れしめたまふべし。かくの如きの間、還御またもつて延引す。還路に赴くごとに、武士等禦《ふせ》ぎ奉る。この条術《すべ》なき事に候ふなり。還御の儀に難渋するのみにあらず、武士を西海に差し遣はし、禦がるるによつて、今に延引す。全く公家の懈怠《けだい》にあらず候ふなり。

⑥和平の事は朝家の至要たり。公私の大功たり。この条すべからく達奏せらるべきのところ、遮つて仰せ下さるるの条、両方の公平、天下の攘災に候ふなり。しかれども今に未断、未だ分明の院宣を蒙らず。よつて慥かなる御定を相待ち候ふなり。

⑦凡そ仙洞に夙夜《しゆくや》するの後、官途といひ世路といひ、わが君の御恩、何事をもつて報謝し奉るべけんや。涓塵《けんぢん》といへども疎略を存ぜず、況んや不忠の疑ひをや。況んや反逆の儀をや。

⑧西国に行幸する事、全く賊徒の入洛を驚くにあらず。ただ法皇の御登山を恐るるによつてなり。朝家の事、誰か君の御進止をなすべけんや。主上、女院の御事はまた法皇の御扶持にあらずてへれば、誰の君を仰ぎ奉るべけんや。事の体奇異なりといへども、御登山の一事を恐るるによつて、周章楚忽にして西国に遷幸しをはんぬ。

⑨その後又、院宣と称して、源氏等西海に下向し、度々合戦を企つ。この条すでに賊徒の襲来によつて、上下の身命を存へんがために、一旦相禦き候ふばかりなり。全く公家の発心にあらざるは、敢へてその隠れなし。

⑩平家といひ、源氏といひ、相互の意趣なし。平治に信頼卿反逆の時、院宣によつて追討するの間、

義朝朝臣、その縁坐たるによつて、自然の事あり。これ私の宿意にあらず、沙汰に及ばざる事なり。宣旨、院宣においてはこの限りにあらず。然らざるの他は、凡そ相互の宿意なし。されば頼朝と平氏と合戦の条、一切思ひ寄らざる事なり。公家、仙洞和親の儀候はば、平氏も源氏もまたいよいよ何の意趣あるべけんや。ただ賢察を垂れしめ給ふべきなり。

⑪この五六年以来、洛中城中各々安穏ならず、五畿七道皆もつて滅亡す。偏に弓箭甲冑の事を営み、然し乍ら農作乃貢の勤を抛つ。これによつて都鄙の損亡、上下の飢饉、一天四海眼前に煙滅し、無双の愁悶、無二の悲嘆に候ふなり。和平の儀候ふべくは、天下安穏、国土静謐にして、諸人快楽し、上下歓娯す。就中、合戦の間、両方相互に命を殞す者、幾千万なるを知らず。疵を被るの輩、楚筆に記し難し。罪業の至り、喩を取るに物なし。尤も善政を行はれ、攘災を施さるべし。この条定めて神慮仏意に相叶はんか。

⑫還御の事、毎度武士を差し遣はして行路を禦かるるの間、前途を遂げられず、既に両年に及び候ひをはんぬ。今に於いては、早く合戦の儀を停め、攘災の誠を守るべく候ふなり。

⑬和平といひ、還御といひ、両条早く分明の院宣を蒙り、存知すべく候ふなり。これらの趣をもつて、然るべきのように披露せしめ給ふべし。よつてもつて執啓件のごとし。二月廿三日（廿一日カ）

の十三項に分けることのできる委曲を尽くした文面である。要点を記すと、①で昨年七月の西海遷幸直後の事情から始まり、②で十月に洛中の静謐化に安心して主上の還幸を意図していた矢先に、院宣と称して義仲軍勢の襲来に遭遇したこと、③で屋島を経て漸く摂津に到着し、二月四日の清盛の命日を迎えて停泊していたこと、④で二月六日に七城坊門親信から和平の院使到来の予告があり、よって合戦の意志を全くもたずに院からの使者を待ち受けていたところへ、⑤翌七日に突然、関東武士の襲来があったこと。これは何かの計略ではなかったのか。⑥和平は主上を擁して流浪する朝廷（平家）最大の課題で、⑦平氏には法皇への不忠、反逆の意志は毛頭もなく、⑧主上の西海遷幸は、法皇の突如とした都脱出、登山を恐れての行為であったこと、⑨源氏は度々院宣を帯して襲来したこと、⑩源氏平氏の間には本来は何の意趣もなく、平治の乱における義朝の誅罰は、信頼の縁座として不可避の結末であったこと、⑪合戦による諸国の疲弊と和平の必要性、⑫院の庁は武士を派遣して主上の還幸を阻止している、⑬和平こそが主上の還御の道である、という論旨文脈となる。

この返信によると、一谷合戦直前直後の平家一門が「和平」を渇望して、ひたすら帰洛の道を模索していた状況が手に取るように分かる。「和平の事は朝家の至要たり。公私の大功たり」の「朝家」とは、主上を擁する平家の立場であり、「和平の儀候ふべくは、天下安穏、国土静謐にして、諸人快楽し、上下歓娯す」には、この一年半の「天下」の大混乱に対する悲願の凝縮が伺える。「就中、合戦の間、両方相互に命を殞す者、幾千万なるを知らず。疵を被るの輩、楚筆に記し難し」には、度重なる源平の争乱が平家一門に与えた生命の損失を、この一門が如何に痛みとして受け止めてきたかを如実に語る。

一方、源氏方が父義朝の雪辱を掲げて平氏打倒に燃える心情とは裏腹に、平氏にとって義朝は過去の不幸な出来事として片付けられているきらいがある。「平治に信頼卿反逆の時、院宣によつて追討するの間、義朝朝臣、その縁坐たるによつて、自然の事あり。これ私の宿意にあらず、沙汰に及ばざる事なり。宣旨、院宣においてはこの限りにあらず」には、経緯を「縁坐」と「院宣」になすり付けようとする当事者逃れの物言いが露骨である。頼朝にとっても、宗盛にとっても、義朝と清盛の対立は、共に親の代の出来事であるが、相手方の父親の生命を奪った側が、今は先帝でしかない主上を擁して、その無事の帰洛を切望する心情から、「頼朝と平氏と合戦の条、一切思ひ寄らざる事なり」と述べて、「和平」を手繰り寄せんとする。この認識は源氏方に対して説得力があるのであろうか。ここには、「報復」という動機を前提とする「敵対関係」「戦闘状態」にとって、「和平への道」の模索が如何に困難であり、その「不可能性」のようなものが浮き彫りにされているように思われる。

延慶本に収まる宗盛の返信と『吾妻鏡』のそれとは、なぜこのように大きな差異があるのか。『吾妻鏡』の文書がその編集者によって虚構執筆されたと考えるよりは、『平家物語』の宗盛の強弁が、作者の創作であろうとみる方が、ここでは妥当ではないかと思える。『吾妻鏡』の返信が、平家にとっての一谷前後の事態の推移を委曲を尽くして披瀝しているからである。この経緯を鎌倉で創作するのはかなり困難である。しかし、如何に委曲を尽くそうとて、鎌倉の頼朝の前には、宗盛のこの「和平」提案を受諾する道はなかったであろう。主上を擁する宗盛の返信に「降伏」の文字は片鱗だにみられない。「降伏」であれば、状況は少しは動いたであろう。瀬戸内漂流の平家にとって「降伏」なき「和平への道」は皆無であった。「降伏」のもたらす平家の生命的犠牲もかなりに上るが、「壇ノ浦」の敗戦を上回ることはなかった筈である。主上を擁する平家に「降伏」の概念は微塵もなく、片や「報復」という心情を動機とする戦闘行為にとって、その際限設定の困難がここに如実に浮かび上がることになる。

八　おわりに――「武芸の徳」と「帝徳の欠如」

概して「文」の「武」は評価されず、「武」の「文」は讃えられる。中でも「武力平定者」は、基本的には「頼朝」に限って評価が高い。これは『六代勝事記』からの借用であるが延慶本掉尾の、

抑、征夷将軍前右大将、惣テ目出タカリケル人也。西海ノ白波ヲ平ゲ、奥州ノ緑林ヲナビカシテ後、錦ノ袴ヲ着テ入洛シ、羽林大将軍ニ任ジ、拝賀ノ儀式、希代ノ壮観也キ。

（延慶本第六末卅九「右大将頼朝果報目出タキ事」）

に、「西海」の平家、「奥州」の藤原氏の武力平定を褒め、その「将軍職」任職式を「拝賀」と位置づけその「壮観」を絶賛している。しかし、これまで把握されてきた役割分担としての「文武二道」を、頼朝において大きくはみ出すことになる歴史認識には及んでいない。この頼朝評価と『承久記』（慈

光寺本）冒頭の頼朝評価ポイントは、儀式への関心を除いて比較的に類似している。

頼朝卿、度々都ニ上リ、武芸ノ徳ヲ施シ、勲功比ヒ無クシテ、位正二位ニ進ミ、右近衛ノ大将ヲ経タリ。西ニハ九国二島、東ニハアクロ、ツガル、夷ガ島マデ打チ靡カシテ、威勢一天下ニ蒙ラシメ、栄耀四海ニ施シ玉フ。

平定の地域は、西を「九国二島」、東は「アクロ、津軽、夷ガ島」という奥州の辺境地と解される地域を指定している。実態把握に即した定形表現である。その業績を「勲功」と捉え、この「威勢」と「栄耀」の全体を統べる観点に「武芸の徳」という見解がある。「武芸」という概念は延慶本の場合にも、頼政、藤原広嗣、梶原源太景季に用例があるが、これを「徳」とみる見方は、未だ潜在しない評価基準である。『六代勝事記』に加筆した延慶本の評価用語は、そのような生涯をたどり得た「頼朝の果報のめでたさ」を讃える言葉であった。慈光寺本はこれを「武芸の徳」とみて、「勲功」として評価する。この「武芸の徳」こそが本稿が追究してきた「戦争状態」を終結して「和平への道」を切り拓く、称賛されるべき評価基準であるといえる。逆に表現するなら「徳」なき「武芸」は戦闘状態を永続させて「和」の道を閉ざす。

同じ評価基準は、頼朝と北条義時を対比する、

（後鳥羽院）「源氏ハ日本国ヲ乱リシ平家ヲ打チ平ラゲシカバ、勲功ニ地頭職ヲモ下サレシナリ。義時ガ仕出シタル事モ無クテ、日本国ヲ心ノ儘ニ執行シテ、動スレバ、勅定ヲ違背スルコソ奇怪

ナレ」ト、思シ食サルル叡慮積モリニケリ。

にも「地頭職」が「勲功」への代償であるといい、「平家を打ち平らげた」いわばご褒美であるとの見解を示している。義時はむしろ平穏に治世を遂行した実際上の立役者であるが、後鳥羽院の立場、つまり朝廷の論理は、「功績」なく「日本国を心の儘に執行」する朝廷への反逆者と見なされている。「仕出したる事も無くて」獲得された権力に対する批判は、前提となる権威としての「勅定」とこれへの「違背」いう、既に拮抗する関係の壊れた後鳥羽院の側の権力基準の無力を告知している。

本稿の冒頭近くに紹介した『承久記』の、後鳥羽院の「武芸邁進」の姿勢批判は、頼朝の達成した「武芸の徳」の成果を、後鳥羽院の立場からすれば「仕出したる事も無くて」、すなわち平和裡に継承した義時を、自らは「徳」なきままに「武芸」において覆そうと図った、本来は「武具」を身につけてはならない為政者の愚行を、ものの見事に浮かび上がらせる言説として評価されよう。これも『六代勝事記』からの借用であるが、延慶本がその巻末で後鳥羽院を評する、

此皇、芸能二ツヲ並ブルニ、文章ニ疎カニシテ、弓馬ニ長ジ給ヘリ。国ノ老父、ヒソカニ文ヲ左ニシ武ヲ右ニスル、帝徳ノ闕ケタルヲ憂フル事ハ、彼ノ呉王剣客ヲ好ミシカバ、天下キズヲ蒙ル者多シ。楚王細腰ヲ好ミシカバ、宮中ニ飢テ死スル人多カリキ。疵ト飢トハ世ノ厭フ所ナレドモ、上ノ好ニ下ノ随フ故ニ、国々ノアヤフカラム事ヲ悲シムナリケリ。

には、まさにこの「武芸の徳」に対置される「帝徳の欠如」の憂いの指摘がある。「弓馬に長じ」た

「帝王」への批判の言説は鋭く、「剣客」を好んだ帝王の齎した「天下」に「傷病者」の溢れた状態を嗟嘆し、いくさが如何に「疵と飢」を世にもたらしているかを指摘し、これらこそが「世の厭ふ所」とする治世観を説く。ここでは「国の老父」と言えども、己の権力奪還を目指して世の平和を乱す戦闘行為は容認されていはない。延慶本平家物語の編者はこれらの平和観を『六代勝事記』作者から学び、この思想を継承することによって自らの平家物語を締めくくろうとしたのであろう。

註

（1）「文」のスケールは小さくなるが、大夫房覚明を評する「アワレ、文武二道ノ達者ヤトゾ見ヘタリケル」（延慶本第三末十「義仲、白山へ願書ヲ進ル事、付ケタリ兼平ト盛俊合戦事」）、また、壇ノ浦での源氏方「斎院ノ次官親能」の「詞戦い」にも「文武ノ二道」（延慶本第六本十五「檀浦合戦ノ事、付ケタリ平家滅ブ事」）という言葉は使用され、「鳥ノ二ツノ翅」に譬えられている。個人評に転化すれば、頼政が元来は「武」に属し、覚明と親能は「文」に属するはずであるが、覚明の評価は必ずしも「文民」主体の扱いではない。

（2）「人質」という計略―その担保・監禁・取引・救出・奪還については『平治物語』の例が参考になる。

①信頼、義朝、光保、光基、重成、季実、御車ノ前後左右をうちかこみて大内へ入れまいらせ、一品御書所におしこめたてまつる。（九条家本上「三条殿へ発向」）

②同廿六日の夜ふけて、蔵人右少弁成頼、一品御書所にまいりて、「君はいかにおぼしめされ候。

世の中は今夜の明けぬさきに、乱るべきにて候。経宗、惟方等は、申し入るるむねは候はざりけるにや。他所へ行幸もならせ給ひ候べきにて候なり。いそぎいそぎ何かたへも、御幸ならせおはしまし候へ」と奏しければ、上皇、おどろかせ給ひて、「仁和寺のかたへこそ思しめしたちめ」とて、殿上人ていに御すがたをやつさせ給ひてまぎれ出でさせ給ひけり。

（同上「院の御所仁和寺に御幸の事」）

③常葉が母の老尼ばかりぞありける。（六波羅の兵）「姫、孫の行方知らぬ事はよもあらじ」とて、六波羅へ召し出して尋ねらる。常葉が母、申しけるは、「左馬頭、討たれぬと聞こえし朝より、いとけなき子共聴引き具して、行方も知らず成りさぶらひぬ」と申しければ、「いかで知らざるべき」とて、さまざまの拷問に及び、（以下略）。

（同下「常葉六波羅に参る事」）

（3）

延慶本平家物語において、頼朝が和平を提案していた前後の記事をみると、

四月廿日、兵衛佐頼朝ヲ誅シ奉ルベキノ由、常陸国住人佐竹太郎隆義ガ許へ、院ノ庁御下文ヲゾ申シ下シタル。其故ハ隆義ガ父、佐竹三郎昌義、去年ノ冬、頼朝ガ為ニ誅戮ノ間、定メテ宿意深カルラム由来ヲ尋ネテ、平家彼ノ国ノ守ニ隆義ヲ以テ申シ任ズ。コレニ依リテ、隆義、頼朝ト合戦ヲ致シケレドモ、物ノマネト散々ニ打チ落トサレテ、隆義奥州へ逃ゲ籠モリニケリ。

（第三本廿五「頼朝、隆義ト合戦ノ事」）

六月三日、法皇園城寺御幸。廿日、山階寺の金堂再建開始。

七月十四日ニ改元アリ。養和元年トゾ申シケル。八月三日、肥後守貞能鎮西へ下向。大宰小弐大蔵種直、謀叛ノ聞コヘアルニ依リテ、追討ノ為也。九日、官庁ニテ大仁王会行ハル。

（廿六「城四郎、木曽ト合戦ノ事」）

（八月）廿五日、除目ニ、城四郎長茂、彼国ノ守ニナサル。同ジク兄城太郎資長、去ヌル二月廿

五日他界ノ間、長茂ヲ国守ニ任ズ。奥州住人藤原秀衡、彼国ノ守ニ補セラル。両国共ニ頼朝、義仲追討ノ為也トゾ、聞キ書キニハ載セラレタリケル。越後国ハ木曽押領シテ、長茂ヲ追討シテ、国務ニモ及バザリケリ。

（同廿七「城四郎ヲ越後国ノ国司ニ任ズル事」）


（八月）廿六日、平家北国下向。兵革祈禱、降三世の大阿闍梨覚算法印、彼岸所で死亡。

十月八日、太元法。

　十日、興福寺、園城寺僧の赦免審議。

　十三日、頼朝、信義追討宣下。

（同廿八「兵革ノ祈ニ秘法共行ハルル事」）


と、四月から十月まで月日が慌ただしく過ぎて、関東と京の院の庁や平家との政治の流れは全く叙述されていないことがわかる。治承五年（養和元年）、養和二年の物語上の空白は、この作品の成立及び構想上の一つの謎である。

初出一覧

第Ⅰ章　平家物語は何を語るか

一　木曽義仲を通して延慶本平家物語を読む（二〇〇六年十月十四日、信州大学で開催された中世文学会秋季大会・第一〇一回大会での公開講演原稿に基づき、「中世文学」52号に掲載、二〇〇七年六月）

二　「流人頼朝謀叛への共鳴」と、その物語的構築（二〇〇九年八月二十五日、四国大学で開催された軍記・語り物研究会二〇〇九年大会での公開講演原稿に基づき、「軍記と語り物」46号に掲載、二〇一〇年三月。原題「平家物語は何を語るか—「流人頼朝謀叛への共鳴」と、その物語的構築」—）

三　延慶本平家物語の、「孤子」への関心とその意味するもの（二〇〇四年六月五日、関西学院大学日本文学会での公開講演原稿に基づき、「日本文藝研究」56巻4号に掲載、二〇〇五年三月）

第Ⅱ章　平家物語の負の遺産

一　延慶本平家物語の序章「人臣ノ慎ミ」と、成親の「右大将争い」（二〇〇〇年十月、兵庫県立篠山鳳鳴高等学校で開催された丹波有馬地区高校国語科教師研修会での講演「平家物語は何を語るか—軍記と歴史文学の間—」の原稿に基づき、『関西学院創立一一一周年文学部記念論文集』に所収、二〇〇〇年十二月。論文原題「平家物語は何を語るか—軍記文学と歴史文学の間

―」に加筆改稿）

二　平家物語の後鳥羽院（尼崎大覚寺主催、世話人砂川博氏、覚一検校顕賞会第二回菖蒲忌記念講演会での講演原稿に基づき、一と二を「日本文藝研究」52巻4号に掲載、二〇〇一年三月。三から五を「日本文藝研究」53巻4号に掲載、二〇〇二年三月）

三　帰らぬ旅人――隠岐院（『説話論集』第十七集「説話と旅」に所収、編集担当池田敬子・田村憲治氏、清文堂出版、二〇〇八年五月）

第Ⅲ章　軍記物語を流れる念い

一　望郷の系譜（一九九九年七月十七日、播州書写山円教寺会館で開催された関西軍記物語研究会三十六回例会での口頭発表原稿に基づき、一から五を「日本文藝研究」51巻4号に掲載、二〇〇〇年三月。六から十を「人文論究」51巻3号に掲載、二〇〇一年十二月）

二　軍記において「和平」ということ―平家物語を中心に―（二〇〇五年四月十七日、京都府立大学で開催された関西軍記物語研究会五十三回例会での口頭発表原稿に基づき、『中世軍記の展望台』に所収、編集委員池田敬子・岡田三津子・佐伯真一・源健一郎氏、和泉書院、二〇〇六年七月）

延慶本平家物語章段索引

第一本（巻一）

第一末（巻二）

第五本（巻九）

第五末（巻十）

第六本（巻十一）

第六末（巻十二）

あとがき

私はある時点まで、「平家物語の全体像」の把握を、部分を描きわけて、最終段階でそれらの総和として何らかの結論を導きだそうと目論んでいたようにおもいます。しかしものごとの全体像は、そういうやり方ではつかまえられません。平家物語もまた、それでは解明の糸口をつかませてくれないということに、またある時点で認識し直すことになりました。「平家物語は何を語るか」、この根源的な問いかけを用意して接近するとき、その何らかの解明の手がかりが与えられるかもしれないということにおもいいたったのです。作品そのものが、物語全体として全身に潜ませている、言葉はかたいですが、原理的思考ともいうべき命題を、ひとつの方向性として先天的に内包しているという認識にたどり着いたからであります。よって本書では、平家物語の内蔵する、いや秘匿するとさえいい得る深奥の謎に取りくむことになりました。この不可解で、多元的な物語に、根源的に迫るという究極のテーマが正面に掲げられることになりました。

現存応永書写本成立段階で、新記事も採取され、記録類も参照して補筆されることになり、既に流布していた幾種類かの平家物語テキストも活用して、細部にいくつかの補正の手も入りますが、その擁する圧倒的な本文群は、琵琶法師の語る平家物語の詞章に対して、源泉性のゆるがないであろうと観察される、延慶書写時代の平家物語に、永いあいだ、魅入られてきた一読者、一研究者として、このテキストを対象に、この課題すなわち「平家物語は何を語るか」をテーマに、まず講演として聴衆の方々に提示し、その論文化に取りくんで、最近十年間に執筆した十篇を、ここに三章八節に分かって収録いたしました。

第I章「平家物語は何を語るか」は、三つの講演からなります。

第一節の「木曽義仲を通して延慶本平家物語を読む」は、〇六年信州大学で開催された中世文学会秋季大会の公開講演です。

第二節「「流人頼朝謀叛への共鳴」とその物語的構築」は、〇九年夏、四国大学で開催された軍記・語り物研究会大会の公開講演です。

第三節「延慶本平家物語の、「孤子」への関心とその意味するもの」は、関西学院大学日本文学会での、〇四年六月、退任の年の公開講演です。

文字通り大中小三つの学会は、私の研究活動の、一貫する支柱です。それぞれ、機会に恵まれて実現し、その機会を得なければ多分こういう論文として学会誌に掲載されることもなかったと思われる三篇です。私に機会をくださった学会開催の方々と、聴衆の皆さんに、あとがき執筆の今も改めて深い感謝の気持ちが湧きます。

第Ⅱ章「平家物語の負の遺産」は、この物語の入り口と出口を支配する、大納言成親と後鳥羽院に焦点を絞って論じました。「大将争い」と「承久争乱」の立役者こそは、物語の内と外とで、平家物語の成立を触発した、二人の「帰らぬ旅人」であります。

第一節、成親については、すでに取りあげたことがありますので、本書では、序章との関連に限定して取りあげました。「平家物語は何を語るか」のテーマはこの講演から始まりました。

第二節、後鳥羽院は、先帝安徳が物語の表舞台で脚光を浴びる場面があったのに対し、むしろこの物語がこういう姿をなすことになった「影の立役者」です。吉田兼好の時代の人々は、『平家物語』の成立を、「後鳥羽院の御時」と伝えました。それは「王麗」なるものの存在のありようであり、激動の時代に「選ばれてあることの恍惚と不安」を一身に背負って生きねばならなかった王の生涯であり、待ちうけていたのは孤島の寂しい末路でありました。生前の「後鳥羽」への延慶本の厳しい評価を前提に、その旅路を追尋いたしました。一・二節ともに、場を得た講演原稿から生まれました。

第三節「帰らぬ旅人」は、旅をモチーフとする『説話論集』の編集者からの委嘱を契機に稿が成りました。指名してくださった編集者に感謝したいと思います。

第Ⅲ章は、戦に不可避の二つの課題を中世軍記に設定して、その描かれ方、取り上げられ方を考究いたしました。「望郷の念い」は、前著に収まる「野心の系譜」と、戦争の前後に対をなし、「仕掛ける人間の野望」に対する、「敗者の辛酸と悲哀」であります。

二つ目の「和平」の論は、これまた戦争論に欠いてはならない課題であります。中間報告の域を出ない試論でありますが、関西軍記物語研究会での口頭発表のタイトルをご覧になった段階から、いち早く着目してくださった日本史学の鈴木國弘氏は、ご近稿「日本中世の「和平」の思想―北条泰時の「東国統治」体制との関係から―」（日本大学文理学部人文科学研究所「研究紀要」七九号、二〇一〇年三月）で本論を取り上げ、研究史に位置づけて紹介してくださいました。お目にかかったことはありませんが、今後のこの論題の展開のために、まことに嬉しいブゼラの響きであります。

延慶本章段索引は兵庫大学非常勤講師の辻本恭子さんに作成をお願いしました。

本書もまた前著『平家物語の全体像』に続いて和泉選書に加えていただき、和泉書院のスタッフの皆さんには、細部にわたりたいへんお世話になりました。特に一書としての編集ならびに書名『平家物語は何を語るか』は、廣橋研三社長の助言に負うところ大であります。初校正と再校正の間に、和泉書院は永年の上汐の地から上之宮町の新社屋に移転され、私には心に残る年の刊行となりました。

最後に、電子書籍の時代到来などというこのご時勢に、紙媒体の本書を手にしてくださる読者の皆様に心から感謝を申し上げます。

二〇一〇年仲秋、宝塚は月見山にて

武久堅

著者略歴

武久　堅（たけひさ　つよし）

1936年　芦屋市に生まれる
1960年　関西学院大学文学部卒業
1990年　文学博士（関西学院大学）
職　歴　広島女学院大学教授を経て、関西学院大学教授。
　現在・関西学院大学名誉教授（同大学院非常勤講師）
著　書　『平家物語成立過程考』（1986年）
　『平家物語の全体像』（1996年）
　『平家物語発生考』（1999年）
編　著　日本文学研究大成『平家物語Ⅰ』（1990年）
監　修　『クリアカラー国語便覧』（2001年）
　『保元物語六本対観表』（2004年）
　『間違いだらけの日本語』（2004年）
　『中世軍記の展望台』（2006年）

平家物語は何を語るか

――平家物語の全体像〈PART Ⅱ〉　**和泉選書168**

2010年10月15日　初版第一刷発行©

著　者　武久　堅
発行者　廣橋研三
発行所　和泉書院
〒543-0037　大阪市天王寺区上之宮町7－6
電話06-6771-1467／振替00970-8-15043
印刷・製本　シナノ
装丁　森本良成

ISBN978-4-7576-0569-5　C1395　定価はカバーに表示